日思夜读

悦读本

人民日报社新媒体中心 编著

人民日报出版社

图书在版编目（CIP）数据

日思夜读：悦读本 /《人民日报》社新媒体中心编著．
—北京：人民日报出版社，2017.3
ISBN 978-7-5115-4585-5

Ⅰ．①日… Ⅱ．①人… Ⅲ．①散文集－中国－当代 Ⅳ．①I267

中国版本图书馆CIP数据核字 (2017) 第049258号

书　　名：	日思夜读：悦读本
作　　者：	《人民日报》社新媒体中心
出 版 人：	董　伟
责任编辑：	寇　诏　谢广灼
封面设计：	宁亚茹
内文插画：	飞乐鸟工作室
出版发行：	人民日报出版社
社　　址：	北京金台西路2号
邮政编码：	100733
发行热线：	（010）65369509　65369527　65369846　65363528
邮购热线：	（010）65369530　65363527
编辑热线：	（010）65369533
网　　址：	www.peopledailypress.com
经　　销：	新华书店
印　　刷：	北京市朝阳印刷厂
开　　本：	787×1092 mm　1/32
字　　数：	228千字
印　　张：	9.5
印　　次：	2017年4月第1版　2018年1月第6次印刷
书　　号：	ISBN 978-7-5115-4585-5
定　　价：	39.00元

梦想　　想　　青　春　　爱　情　　成　长

被嘲笑过的梦想
总有一天会让你

闪闪发光

阳春曲·春景

元·胡祗遹

几枝红雪墙头杏,
数点青山屋上屏。
一春能得几晴明?
三月景,宜醉不宜醒。

年轻,那么短暂,那么迷茫。如果你不能给自己一张耀眼的文凭、一段荡气回肠的爱情,那么,你还可以给自己一个九成九会遭到嘲笑的梦想。因为,总有一天,它会让你闪闪发光。

垂柳

唐·唐彦谦

绊惹春风别有情，
世间谁敢斗轻盈。
楚王江畔无端种，
饿损宫娥学不成。

为什么很多人的新年梦想只是梦想

当目标可以被看到,当梦想不再那么大,当愿望没有如此空,每天才能制订出计划去完成它。新年愿望,从小开始,从能看见开始。

刚认识我的人都喜欢和我说:"好羡慕你们能拍电影啊,你知道我小时候的梦想就是当个导演啊。"一开始,我会很开心地和他们交流几句,后来,也就慢慢不愿意和他们太深入地去交流了。原因很简单,因为他们连第一步都没有迈出。

我经常会在课上说:"当你决定学习时,是不是应该先买一本参考书?当你决定跑步时,是不是应该先准备一双跑鞋?当你决定追一个女生时,是不是应该先写一封情书?当你决定拍电影时,是不是应该先了解一下电影的制作?"

因为我们不肯迈出第一步,所以梦想才越来越遥遥无期,到最后,真的只是个"梦想"。

其实,我不是太同意"迈出第一步就能实现梦想"这样的话。但是,迈出第一步后,即使失败了,至少不会后悔。与其老了之后感叹这个没做、那个没做,不如感慨这个做成了,自嘲那个做砸了。

曾经看《飞越疯人院》,最让我感动的是,迈克·墨菲跟疯子们打赌说自己能举起那块大理石,信心十足的迈克·墨菲走了过去,废了九牛二虎之力依旧失败了。他说:**"至少我去尝试了,至少我去做了。"** 比起那些连尝试都不敢的疯子,他无疑是成功的,因为他迈出过第一步。

文/李尚龙

我们终会从爱中获得幸福

有人说,爱与被爱,是这个世界上最重要的事,也是我们会耗尽一生的追寻。可见,爱与被爱是相伴而生的。在每一份爱情里,都没有无缘无故的付出,也没有心安理得的接受。**付出爱与得到爱不会相抵,爱与被爱累加起来才是幸福。**

当爱情来的时候,我们往往很容易说出那三个字。可是,当矛盾、摩擦和各种不如意接踵而来时,又有多少人愿意做到体谅与包容、迁就与坚持?一份持久的成熟的爱,不是浪漫和苦情桥段的汇集,也绝非对无理取闹的无条件忍让。它可能是无聊时安静地坐在一起喝一杯咖啡,是像朋友一样相互欣赏、相互理解而不苛求对方,是在琐碎的公务和家事中的分担与适度分享,是受伤时候的一个拥抱和一句"还有我陪着你"。

所以,如果你正在享受爱情的甜蜜,请再勇敢再坚定一些!如果有了一些忧伤,也没关系,那可能是给你更多一点时间去学习如何更好地爱。**毕竟,不论早晚,从爱中获得幸福和快乐,才是人生的最终目的。**

愿每一个你,都沐浴在爱里!

想活得年轻，就要年轻地活着

有一天，闺密跟我说了一句话：我还记得我的梦想，但是我现在不想去实现它了。

她说，不想再追求什么新鲜刺激，只想要一份稳定。她说，当心甘情愿地开始过重复的日子，就已经没有资格再谈梦想。她还说，**放弃儿时的梦想，就彻底开始衰老了。最悲哀的事情之一是，人还年轻，心已经慢慢变老。**

我一个朋友说得对：我们之所以看起来衰老，是因为我们用老年人的心态，过着老年人的生活。

成熟跟年轻并不矛盾，也不代表衰老。我不知道二三十岁的年轻人，表情历经沧桑，穿衣服老气横秋，做事情不温不火，是真的在慢慢成熟，还是在故作深沉，用所谓成熟的外表来掩饰懦弱又慵懒的内心？

要想看起来年轻，就要年轻地活着。当我发现岁月毫不留情地在我的脸上和心里留下痕迹的时候，我对自己说要做点什么了——多运动，多体验，多出去走走；少抱怨，少八卦，少看电视剧。

只有从内到外都年轻地活着，才能有岁月抹不掉的美丽，时间夺不走的年轻。海明威曾经说过：这个世界是美好的，值得我们去奋斗。

趁年轻，去奋斗，去奔跑，去追求，用生活的热情去留住岁月，而不是用一罐罐护肤品和滋补品。

趁年轻，带着热情和勇气，年轻地活着。

你最漂亮的样子,是对生活温柔

爱情是疯狂的,婚姻是琐碎的,温柔是永恒的。用温柔为爱情掌舵,为婚姻添彩,日子就会越过越顺心。有时候,我们不懂,是自己掩耳盗铃或者伤得不够深。我不是在描绘童话里的世界,我只是用文字在诉说我们凡俗的生活,至于我们最终把生活过成了什么样子,完全是我们自己的问题。你想要的就自己去努力,如果你先因疲惫做了放弃,就不要说爱情是谎言、婚姻是沙漠、幸福是童话。其实,没有生活,没有情感,哪来的童话呢?

即使所有的情感被冷漠冰封,那冰封下也涌动着生的希望;即使所有的爱情都以悲伤落幕,那悲伤中也有我们自己知道的美好;即使所有的婚姻都是沉默的,那沉默里也有我们彼此付出的深情。这世间最大的幸福与最深的伤痛,都源自于那一个"爱"字,而温柔可以将幸福无限地延长,可以将伤痛安静地抚平。**温柔是这世间最优秀的品质与修养之一**,如果我们不能对亲人和颜,对爱人悦色,对朋友体谅,对老幼遵爱,对鳏寡孤独予以关注照顾,我们就都欠缺完整的人格。

如果你越来越冷漠,你以为你长大了,其实没有,长大了就应该变得温柔,对全世界都温柔。看到别人看不到的美好,听到别人听不到的花开,历经了岁月的风雨,那种温柔依旧无所不在,陪伴自己的孤单,抚慰别人的魂灵。生活中只有一种英雄主义,就是在认清生活真相之后,依旧热爱生活。

无论我走到哪里,那都是我该去的地方,经历一些我该经历的事,遇见我该遇见的人,无论结果如何,我都会温柔相待,因为我要给生活一个最漂亮的我。

被嘲笑过的梦想，总有一天会让你闪闪发光

她是一位 38 岁的农村妇女，因为出生时倒产，脑缺氧而造成脑瘫，她的一举一动都显得姿势怪异，且有心无力。她从没受过系统的文学训练，甚至认识的字都有限，但自从 2003 年开始，写诗已经成为她的生活重心和精神支撑。

终于，2014 年的一天，她的诗登上了全国最权威的诗歌杂志《诗刊》的重点栏目，两个月后，又以《摇摇晃晃的人间——一位脑瘫患者的诗》为名，在诗刊社微信平台上风靡一时，火遍全国。大批媒体蜂拥而来，在那一个月时间里，她的名字传遍大江南北，还传到了大洋彼岸。这个农妇的名字，叫余秀华。

其实，我们每个人都曾爱做梦，但绝大多数人输在醒得太早。我们常常在心里先就认定了自己不可能做成某些事，于是"明智"地选择了急流勇退，转战到另一个似乎更加切实可行的目标上。而其实，很多看似不可能的事情，都是由普通人一步步做出来的。

人与人之间最大的差别，其实不在于出身、相貌、学历，而在于他所面朝的方向。是不同的梦想，对未来不同的规划和坚持，把一个人变得安常处顺，而另一个人逐渐闪闪发光。优哉游哉，翱翔蓬蒿之间是一生；海运乘风，扶摇直上九万里，也是一生。

年轻，那么短暂，那么迷茫。如果你不能给自己一张耀眼的文凭、一段荡气回肠的爱情，那么，你还可以给自己一个九成九会遭到嘲笑的梦想。因为，总有一天，它会让你闪闪发光。

文／彭微

你本可以，但却没有

如果你从未努力奋斗过，那么在你生命即将到达终点之时，你可能会发现，原来生命中最痛苦的事情，不是失败，而是我本可以，但却没有。

我的高中同学 A 迫不得已选了重点高校的英语专业，刚入学的时候几乎要被那些英文字符给逼疯了。不过他选修了自己喜欢的计算机专业，大一结束后已经开发了几个很火爆的网页小游戏。而现在，他已经在着手开发他为之痴迷的游戏 APP 了，还组建了自己的小团队工作室。

另一个高中同学 B，读的是 3A 学校。大一第一学期就自学通过了雅思考试；第二学期，经过无数次"不要脸"的申请，终于得到了澳大利亚一所不错的理工科大学的录取通知，大二一开学就飞奔到国外重新读他的大一了。

而我的大一，那会儿我归咎于大学专业不是我喜欢的，归咎于大学有过多的诱惑，因此得过且过，游戏、社团活动让我忙得团团转。

你可曾想过，目前的生活状态是你内心真的想要的吗？你有没有想过，你本可以让自己的生活过得更精彩更有意义一些，你本有能力有条件去做更多自己喜欢的事情……但却因为当初你没能稍微努力那么一点点，最后也只能变成"本可以"罢了。

如果在生命即将到达终点之时，你才发现自己不仅与梦想擦肩而过了，还因为当初的得过且过、敷衍了事，让自己变成被生活牵着鼻子走的人，那么那时的你也许才会恍然顿悟：原来生命中最痛苦的事不是失败，而是我本可以，但却没有。

二十多岁的年纪,我们能做些什么?

我见过一些人,他们也朝九晚五,有时也要加班,却能把生活过得很有趣。他们有自己的爱好,不怕独处;他们有自己的生活圈,也常聚会;他们有自己的坚持,哪怕没人在乎。我佩服每个能在平静生活中过出趣味的人。没有无所事事的人生,有的是无所事事的人生态度。如果内心贫瘠,换一万个地方生活都雷同。

二十多岁,我们谈不上能拥有多少物质,我们甚至没有那么多的朋友。没有太多人愿意陪你酒后痛哭,然后听你倾诉。可好就好在,就算朋友不多,却都是真心知己。

二十岁出头的时候,请把自己摆在二十岁出头的位置上。**你没有理由也没能力去拥有一个四十岁的人拥有的阅历和财富,你除了手头的青春你一无所有,但就是你手头这为数不多的东西,能决定你是一个怎么样的人**——决定你是否是一个能把平淡生活过出乐趣的人,决定你是否是一个让朋友真心对待的人,决定你是否是一个能够让自己爱的人觉得安心的人。

时间一天天过去,我们终会因我们的努力或堕落变得丰富或苍白。不要等到你终于遇到你喜欢的人时,才发现自己是那么苍白。

二十多岁,你一无所有,可你还有未来。

二十多岁,我们都在焦虑,我们都在奔跑,我们都怕走错路。

> 这就是我们的二十多岁,苦,挣扎,但也算幸运;简单,理想化,但也算懂得一些道理;跌跌撞撞,磕磕绊绊,有时鼻青脸肿,但还不打算放弃。

年轻,就是拿来折腾的

无论生活多难,总要坚持一下,坚持后,再谈平淡稳定。毕竟,平淡是历经世事之后的淡泊,你还没有见过世界,就想隐居山林,到头来只会是井底之蛙。

朋友大学刚刚毕业时,立志在北京打拼下去,我见过她夜深人静时的哭泣,见过她披星戴月地加班。她用空闲时间,还报了一个英语班。

可是就在这时,父母催婚,说她二十六岁了,正是应该结婚生孩子的黄金年纪,在北京一个人浑浑噩噩的干吗?她不停地告诉自己的女儿:平平淡淡才是真,一个女人要什么事业,有个家有个孩子,才是最重要的。

终于,她选择了那所谓的平淡,她接受了母亲给她安排的家乡公务员的职务。接着,母亲安排她相亲,又匆匆地催她结婚。她和我们联系得越来越少,毕竟,路不同了,大家忙了,也就淡了。

有意思的是,几个月后,她逃婚,辞职,只身一人又来到了大城市。她笑着说,青春是拿来折腾打拼的,我不要平平淡淡。我送她到她早就租好的房子。北京的夜,忽然间美得让人睁不开眼。

忽然明白,那句"平平淡淡"毁掉了多少年轻人。**当蜡烛烧尽时,才有资格感叹曾经闪耀过的光芒照亮过哪里;当飞蛾扑火后,才有资格议论舍生追梦值不值得。**

我们都一样,年纪轻轻,过早地选择那些所谓的稳定平淡,或许只是平庸而已。等我们奋斗了一辈子,当白发苍苍,和最爱的人坐在公园的长椅上,我们能看着彼此,回首往事,再懒洋洋地说,平平淡淡的生活真好。

没有谁的成长是容易的

> 七平八稳的样子,是不可能成长的。只有走过足够多的路,见过足够多的人,做过足够多的事,才会真正长大。

我在农村工作时,印象最深刻的有两件事:第一件事是在一个下雪天与单位同事去田间做测量,我蹬着高跟鞋,翻不过大片大片的斗丘,不得不扔下伞,爬过去。那一天,是我人生中最脏乱的一天,而那双湿了的袜子一直凉到我的心里。从那件事之后,每一次下基层我都没有再穿过高跟鞋。

第二件事是我刚工作的时候,因为一个表格的数据错误,不得不来回开二十多公里路,重新敲一个印章。但我记得那一天,领导面对我时失望的表情。年轻的时候,会对许多事敏感,比如对他人的评价,比如战战兢兢地面对新的工作,生怕出错。可真的出错了,又没办法,于是一边哭,一边回单位改资料。而从那以后,我保持着一个习惯,就是每一次都反复校对,在有限的能力内保证正确。

我时常觉得,许多时候,生活就是一场跋山涉水的旅行。你会遇到许多从未遇见的人,碰到许多从未遇到的事,你会手足无措,甚至顿足捶胸,可你知道,所有都是要走过去的。待走过这一段,你也会慢慢开始摸索出一条条道路,而这些路只是属于你自己的,是别人走也走不了、学也学不了的路。

当你年轻时,以为什么都有答案;可是老了的时候,你可能又觉得其实人生从来没有所谓的标准答案。没有谁的成长是容易的,人生所有的答案其实都在路上。

凡是没有打败你的，都会让你更强大

成长是经历，你要走很长的路，去受风吹雨打；成长更是感悟，那些坎坷不是白受的。就像做面食，既要努力揉面，也要醒面，加发酵粉，让时间去酝酿，去起作用。你经历过的所有磨难和艰辛，最后都变成了你的人生，让你更强大。

5年前那个春天，永辉回想人生，16岁中考失利，19岁高考落榜，22岁和初恋女友分手，28岁投资失败，然后结束了这段原本以为会白头到老的婚姻……那么多不如意，让他怕极了挫败。于是，他决定逃了。把不满3岁的儿子扔给已经年逾古稀的爷爷奶奶，自己逃到另一座城市。

生日那天，永辉接到老爸的电话。老人说，我们不盼你赚多少钱，只希望你健康平安，成长为一个横刀立马的人。"横刀立马"四个字让他泪流满面，他收拾行李，没过几天就回了家。

永辉说，那段日子的艰难，不仅是身体上的折磨，更是精神上的蜕变。那个过程很艰难，甚至充满疼痛，但你清楚地知道，总有一些困难的局面，需要你独自面对，不是你躲了，状况就会好起来。

每个人都难免会有脆弱的时候，那些看似强大的人，无非是比我们更懂得如何将弱势化为动力。那些失败，那些伤害，那些委屈，那些苦难，可以煎熬我们的心情，可以打扰我们的身体，但终究敌不过我们的努力，抹不掉我们的坚持，更加夺不走我们想要改变的信念。凡是没有打败你的，都会让你更强大！既然成长无法拒绝，当风雨来的时候，迎上去就是！

文/尚军

愿五年后的你,是你最想要的样子

我不知道有多少人想过五年后的自己会成为一个什么样的人,但我知道和我同龄的一些朋友都处在边奋斗边迷茫的状态中。我们似乎都做着一份不那么喜欢的工作,领着一般的薪水,过着不那么如意的生活。我们不敢随时哭、随时笑、随时离开,我们的情绪在各种各样的工作场景和生活场景中慢慢被克制住,生活似乎从不肯让我们轻易地潇洒。

但是现在,我想要改变了。我想要说的、我想要做的、我想要成为的那种人,都应该慢慢在我的行动下实现。你呢?你有想过五年后会成为一个什么样的人吗?有没有试过某天早上醒来,满心都是仓皇和焦虑?坐在床边开始怀疑人生,几分钟后依旧刷牙、洗脸、吃早餐、挤公交上班。你连思考的时间都不肯给自己,唯有用工作来麻醉自己。你开始忘记初心,你开始不敢构想未来。

想想五年后的自己,开始做计划吧。不要害怕计划太遥远,就怕连想的勇气都没有。愿你已经在往喜欢的方向出发。出发了,就知道志同道合、并肩作战的人并不少。即使一个人,也要像带领一支队伍一样风风火火、充满斗志,朝未卜的前途奔去。愿迷途中的你、清醒的你、孤身奋斗的你都像一支队伍一样作战。怀才不遇,逆水行舟,都要对自己的头脑和心灵招兵买马,不气馁,有召唤,爱自由。愿你能够在最难熬的时候俯身向黑暗中的自己伸手,拉自己一把。

愿五年后的你,是你最想要的样子。

你当温柔，但不是妥协

温柔要有，但不是妥协，我们要在安静中，不慌不忙地坚强。

我从小到大的梦想，是当一名自由职业者。我永远记得，少年时代的写作课，每个人都要写关于未来的理想。谈到我那篇文章的时候，老师说：我觉得这篇文章很好，可是立意不行。自由职业者，是天天在家发呆，在外闲逛吗？另一个接受质疑的，是我的好朋友，当年，她的梦想是成为一名卡车司机。

重新写作的时候，我还是把自己写成了一名自由职业者。然后，老师把我叫到办公室，似乎需要对我的顽固不化重新审视，也需要为我树立人生正确的价值观。她说：你看，她写了老师，你怎么还是写着"自由职业者"呢？我没有作声。然后，我收到了人生作文的最低分。

许多人问我：为什么工作之后还要写作？为什么生了孩子还要写作？无关坚持，只是我始终不愿意与梦想妥协，哪怕遥不可及。多年来，再冷的天，我一旦写字，一定要开着窗。因为开着窗的时候，你的心就不会局限在小小的空间里，你感觉自己为自己开始了工作，为自己过上了自己喜欢的日子。

我平生最钦慕的人，是那些始终保持着温和的容颜，却可以字正腔圆地不妥协的人，为生活、为工作、为自己，都是如此。

> 三毛有一句话是：人生一世，也不过是一个又一个二十四小时的叠加，在这样宝贵的光阴里，我必须明白自己的选择。一生短暂，我们无可辜负的，是自己日复一日的时光里，渐行渐远的自己。

你害怕一切坏结果,反倒错过了所有好开端

古罗马哲学家塞涅卡说:命运害怕勇敢的人,而专去欺负胆小鬼。

有个学妹特别让我佩服。刚认识她的时候,她说话声音跟蚊子一样,在人群里也总是畏畏缩缩。有一次,她竟然报名面试了学院的辩论队,却被面试的学长辩驳得体无完肤,最后自己还特不争气地哭了。

然而,她告诉我,她之所以会去面试辩论队,就是想改变自己畏畏缩缩、不敢表现的性子。虽然面试失败了,但是自己起码迈出了第一步。

辩论队难免需要知识量的积累,她为了准备面试更是天天泡图书馆,却也因此找到了读书的乐趣。后来,她因为读书多,知识面广,文笔也不错,被选进学院的创业比赛队伍里负责文案策划的工作。结果一举成名,获得大奖。毕业后,凭着创业大赛的经历进了一家世界500强公司做策划,工作比我晚,工资反而比我都高。

谁又能说我这个学妹面试失败的坏结果,不是她人生的一个好开端呢?有时候,勇于尝试或许并不一定能成功,但这次尝试说不定会为你打开另一扇通往新世界的大门。

我们既要做勇敢的人,也要做理性的人。我们害怕一件事情,是害怕这件事打破了现有的平衡,最终得不偿失。那么,我们就应该分析,打破平衡的举动需要付出多少边际成本,又会产生多少边际价值。

请不要退缩,勇敢打破舒适区,不要因为害怕可能出现的坏结果,就避开了所有好开端。让你最害怕的事情,成为你成功的垫脚石吧。

年轻人,没事不要老躺着

我看过太多的年轻人,将二十多岁活成了五十多岁,甚至六十多岁、七十多岁的样子。下班后一躺一晚上,周末一睡一整天,只需要一个手机、一张床就能消磨掉全部的好时光。

微博刷来刷去,不过是来自世界各地的段子集锦;朋友圈都能背下来了,不过是谁去看了电影谁又发了什么牢骚。视频网站关上一个又打开另一个,对着屏幕上别人的爱情别人的生活长吁短叹,自己却在工作的烦躁生活的无趣里无法抗拒。

这样的青春,不是耗在了路上,而是耗在了床上。不是迸发着热情和火光,而是在泥潭里越陷越深。于是身体走不了万里路,心也混混沌沌,两双手只知道困守在手机旁。

以前有多少人躺在床上吸鸦片,现在就有多少人躺在床上玩手机。连姿势都没变。

所以,你还抱怨上天没把美好的生活给你?那是因为,你从来没亲手去创造过美好的生活,更没尝试过将自己的人生过得妙趣横生。

纵然我们无法因为才华而自由,但至少可以让自己在忙碌的工作之外,找到除了玩手机、刷微博、抱怨吐槽之外的更好玩的乐趣。

我有一个朋友,也是每天一本书一部电影。有人问她,看一部电影至少一个半小时,而看一本书更远不止一个半小时,你是怎么做到的?

她说:"我在地铁上看下载好的电影,不管是在去见客户的路上还是在等餐的时候,我都带着要看的那本书。所以,我只是把刷微博和朋友圈的时间省下来了而已。再换句话说,我只是把手机换成了书。"

去年这时候,同为绘画白痴的我和她一样,想要学些简单的绘画。一年过去了,我还是绘画白痴,可她已经能够画出一些漂亮的水彩画了。

我也问她怎么做到的,是不是找了老师?她说:"没有,我就是买了一本水彩画入门书,每天学着画一点儿啊。"

听了她的话,我真的很惭愧。看到她因为学到了新鲜的东西、看到了新鲜的事物而充满热情的态度,我更加惭愧。

毕竟我有好多这样的时候,觉得生活好无聊,人生真没劲,所以提不起精神去对待任何事情。

人生多年,生死难当。可怎么样才叫活过?谁也没有定论。我只知道,我的青春不要只是躺着。更不要垂垂老矣手脚都不能动弹之时,躺在暮色将至的床上,回想自己过去漫长的一生,竟然从来没有一次酣畅淋漓的付出、一次说走就走的冒险、一次义无反顾的爱情,竟然全都是躺在床上刷的微博段子、歪在沙发上做的白日之梦,以及大片大片的空白、浪费与虚度。

我还想我的青春活得精彩一点,再精彩一点。

前几天,我在一篇文章里写道:"一个人,也要有热气腾腾的生活。"有人留言说:"怎么样才能有热气腾腾的生活?"

我觉得只需要四个字:"别老躺着!"

谁不是一边受伤，一边成长

表妹没能通过试用期，是因为遭到小人暗算。我问表妹今后怎么对待同事，她说："反正陷害别人的招数我学不会，也不屑于学。不过，害人之心不可有，防人之心不可无，以后，我肯定会多长个心眼，不让类似的事情重演。"

幸亏表妹没有说："职场就是这样，我也要不择手段上位！"那样的话，她就走上了弯路。

同学的方案被朋友盗用，我问他："以后还相信朋友吗？"他怔了怔，随即道："当然，我还是会为朋友两肋插刀，毕竟，我的朋友中，大部分都是对我很好的。只是以后，我不会把谁都当朋友，那些不值得交往的人，我不会在他们身上浪费时间。"

幸亏同学没有说："我再也不相信任何人，就连朋友，我也会小心提防着。"那样的话，该多累啊！

我二十岁时，遇人不淑，但是我忽然更加珍惜身边的亲人，珍惜身边的一切。同时暗暗下定决心，我以后要找的男朋友，一定是一个品行端良之人，绝不会再和品行不端的人有任何纠缠。

幸亏当时我没有说："男人没一个好的，我再也不相信爱情了！"那样的话，我怎么能遇到现在的爱人？

一生中，每个人都有无数次成长的机会，只是，有的人越来越世故，有的人越来越冷漠，有的人越来越阴险。他们被伤害踩在脚下，变成了面目全非的自己。

真正的成长，是不管受多少次伤，依然保持初心，依然对生活充满热情，依然相信你所相信的一切，并在伤害中学到受益一生的东西。

你还那么年轻，千万别着急

我表弟今年才十七岁，也是一个火急火燎的小伙子。他一开始梦想当明星，电视上有什么选秀活动，他都积极地去报名。他说，出名要趁早，现在再不出名，等以后可就晚了。

我听过他唱歌，感觉一般，顶多也就KTV"麦霸"的水准。可他却一直坚信自己能够走上前途璀璨的明星之路，一被节目组刷下来就特别难过。

"你还那么年轻，着什么急，未来还远着呢。"我劝他说。

他反驳我："我急怎么了？你看看现在这个社会，人家随便写几篇文章，转发点赞分分钟破万。人家随便发几个吐槽视频，粉丝就唰唰往上涨。为什么别人可以，我就不可以？"

或许在这个日渐快速的信息化时代，人们变得越来越忙碌，也变得越来越着急。本来不应该担忧的事，却急得跟什么一样，就算是年轻人，也总怕来不及。

你想成为明星，就好好练习，掌握一技之长，打造自己的特色，挖掘自己的潜质；你想当一名作家，就多看书、勤写文，找到一条适合自己发展的路；你想成为一名网红，就好好经营自己，沉淀下来，或靠颜值或靠内涵征服粉丝。

我知道你一定非常羡慕那些年轻又成功的人，我也很羡慕，但我知道光羡慕是没用的，光着急、光忙碌也是没用的，一切都有其规律。**光是急于求成，却没有才华，那么你的梦想注定会让你失望。**

你还那么年轻，千万别着急。**坚持自己的梦想，好好努力，不停奔跑，总有一天你也会慢慢地发光发亮。**

文/夏与至

现在不让自己增值，难道要坐等着贬值吗？

婚姻也许是一个女人的必修课程，却绝对不是唯一的核心课程。人生这所学校提供了琳琅满目的基础课，我们从中选出几门作为必修课，在漫长的时光中慢慢摸索，享受被爱被认可，也学会去爱去包容，学会当父母也学着当子女。**在生活的细枝末节里，我们对自己身处的世界不断探索和理解，能够知道自己所学再多，如果失去独立性，精神就会不自由。**

不怜悯自己的悲伤，才不会伤害活下去的兴致。

在徐志摩感情世界里被遗弃的发妻张幼仪没有怜悯自己，而是自给自足，亲身实践了耕耘与收获的对称性。在失婚产子后，张幼仪考入柏林裴斯塔洛齐学院。学成归国后，她在上海东吴大学任德语老师的同时，开办了自己的时装公司，专门在旗袍款式及细节之处做文章，一时受到全国名媛闺秀的热捧。时装公司开办不久，张幼仪又出任了上海女子商业银行副总裁，银行在她的努力经营下很快扭亏为盈，在当时的金融界占据了一席之地。

爱情这件事，有时不会让人觉得平等。相爱的时候每个人都懂得为自己的幸福努力，不爱的时候却鲜少有姑娘保持清醒，自愿截断末路，转换跑道。**一纸契约并不是保证爱情的定心丸，真正能让你获得安全感的无非是不惧风霜的自信。**相爱时彼此温暖，分开后不会皱眉，只愿拼尽全力打开那扇没人阻挡又格外有重量的窗，并深信自己会越来越好。

> 任何时候，只有你对自己满意，才会对生活感到满意。赚不多却够花的钱，做一份喜欢的工作，坚持一到两个爱好，照顾家人也不忘记保持自我，先让生活见到最好的你，自然能得到生活的宠爱。

纵然青春留不住

室友 A 是热爱旅游的文艺少女，期待毕业以后能在云南开一家客栈，但每一间都要有特色。

室友 E 喜欢缩在厨房里做饭。她说："我的梦想是做一名完美的家庭主妇，烹饪美味可口的食物。"

室友 M 的梦想就是做个商业女王，我要把 A 的客栈开遍全国，然后把 E 的美食包邮到每家客栈。

时间给得起旺盛的向往，年轻本身已是光芒万丈。

毕业后，A 成了房地产公司的部门经理；E 的确每天都在品尝不同的美食，却是别人做的，她现在是一家美食杂志社的编辑；M 现在是马尔代夫的一位潜水教练；我也是，当初一心期待去杂志社的我如今做着严谨的财务工作。

我们都没能成为当初造梦时所期待的自己，也没有不顾一切去改写现状，但是这并不代表梦想真的逝去，它消失在眼前却藏匿在心底，然后慢慢地改变了我们。

A 的业余时间都在学习室内设计，她写的低成本装修攻略大受追捧；E 是一家公益组织的志愿者，周末为空巢老人收拾房间洗衣做饭，陪老人们聊天；M 开了一个学潜水的微博，在这里，你会发现我们彼此有着不同的价值观，让理解的人共鸣，让不懂的人叹息。

你看，生活真的没有我们想象中的美好，却也没有我们想象中的糟糕。好的生活不会让你事事顺遂，坎坷磨砺颇多，却也让你变得柔软了。

成熟并不意味着放弃对美好的向往，而是学会接受现实，学会在现有的旧物上拥抱新的快乐。纵然青春留不住，也不要为此耽搁行程。

你还有梦想没实现？太好了！

琳琳打电话告诉我她的蛋糕店就要开张时，我在心里由衷地为她高兴。因为，并不是每个人都能将梦想保持多年，并且最终实现。我在电话里说："琳琳，你真幸运，想做的事就能做成，真让人羡慕。"

上大学那会儿，她从生活费里抠出钱去学做糕点，但父母不愿意她鼓捣那些面糊糊，这个小梦想也就这样搁浅了。毕业后，她顺利地进了一家文化公司，成了你在写字楼里常能见到的那种光鲜白领。可一下班，她立马换了个人，套上围裙，挽起袖管，一头就扎进了面团里。她不光做常见的口味，还很有创意地将自己喜欢的口味进行各种混搭，常常给人出其不意的惊喜口感。

琳琳说："**在无数个想要放弃的时候，我都在心里想，我还有个梦想没实现呢。太好了！我得想办法去实现它。然后，就觉得浑身充满了干劲儿。**"

大宁，大学毕业后做了工程设计的工作，心中的梦想却是搞摄影。他拍得一手好照片，最喜欢在大马路上拍行色匆匆的人。"我常常在想，那一个个早出晚归、步履匆忙的人，衣饰不同、表情各异、神态有别，背后会有怎样精彩的故事……"

几年下来，他积攒了好几千张照片。他的作品多次登上报纸、杂志、网站，也拿过一些大大小小的奖项。不久前，还在一个朋友的帮助下办了个摄影展。

大宁说："**总是觉得有事儿做，说明我有想法、有激情、肯努力，说明我心态不老，还对生活怀有憧憬，还对这个世界抱有好奇，这有什么不好？**"

3

不久前去爬华山，因为刚下过雪，路面结冰湿滑，我走得格外小心翼翼。时间也就这么被耽搁了，最后我只好西峰上、北峰下，其他几峰都没能登临，心中怅然若失。

下山路上，遇见几个遭遇相同状况的年轻大学生，他们却是一路有说有笑，很开心地拍着沿途雪景。其中一个小伙子说，今天见到这么壮美的景色，已经实现了心中所愿，为什么不开心？

"可是，并没有登上最高峰啊。"我毫不掩饰自己的失落。

小伙子说："那多好啊。如果这次就把所有风景都看遍，可能下次我就不会有这么大兴趣了。留点遗憾，说不定我明年就会再来。或许是在春天，或者夏天，那会儿肯定会有完全不同的景致。"

越过山丘，才知道是否有人等候。也是越过山丘，才会发现远方还有更多的山峦。我们不能奢望每一座都能登顶，但只要一直走一直走，总能不断攀上新高度、看到新风景。

4

心想事成，只是一种美好的祈愿。现实的压力、鸡毛蒜皮的琐事、周遭的变故，包括人的自我成长，都会挤压梦想的空间。我们是从什么时候开始，一点点对困难妥协，慢慢放弃了自己的目标？

虽然，不管如何坚持、如何努力，我们也未必能完全实现最初的梦想。但是，**梦想存在的意义并不仅仅是为了拿来实现的，而是有一件事情在远远的地方提醒我们，我们还可以去努力变成更好的人。**

只要生命还在，人生就会一直铺展。梦想不灭，就说明你还走在路上，可能明天就会实现。谁知道呢？

没那么难，不信你试试

对未知的、麻烦的事，我总是想得到别人的帮助，花钱我也愿意。这是一种"趋利避害""避重就轻"的本能。比如我在电脑、电子产品上就是个白痴，设置路由器都恨不得找人上门服务。对体力活也是没有耐心，扛袋大米上楼，都想找人帮忙。我是个七尺男儿，怎么就不像个爷们儿？

有一次买了个电炉，人家送货到楼下，没搬运的师傅。我四处也没找到人，于是硬着头皮把100斤重的家伙搬上了六楼，大汗淋漓，但很有成就感。

其实好多事没那么难，而自己是完全可以做的，只是因为懒成了习惯。先去做，没你想象的那么难。

"我不会啊！"一脸无奈，渴求帮助的表情。这样的人，生活中并不少见。是让你研究宇宙飞船吗？是让你破解哥德巴赫猜想吗？都不是。

你可以把韩剧里错综复杂的人物关系理清楚，可以把麻将打得滚瓜烂熟，可以花一整天玩游戏不觉得疲惫。所以，你是个聪明而有耐性的人啊。只是，你懒，你怕。

从没有一个人会因为自己会的东西多而痛苦。而无能，大多时候是自己怕难而不敢尝试。

据说，人的大脑大部分未被开发，潜能无限。所以，我们为何要给"难"找那么多理由？没有人天生就会，但，我们有学习的能力和时间。约翰·列侬27岁才开始学钢琴，村上春树29岁才开始写作，所以，只要开始，一切都不晚。

所以，别怕难。因为，艺多不压身。因为，可以更从容地去面对生活。

人生没有毫无意义的事情

"你有没有做过对你来说毫无意义的事情?"今天有人这样问我。

我很认真地思考了十几秒,然后笑着说,没有吧。

我想起了我最喜欢的电影《那些年》里,沈佳宜对柯景腾说的一句话。她说:"人生本来就有很多事情是徒劳无功的啊。"

是啊,人生本来就有很多事情是徒劳无功的,比如弯路,比如绵延的想念,和你。可是,我并不觉得那是我人生里毫无意义的事情。我觉得吧,我们每个人活到现在,所有经历的事情、遇到过的人,都不是毫无意义的。

每个人的出现都是有意义的,他们的出现会给我们带来不同的意义;每件事的发生也都是有意义的,因为我们淋过的雨、受过的苦,都造就了现在的我们。

你走过的路,你看过的风景,最后都会变成你最难忘的回忆。

你吻过的人,你爱过的他,最后都会在你的心里,开出一朵花。

所以,那些看起来毫无意义的事情,不要急着去避开它。那些看起来毫无意义的事情,也不要急着去越过它。特别是有些人喜欢寻找捷径,寻找最舒服的成功方式,这类人最后还是会走弯路。**因为人生根本没有捷径,而那些看起来毫无意义的事情,或许才是造就你的风雨磨砺。**

你是什么样的人，就会遇见什么样的人

我的朋友Z，身高183厘米，姿态挺拔，穿着考究，热爱旅行。在去美国攻读博士之前，他没有恋爱过，但身边追求他的女孩子并不少。

大学四年，他很拼，最后拿了双学位，然后去美国读了喜欢的心理学。至于系里追他的一些"灰姑娘"，他是有所顾忌的，身边的人总是不停地提醒他："你要看清楚，她究竟是喜欢你，还是你的家境？"

除此之外，还有两个和他家境差不多的女孩对他有好感。然而，他最终没有在任何一位追求者中做出选择，他说："我不知道，等我去了美国，会不会遇到和我一样的人……"

后来，他在佛罗里达读书时遇到了一个独立、漂亮、有才的女孩，并于去年完婚。女孩并未觉得自己像凌霄花一样攀附于他，反倒经常调侃，自己的某一条真丝连衣裙是他买不起的。她经济独立，会做各种花式面包，且有自己的专长。

听过这样一段话：**"维系婚姻的纽带不仅是孩子，也不是只有金钱，而是关于精神的共同成长。**在最无助和软弱的时候，有他（她）托起你的下巴，扳直你的脊梁，令你坚强，并陪伴你左右，共同承受命运。那时候，你们之间除了爱，还有肝胆相照的义气，不离不弃的默契，以及铭心刻骨的恩情。"

爱，从来都不是单纯的索取和享受，而是共同的成长与进步。

只要两个人价值观相同，没有太大分歧，然后一起努力奋斗，一起去体验生活的变化，就很好了。其实，也只有这样的感情，才能经受住考验，爱得更长久。

文／米格格

别让你的梦想只是梦和想

人最容易犯的毛病不外乎你总是在想"我要做什么""我想得到什么",却从来不想"我正在做什么"。

经常有年轻人问我:像你一样写作挣钱吗?杂志、媒体会用我的稿子吗?

我总是会反问一句:你写过什么?写得好吗?

然而得到的回答常常是:我还没开始写,更谈不上好坏。

假如一个人总是急于追求结果,却不在乎自己究竟做过什么,那么这个人追求的东西又凭什么发生呢?

想起朋友曾经跟我抱怨说:工作无趣,自己没有进步,上班常常无所事事,下班就是浪费时间。我觉得自己的职业目标永远都无法实现。

我很奇怪他这样的说法,你什么都没做,就说自己不会成功,这未免太小孩子气了。

于是,我劝他不妨先给自己一个小小的目标,比如每天参加一些学习社群,多给自己充充电;把想法做成方案报给自己的上级,你也可以自己私下尝试,成果和成长自然都是你自己的。

对于一个有追求的人来说,真正的梦想应该是理想主义和现实主义的结合体,你要敢想,更要敢做。

梦想从来不是空口无凭的大话,而是在寂静的奋斗里努力生长的果实。

人生没有梦想，年轻也是苍老

年轻时没有梦想，就好比童年时没有童话一样。梦想不是给家长做的样子、分配的指标，是灿烂你生命的一抹色彩，过去了就永不再来！

我小的时候，已穷到无家可归，按照他们的逻辑，谈梦想就是一个笑话。其实，上天造就人类的时候，就把梦想的程序编进了生命。每天睁开眼看见明媚的阳光就阻止不了梦想的生根发芽，那是一种酷炫的感觉。最主要的是你相信它会实现，活在希望和期盼中的日子会凭空感到明媚。

最初，我梦想能穿上军装，为了这个梦想，我坚持训练，学会干练果断，学会勇敢和坚持，即使后来与军人毫不搭界，但是那段准备的日子成为我最闪亮的时光；再后来，我梦想有一天能像三毛一样自由翱翔、天马行空，虽然渐渐明白这是一种幻想，但也正是这个梦想，改变了我对生活的态度，它让我坚信：活着就是为了遇见美好。

如今，即使已经不惑，我还时常告诫自己仍然年轻，要随时葆有一颗向往远方的心；我告诉自己一定要缓慢下来，一定要带着亲人走一段旅程，不为看海，不为登山，只为在路上有你相伴。

梦想不是让一个人瞬间伟大，而是让一个人拥有希望和色彩。梦想不一定能成就你的人生，但一定能丰富你的人生，这就是梦想的魅力所在！

你那么年轻，为什么要将坐拥的幸福拱手相送给岁月和时光？

你别急，慢慢来

对我来说，有没有想年少成名的心？自然也是有的。张爱玲十八岁写下《天才梦》。亦舒十五岁就被报刊编辑追到学校来要稿。我仍然记得，高中时没日没夜用手机把亦舒的小说看了又看。我也开始了自己的尝试。但后来，我收到过多次拒稿，慢慢知道写作这件事是要天赋的，也就不去强求。跟着高考的洪流走了一遭，终于有时间看自己喜欢看的书，慢慢积累，写了一些字，逐渐有了愿意听我说话的人。

我曾经把一段话在笔记本上抄了好几遍：

> "一个人最好的模样大概是平静一点，坦然接受自己所有的弱点，不再因为别人过得好而焦虑，在没有人看得到你的时候依旧能保持节奏。这样或许会走得很慢，但会走得比谁都坚实，不用害怕一脚踩空，也不用害怕走到别人的轨道上去。"

人最不能辜负的是自己，连同那些走过的路。凡事皆有意义可寻，你糊弄过去的，终有一天要自己偿还。所以，那些为了刷绩点而学的专业课，为了考试而急忙背的单词，为了丰富简历而参加的活动，都只是一副一碰就倒的骨架。对于仓促走过的路，只留给岁月一张贫乏苍白的面孔。**安全感是自己给的。在现实里困惑又挣扎着成长的时候，唯一能依靠的，是内心的笃定与踏实。**

所以，你别急，慢慢来。

让你流泪的不是毕业,而是无法再重走一次的青春

无论是高中毕业还是大学毕业,不仅是拥抱未知的新生活,也代表着我们一次又一次与青春和回忆告别;与原本亲密无间,此后却可能南辕北辙、永不相见的人们告别。

毕业季,就是离别季。

缘分,把原本不是一个世界的人抱在一起依偎取暖;然后等到习惯已经浸入骨髓,再让命运逼迫你们背对背大步离开。这时候绝情分手,仿佛也就成了顺理成章的事情。

毕业季,也是分手季。

整个高中,我们曾设想过无数次高考后终于解放,在学校叫着"再也不想回到这个鬼地方"的画面。但当班主任鞠躬说"谢谢你们忍受我三年",当我们在黑板上写下"希望我们永远记住彼此"的时候,还是禁不住红了眼眶。

整个大学,我们曾和室友一起上网吧、KTV刷夜,一起去食堂打饭看帅哥;也曾吵架厮打,冷战排挤。恨得牙痒痒的时候,甚至想过最好以后再不相见。

当毕业那年我们举杯共饮,发现昔日的好友兼仇敌突然眼睛里亮晶晶,那瞬间冰释前嫌,心中也忍不住变柔软。当你离开宿舍的那天,看着空落落的寝室、光秃秃的床板,恐怕也会忍不住掉泪吧。

我们为什么会在毕业时失声痛哭?我们为什么会那么怀念学生年代?因为我们知道:从毕业后,许多人恐怕就再也见不到了。从你生命中彻底消失,不会有一丝交集。

让我们流泪的不是毕业,而是无法再重走一次的青春。

理想不死,青春向上!

每一个梦想都值得被尊重和敬仰

A是一个农村出来的女孩,黑黑的不施粉黛且有些粗糙的皮肤,笑起来嘿嘿嘿的实诚。认识A的时候,我已经在那个10平方米四张床的小屋子里住了一年,A是我下铺第四个租客。当时她说她要考北大的光华管理学院,那已经是她第四年考光华了。第一次是大三,考上了但因为是大三不能上;第二次是大四,考上了但面试没过;第三次是毕业一年时,差了几分也没面试机会;第四年是我们认识的那一年。她白天要去上班,晚上和早晨起来就去窄小的客厅里学习。

那年,我记得她笔试通过了,但后来的事情,我就忘记了,可能是她搬走了,或者是我搬走了,记不清了。但我记得过了一年左右,她跟我联系上了,那时候她已经是光华的学生,每天都在热火朝天地做着案例分析。我问她学费会不会很高?她说要几十万,她借了一部分,剩下的自己打工,争取拿学期末奖学金。我不懂管理学的课程,只能听她说得很高兴很激动的样子,我心里有说不出的感动。这条路,她走了四年,终于走到了自己想去的地方。

一定会有很多人跳出来说,考研有什么了不起,考四年值得吗?人生还有好多事情可以做,研究生毕业还不一样是打工仔,赚钱还没有个体户多,研究生毕业一样当"失败者"云云。**但如果一个人能为一个单纯的梦想努力很多年,而这个梦想一年只有一次去实现的机会,并且这个机会也同样会因为很多不可抗力而失败,但却依然矢志不渝,这本身就是一件值得去敬佩的事情。**

其实我们每个人都不缺梦想,特别在这个梦想都快被说烂了的年代,我们所缺的,仅仅是为梦想矢志不渝的精神,哪怕是一点点所谓的坚持,都显得弥足珍贵。

不是每一个梦想都能实现,但每一个梦想都值得被尊重和敬仰。

年轻人哪,不能太舒服了

二十岁就想要六十岁的舒服,到了六十岁那会儿,你就能感受到生活的不舒服和内心的挣扎了。一眼望穿人生的舒适并不叫舒适,那叫碌碌无为。

我曾经有过一段在外人眼里舒服得不行的生活。每天上班不用打卡,永远都能准时下班,工作压力几乎没有,下了班就是玩游戏,回到家吃了消夜倒头就睡。一到周末,基本上都是赖在床上不动。我妈叫我出去运动,我不去;我爸说那你看会儿书吧,我不看。无所事事地把周末过完,又是轻松的上班时间。

一开始,我对这样的生活状态无比满足,就是给我个神仙做做,我也不换。

不过,很快我便进入了惶恐的阶段。我经常都会听到某个朋友做了哪个大项目,一个月流水上千万;某个同学签了笔大单,年纪轻轻就给自己买了一辆梦寐以求的跑车;某个发小考过了注会,进了四大做会计,即将走上人生巅峰……

同龄人间的交流难免有些压力,当别人问起我的情况时,我才发现,自己除了长了几十斤的膘,别的事情一点长进都没有;除了尿酸高,业绩一点高的都没有,顿时羞愧得无地自容。

舒服意味着没有压力,而没有压力就等于没有动力,最终的结果就是当别人都在进步的时候,你还在原地踏步。 当你在羡慕别人以后的生活会变得有多么舒服、畅快的时候,你就会发现自己眼前短暂的舒适有多么不值一提。

经常会有读者跟我分享他们奋斗的心路历程。有个姑娘留言说,自己学业挺忙,但梦想是当个歌手。她经常背着乐器到各个酒吧转悠,希望老板能给她个机会登台。因为上课,有时她只能下午去,但是酒吧晚上人才多,老板自然不愿意大白天花钱让人唱歌。于是她主动说免费唱,能上台就行。没钱、没观众,但只要能唱自己想唱的歌,一切都值得。

前一阵子,我还收到一条留言说,自己干了十几年的厨子,餐厅老板不愿意搞新花样,每天做的都是那几个菜,觉得没有突破。于是辞职,把自己不多的积蓄全都投入创业当中,开了一家自己想要的餐厅……

我知道他们选择的道路一定不是好走的道路,他们将要面对的事情也一定不是轻松的事情。可是想想,有几个人的人生会是一顺到底的波澜不惊呢?奋斗的路永远不会舒服,或许会遭遇失败,或许会经历挫折,可是这些难过、这些不舒服也一定会让你充分地成长。

作家六六在《双面胶》里写过:这人哪,不能太舒服了,太舒服了容易得病。

以我的经历来说,太舒服何止会得病,年轻的时候太舒服,人就废了。

人不可能永远拿着一点看似过得去的薪水,安慰自己平淡是福,不累就好。当你老了,发现自己想做的事情做不了,想要的生活得不到,才会发现年轻时候用舒服来自欺欺人是多大的罪过,那时真的晚了。

我知道你终将闪耀

时间倒回到四年前,上千人在一个闷热的大教室里听考研数学课。我从第一排转身向后看,他们的神情竟出乎意料的相似。后来,那样的神情我在拥挤燥热的企业宣讲会上看过,在水泄不通的招聘现场看过,在新公司入职培训的动员会上看过,在校园里手挽着手热烈地谈天说地的人群中看过。

我才知道,那神情属于无数个年轻的你和我,属于贫瘠年华里对未来最恳切的热望,属于被现实打败之前耀目荣光的无畏青春。

有段时间,网上盛传一篇叫作"为什么要努力"的帖子。也有人问我,为什么要努力?

我想,是因为人生有那么多就算你努力了也无法掌控的东西。比如你寤寐思服的那个人的心,比如父母渐渐老去的容颜,比如时间如流沙一般无可挽回的逝去。所以,对于那些努力了便能扎扎实实握在掌心的东西,为什么不珍惜,为什么不争取呢?

说到底,年轻时所有的你追我赶、冲锋陷阵,不过是为了兑换一场酣畅淋漓、了无遗憾的时光而已。让无数个看似庸碌平凡实则丰饶激荡的灵魂,在陷入回忆时能露出一抹温柔的笑意。

你一定和我一样,明白除了在寒风中裹紧衣领往前走,别无他法能带我们走向一个温柔明媚的春天。

而我也知道,在被庸碌现实俘虏之前,在被琐碎生活招安之前,你终将闪耀,如日光投射辽阔原野,如流星之于无垠天际。

年轻人,下了班一定要瞎折腾

人人都说,下班后的八小时决定我们的人生。可是,细细数来,我们下班后的生活,再也数不出充沛的、美好的、专心致志的八小时,却只剩下了"看剧、玩手机、买买买、网聊……"

每个人都像网瘾少年一样,将手机里的视频刷到无可再刷,将朋友圈里的消息看了千遍万遍,却忘了年轻的我们,最应该做的事其实是"瞎折腾"。

我们抱怨,抱怨生活的无趣,却忘记了如何去创造生活的有趣;我们吐槽,吐槽人生的艰涩,却忘记了如何去平缓人生的艰涩。

于外人看来,我做过的好多事都是"无用的小事",但是谁也不知道那些无用的小事在我的生命里究竟播下了什么样的种子。

我读过很多无用的书,那些书没有教材有用,与我的升学、求职似乎都全然无关。可是多年之后,我总是想起一生落魄的尼采,死后却如灯长明;总是不经意间想起书里集结着人类最璀璨智慧的句子,不知它们曾多少次治愈过孤独的我。

我写过很多无用的字,那些字不是上学时的学术论文,也不是工作后的项目报告。后来它们中的一部分变成了一本书,记录下了我曾闪耀过、曾黯淡过,却从未迷失过的青春。

我甚至走过很多无用的路,在不是名胜景点的冷门城市,但路过的人,都住进了我的身体里。

如今,我真想重新找回那个爱折腾的自己。去做一切无用的小事,去结交一切好玩的人,去用溪流激起波澜,再用微光烛照黑暗。

我终于懂得,**是有趣的人去造就丰盛的生活,而不能依赖生活来造就我。**

文/伊心

清晨是最好的增值时光

身边有一个90后的同事,皮肤白里透红,像能掐出水似的。有人问她,如何保养皮肤。她说早睡早起。通常,晚上十点半她就会老老实实上床睡觉,早上五点准时起床。

我们笑她活得像个老太太,也十分好奇她起那么早做什么。她说,无非是看看书,练练字,上班之前整理下当日的工作思路,闲散时光而已。

但是,她整个人呈现出来的,却并不是如她所说的那般闲散。她浑身上下散发出来的是超出年龄的沉稳和从容,毫无同龄人身上的颓废感。在别人偶尔加班之后,撒娇耍赖邀功似的跟领导请假时,她依然有饱满的精神准时到达公司。

任何一项脑力劳动,都离不开体力的有效支持。爱熬夜的人,苍老都写在脸上和言谈举止中。爱早起的人却有着不一样的神采奕奕。所以,即便早起的时光只是看日出那般悠闲,已然是有效的增值。更何况,一日之计在于晨,清晨从来都是最有效的增值时光。

无数个夜晚,我们都用来追剧,刷朋友圈。若是再有三两好友一起晚睡,时间倏地就溜走了。最终,日复一日的消耗就堂而皇之地占领了我们的生活。

早起会给人一种"偷得浮生半日闲"的窃喜,仿若怀揣不为人知的珍宝那般,时光变得更加值得珍视。这样饱满的开始,能更好地给人力量和斗志。因而,很少有人会像熬夜那般,挥霍清晨。**一天的时光从最开始被拉长,能让人感受到指挥时间的畅快,而不是追赶时间的狼狈。**

年轻时吃过的苦，都会成为你未来的路

大学有一个暑假，我在一个小县城的报社实习。当时，单位有一个记者，是个三十多岁的男人，个子不高，特别瘦小，每天都第一个来上班，又在报纸出刊后，第一个出发去跑新闻。他是一所普通院校毕业的，文凭也不好看，但他格外肯吃苦，也格外勤奋。

看得出来，许多人对他的努力并没有一丝赞赏。有时候，职场就是很奇怪的——大家所希望的是，一团和气、"同甘共苦"，你想冲锋陷阵，却未必被人钦佩。

是啊，你那么认真，不是给那些不刻苦的同事找对比吗？

他真的什么都没听到吗？一定不是。人言可畏，就算是一阵风，刮了那么多阵，也该刮到他耳边了。可是，他还是每天高高兴兴地上班，该工作的时候工作，该和人唠嗑的时候唠嗑，就当什么事都没发生。

后来，我去听他的一堂新闻课。他说，他最相信的就是勤奋。他说，他刚进报社的时候，写的第一篇新闻就被否决了。而现在，他几乎是报社每年报发新闻量最大的记者之一。

凭什么？就是勤奋。每天不停地跑，不停地写。寒冬酷暑，没有人愿意去跑的新闻，他去！最偏远的地方，没人去，他去！**大家总是喜欢近在咫尺的稳妥，然而，一个人与别人的差距如何拉开？就在于能不能走过别人没走的路，吃过别人没吃的苦，见过别人没见的人**。量变到质变，从来不会含糊其辞，可能不会立竿见影，但一定会渗透在你长长的人生岁月里。

是啊，其实这是多么朴素的道理。成功从来不会一蹴而就，也不会从天而降，它只在你的岁月里，慢慢生出花。

我毕业后的几年，他成为首席记者，可能是报社最年轻的首席记者之一。

那些张皇不安,正是青春时光

多年之前,我遇见任何不曾见过的事情,心里都有新奇充盈着。年少的我羡慕着那些见过世面的"过来人"。

我有一个哥哥,有学识,年轻时曾到许多大城市闯荡过。少时,我私底下认为,他颇见过些世面。我愿意跟他分享一切让我感到新奇和惴惴的事情。每次,他都面容淡定,回应我的永远都是懒洋洋的几句话——"这很正常""这有什么好紧张的""小事儿,顺其自然"。

大多时候,这样的回答并不曾安抚我的不安,反而会让我自我怀疑,怀疑自己面对改变时的整装待发是不是过于隆重。

我轻易地就跟泄了气似的,有些看不起我自己。世界那么大,为什么我的见识这么浅?

多年过去了,我的那位哥哥事业上并未有任何突破性的进展,依然是单位里平庸的一员。逢年过节回家时,我常能听到嫂子对他的埋怨。且不说这些牢骚是否中肯,但事实却不曾被扭曲。单位里的年轻人来了一波又一波,也被提拔了一波又一波,但是很少轮到哥哥。

提起他时,曾有长辈叹息,说他早早地就没有了年轻人的冲劲,缺乏对社会一如既往的新鲜感及热情。

> 那些我年少时以为的"见过世面"和"处变不惊",原来都是误读。空洞无物的顺其自然,看似豁达,实则是缺乏激情和麻木不堪。真正的从容和淡定,从来不是这般消极无力。

我逐渐长大的那些年,我在年少的张皇不安里欢喜或者头破血流,而他在"处变不惊"里稳妥得有些老气横秋。

然而，多年过去，我终于也渐渐变成了这样一个佯装不张皇的成年人，内心却为自己精神的迅速苍老而无比不安。面对任何事情，没有热情，从来不曾有什么真正的备用方案，习惯扬起一张冷漠的脸，以不变应万变。这是我们这些麻木的成年人的通病，有一种令人悲哀的苍老隐匿其中。

古人有云："三十而立，四十而不惑。"高晓松在《鲁豫有约》中曾感慨：没到四十岁的时候老觉得，四十不惑的意思就是，你就明白了，什么都懂了。然后等到四十岁才发现，不惑的意思其实是说，你不明白的事情，你都不想明白了。年轻的时候，每件事情你都想明白，因为老觉得，有些事情不明白，就是生活的慌张。后来等老了才发现，那慌张就是青春。你不慌张了，青春就没了。

人生若没有了这份慌张不安，青春可能在十八岁就戛然而止。那份慌张不安，其实是时刻整装待发。

真正的处变不惊里永远包含着些许张皇不安。那是奋力拼搏之后的冷静和热烈，对生活认真而热切。天边何时云卷何时云舒，尽在了然，却又永远新鲜如初，永远年轻，永远热泪盈眶。

别忘了此时此刻你的勇气

英语酷炫到不行的电影《中国合伙人》里,主角成冬青是我很佩服的角色。

一开始,他没能如愿考上自己想要的大学,他没有放弃,一直坚持,最后如愿以偿;在他毫无预兆地喜欢上一个姑娘的时候,除了一开始表白的勇气,他更能坚持不懈地勇敢追求,坚持用自己的这份勇气来让对方喜欢上自己;还有一开始,他的英语口语因为发音问题,听起来像日语,但是当他翻到英语词典里的那张书签,看到上面写着"有天你会让我妒忌的",那一刻他获得了莫大的勇气,最后真的就成了那个让人妒忌的人。

看到他勇敢倒腾、壮志豪言的那一幕,你也一定不会陌生吧。我们都曾这样勇敢过,每当我们立志要完成某件事情、某个目标的时候,我们也会这样勇敢。就像我们说要好好念书,就像我们说要英语八级,就像我们说要周游世界……

可惜的是,我们很多人都只有开始的勇气,却缺乏坚持的勇气。

你有没有试过,想要为了一个人而去改变自己?

你有没有试过,想要得到一份更好的工作而去改变自己?

你有没有试过,想要实现自己的一个梦想而去努力改变自己?

你当然试过,一开始我们也曾经胸怀勇气,斗志昂扬。只是,很多人没能坚持下去,没能把这份勇气一直坚持下去。于是,那些坚持下去的人,成功改变了自己,让自己变得更好了。

电影《那些年我们一起追的女孩》里,柯景腾说,突然有一天你发现,努力念书也可以变成一件很热血的事情。于是,他努力学习,努力学好英语。光着身子站在家里的阳台上大声朗读英语,就算每次都会被对楼的大叔嘲笑,他也依旧认真而大声地背单词。

他也会烦闷,也想过放弃,可终究没有。我想,这就是勇气吧。为了一开始拍着胸脯说"我要是认真念书肯定会比你厉害"这句话,他坚持了下去,身为学渣的他最后居然考了一个很不错的成绩。

所以,一开始的勇气很重要,而坚持下去的勇气,或许更重要。无论你在做着什么样的工作,或是还坐在学校的教室里,都请不要忘记了,一开始你曾经为了梦想而有过的勇气。把那一刻的勇气,变成此时此刻的坚持,你终将遇见更好的自己。

二十岁出头的你,是不是急着想要更多

生活中的我们总是很焦急,尤其是刚刚二十岁出头的我们,更是心急火燎地害怕自己还没赚到更多的钱买房,房价又继续上涨;害怕还没摆脱目前窘迫的现状,生活又给自己泼了一瓢冷水;害怕遇见了好的爱情,却因为种种原因败给现实。于是,为了摆脱这些害怕,我们急切地催促自己赶快成功,赶快多挣钱。

其实,无论是在大城市还是小城市打拼,都不容易。只是我们对年轻的自己,要求得太多,想要的也太多。这样只会把自己弄得筋疲力尽。**我始终相信努力会有收获,至于收获的价值大小,在于努力过程中如何耕耘。**

二十岁出头的我们,别妄想太快就能拥有太多丰厚的人生经验和成功。现在的我们除了拼劲,除了青春,除了梦想,一无所有。无论生活这杯酒多么艰涩难喝,你都得闭着眼睛一口干,坚持下去。

无论怎样,都希望年轻的我们不要总想着一步登天的成功,任何事情都有一个过程,不妨一步一步来。你想要的,付出了便会有,只是时间会给你一个考验,这个考验便是等待收获的过程。在这个过程里,你若能更合理地规划时间、好好生活,未来能得到的也可能会比你真正想要的结果好很多。

来一场"够本儿"的青春

你也许有一场轰轰烈烈的爱情,几次说走就走的旅行,也有过夜深高歌痛饮怒骂,或是三五好友结伴畅游。多彩就是青春的色彩,没有过荒唐,没有过愤怒,没有过抱怨,青春会失掉不少成色,但仅有这些,却可能失掉整个青春,乃至人生。

奋斗,还是青春的底色。也许你会抱怨,一无所有,但只要有青春,就还有一手好牌。很喜欢这样的比喻:既然点了 Start 按钮,即便是 Hard 模式,也可以竭尽全力干一把。纵使身在困境,只要努力,也能抽枝发芽,将青春"吃干榨净"。

接受梦想的牵引,在学习中提升自我,有"马上去干"的行动力。这是我从那些精彩的青春中解读出的成功密码。

互联网时代带来的机遇超乎想象。工作、娱乐、获取信息之外,我们更可以利用这个巨大的宝库自我学习。各种各样的公开课、电子书、讲座论坛,人生的养分其实就在身边。哪怕每天只花半小时,都是一种进步。随着时间的推移,人生的提升会在不经意间显现。

移动互联网大潮席卷而来,在某种程度上,也宣告了创业时代的来临。不知你能否感知这火热时代下跳动的有力脉搏,很多"弄潮儿"已经通过敏锐的嗅觉和超乎常人的努力挖到了人生的第一桶金。

青春的美妙,就在于无尽的选择。不管崇尚"爱拼才会赢",还是只追求"稳稳的幸福",只要你听从内心的想法,敢想敢拼敢干,那么,青春就是"够本儿"的。

文/魏薇

青春别怕"折腾"

必须承认,在90后都步入晚婚晚育年龄的今天,不"折腾"体现了年轻人慎重的判断与选择,因为并非每个人都适合说走就走去大理,面朝大海春暖花开。**二十几岁的年纪,正是经历重大变革的阶段,一个小小的决定都可能影响人生的轨迹。对风险进行评估,比较成本与收益也是年轻人的一种理性。**

当然,我们要反对那些不切实际、好高骛远的"瞎折腾",要鼓励青年人干一行爱一行,平凡岗位创造不平凡,但我们同样需要警惕拒绝"折腾",因为这背后折射出的可能是害怕变化、贪图安逸和不思进取。

难道青春经不起"折腾"吗?答案绝非如此。

来看看当下中国年轻人的众生相:正是"折腾",让这个大众创业万众创新的时代涌现出一批批年轻的创客,用青年人特有的思维与活力踏准市场的节拍找到创新创业的蓝海;正是"折腾",多少80后甚至90后离开原本安逸的工作,原本温暖的小窝,在陌生的城市或者贫困的农村编织梦想,让整个国家有一股向上的力量;正是"折腾",磨砺我们的内心,塑造一个个强大的自我,有一份"那都不是事儿"的淡定,能够在关键时刻扛住事儿,让社会见识到年轻人的担当。

人生不是一架精密的仪器,我们无法在二十几岁的年纪设定好一生的程序;人生也不是一辆做匀速运动的汽车,总要有各种突然迸发的加速度才过瘾;人生也不是一马平川,总要有一个又一个令人兴奋的坡度才精彩。**既如此,最好的年华,别怕"折腾"。**

梦想终究会靠岸

我的一个朋友，一直梦想着有一个属于自己的小店，过面朝大海、春暖花开的生活。大学毕业后她来到海南三亚发展。为了积攒资金，做过编辑、卖过盒饭，不惧苦与累，在到三亚的第五年，终于开起了一家温馨的小店。自己调咖啡，做手绘明信片，还专门设计了独特的漂流瓶，据说有很多人喜欢在海边写下心愿，装进漂流瓶，放飞梦想。

谈起自己的艰辛，朋友很是感慨，这些年过得并不容易，之所以能够坚持，用她的话说，"因为梦想一直都在"。她说，人生就像漂流瓶，看似随波逐流，磕磕碰碰，但只要坚持，梦想终究会靠岸。

看似简单的道理，却很少有人真正明白。**人们把心愿装进漂流瓶，因为坚信瓶子终会靠岸；而面对现实时，却有很多人不敢放飞梦想，而选择随遇而安。**

有梦想，才不会因走得太远而忘记为什么出发，人生的旅程才不至于寂寥。如果每天早晨都被梦想叫醒，哪还有时间颓废悲观？如果每天都离梦想更近一步，沧海桑田也只是转瞬之间。

犹记得汪国真的一句诗："既然选择了远方，便只顾风雨兼程。"有远方，就勇敢地迈出前进的步伐，不管风吹雨打，胜似闲庭信步。与其怪时运不济、命途多舛，不如迈步从头越，坚定地走自己的路，唯如此，才能实现心中的理想，抵达梦想的彼岸。

你赤手空拳来到人世,为了心中的那片海洋

梦想是一个很折磨人的东西,曾经有话说,梦想很丰满,现实很骨感。但经过这些年我才知道,这话其实错了,现实其实很丰满,但理想却很骨感。

有人说不相信奋斗的意义,也说梦想一文不值。有人因为无法得到心中所想早早放弃,有人不知道坚持下去究竟为何,也有人,在生活的百般压力面前缴械投降。

生活把我们翻来覆去地虐待,而我们仅为了一些大众标准生活,这样的日子就会活得顺畅如意吗?我不相信。

这个世界上,有很多事情我们无法完成,你想要尽快腰缠万贯,你想要早日得名得利,你想成为人中翘楚,但是谈何容易?

每个人都有自己的天赋,也有努力的极限值,这些先天因素都决定了你是否能做好一些事情。但是不要忘记,所谓不相信努力的意义,所谓不想走艰难的路,其实都证明了一件事,你的心,根本没有做好接受未来的准备。

我曾经听过一句话,生活给予我们千百种生活方式,既然我们认定了其中一种,那么就走下去,如何走是你的事情,走到何时也是你的事情,既然都是你在做主,干吗要对不起自己,干吗要临阵逃脱?你逃离的不是你的生活,而是真正的自己。

我始终都相信,所有的艰辛必然有它的道理,因为那是梦想的原始本质。

谁都想要过好的生活,想买好的东西,想随时旅行,想一切都拥有,没有人喜欢艰辛,也没有人愿意一直劳累。但是,在你想要过好之前,首先要走过艰辛,不是每个人都可以累

了就去购物去旅行，也不是每个人都会在困顿时马上醒悟。但是，你可知道，当你突然明白生活不仅仅是眼前模样的时候，那时已经晚了。

我们注定是有许多无奈的，梦是真，想是真，压力是真，困惑是真。所有的一切附着在身上的时候，自然会感觉到压力，那时我们都会想，不如就放弃吧，不如就换条路吧，因为眼前的一切所得必须抓住，往后的梦想不一定会实现。所以，就这么着吧，得过且过。

很多人都会这么想，于是很多人，都变成了得过且过的人。

不要担心自己的生活即将结束，而是应该担心你为自己的生活其实从未开始。

你是什么样的人，就会产生什么样的思维，拥有什么样的梦想。你相信它，自然它也会相信你，但如果你开始犹豫时，那么你内心所想就会离你越来越远。**我们不是应该突然明白生活不是眼前的光景，而是从一开始就笃定，如果要遇到光明，一定要首先经历黑暗。**

生命终归是漫长的，我们所能依靠的只有自己。所以，管那么多做什么？该做的做，该走的走，流泪了就擦干，迷茫了就调整。你面向阳光，才能继续前行，而背后那些艰难的阴影，也会因为光的渐亮而无处可逃。

生活不只眼前的苟且，还有诗歌和远方的田野。你赤手空拳来到人世间，为了心中的那片海不顾一切。

去爱一个积极的人

我背负着一段消极爱情带来的后遗症,它让一个曾经自卑的我,更加自卑下去。

跟一位经历丰富的朋友诉说后,他没头没脑地说了一句:"下次记得去爱一个积极的人。"

我带着半信半疑的态度去过接下来的人生,竟然真的等来一个积极的人。他是最普通的那类男子,长相普通,家庭普通,背景普通,看起来并不是别人口中太有前途的男朋友。

可他的身上却散发着一种独特的魅力,让人无法拒绝。那是一种类似阳光的味道。

他天性乐观,喜好分享,又难得是个平和、宽容、理性的人,活得认真又稳重。他是个绝好的男人,有一万种优点,我最最爱他善于发掘光明的那一面。

他耐心地听我讲述自己的自卑,再把埋藏在我身上的优点一条条地指给我看:"这么好的人,为何自卑?"

我对他敞开心扉,谈人生谈梦想,在受阻的时候心有顾虑,他鼓励我:"不是每个人都有梦想,喜欢就别放弃啊。"

我开始写作,他一个从不爱好文学只要看书就瞬间睡着的人,送我一张昂贵而宽大的书桌,对我说:"作家就得有点作家的样子嘛。"

我开始在网上发表豆腐块的文章,他第一时间转发到朋友圈。他和别人大大方方地介绍我,他说:"这是我的作家女朋友。"

==他是一个积极的伴侣,我也在这样的潜移默化中成为一个积极的人。==

朋友们看到我的变化,也为我欢欣,连站在镜子前的我自己也觉得人生充满希望。我手中的潘多拉盒子不见了,我第一次看见自己这么美好的一面。

当拇指代替爱语，手机代替伴侣

网上说，现代人的安全感，核心要素有两点：手机还有电，卡里还有钱。简直命中要害。

试想一下，离开校园之后的结交关系，有多少不是因为一个账号而相识，通过拇指聊天而熟悉？在看不见对方的另一端，嬉笑怒骂，口无遮拦，既有意淫的表情，又有远距离的安全感，遇到气场不合，转手拉黑，世界就安静了，这已然成了最流行的交际方式，"你好""再见"，比速食快餐更让人觉得没有营养且毫无回味。

我可以在手机上随意打出"么么哒"，但是却极难亲口说出一句"我爱你"，可以用小S的各种表情来张罗对话，却没有办法在现实生活中说一句心里话，你是虚拟世界的英雄，却是现实生活的书生。可想而知，我们多么适应有网络的单身生活，好过与人相处的二人世界，所以，那些所谓的每天有三百万的恋情发生就和你每天早上起床洗脸一样毫无特别之处，而那所谓的十八个月我觉得可能会更短。

> 所以，当人人都在质疑爱情是否还存在于世的时候，应该先质疑时代的快节奏到底让返璞归真的纯情还剩下多少。那些日新月异的新科技，代替了我们多少如数家珍的旧习惯，而那些看似被时代淘汰的东西，在某一天一定会让你眼前一亮，内心一震，激起你的复古情怀。

有一天，书信会变得价值连城，亲口说出的真心情话也是，拥抱也是，亲吻也是，真挚的爱情更是，昂贵是因为它们稀缺，同样因为它们是人内心深处的需求。

最好的时光刚刚开始

每个年龄段都有它的美好，只要珍爱生活，能够做自己喜欢的事情，每个年龄段都会散发出它独特的光芒。

二十岁到三十岁之间，我们寻找爱，寻找喜欢的人，寻找喜欢的事情。这十年，我们在磕磕绊绊中成长，在迷茫中寻找同类、追逐梦想。这一段旅程多数时候是孤独的，然而这段时光也是非常珍贵的。青春稍纵即逝，绝对挥霍不得。

三十岁到四十岁之间，我们用前面十年的积累，和喜欢的人在一起做喜欢的事情。喜欢的人不一定是异性朋友，也可以是闺密。

当你对年龄感到困惑迷茫的时候，可以为自己找一些榜样人物，你就会发现每个年龄段都有它的动人之处。

每个年龄段都有它的美好之处，只要坦然接受岁月的洗礼，活在当下，用心感受每一刻，做自己喜欢做的事情，就会忽略时光的流逝，而全然享受每一刻的愉悦心情。

青春固然可贵，拥有吹弹可破的肌肤和性感的身材，然而容颜易老，青春易逝，多修炼自己的内在气质，才能抵挡岁月的侵袭。

如此，随着时光的流逝，我们增长的不只是年龄和皱纹，更是智慧和从容。

只有充满智慧，让内心的世界变得强大，我们才能笑对时光，才能在每个年龄段开始时，对自己说一句：最好的时光刚刚开始。

文／何亚娟

就算打千万次退堂鼓，也要勇敢往前走

最近收到最多的问题，是这样的：

我想去考会计，可是心里很害怕，害怕自己考不好。想了很久了，始终也下不了决心，怎么办啊？

我要去面试了，可是心里好担心好害怕，都恨不得世界末日算了，我是不是很懦弱很没用？我这样的人是不是什么都做不好？

我想做很多事情，可我总是害怕，总不敢迈出脚步，很多事情想了一遍又一遍，最后又不了了之。我是不是很没出息？

……

看到这些问题的时候，我是感同身受的，因为我也有过无数个这样的时刻。

第一次到北京参加笔会，第一次参加聚会，我都会在心里打无数次退堂鼓。害怕一个人出门不安全，害怕自己应付不了人多的场面，害怕自己会给别人留下不好的印象。我甚至给这种害怕和担忧找了一个很好的借口，认为自己有社交恐惧症。

但是我知道，有些东西我迟早要去面对，我不可能真的一辈子宅在家里。于是，虽然很害怕虽然很担忧虽然打了无数次退堂鼓，最后我还是果断地买票，收拾行李，独自上路。**真的走出去以后，你会发现，其实一切都没有自己想象中的那么可怕。很多时候，我们都是被自己心中的各种担忧吓住了。**

我们都是普通人，遇到事情时，会害怕会担心会紧张，都是很正常的事。但是要记住，无论打多少次退堂鼓，都不要真的退下来。

如果你确定了那件事情是对你有益的，你确定那件事情是你想做的，那么，就带着担心、带着害怕，勇敢地往前走吧。我们必须蹚过那条习惯自我否定的河，才能到达彼岸，才能成长，才会有收获，才会变得更成熟更优秀。

大学，是一场最精彩的变形计

排除特殊案例，**在这个世界上，我们每个人拥有的成就和付出的努力都是成正比的。**

大学四年，你如果全部用来睡觉，或是混混沌沌1460天，毕业时，收获的大概只是激增的脂肪、已渐迟钝的大脑和蒙上了灰尘的心，连学位证能不能拿到都是个悬念。大学四年，你如果喝几百瓶啤酒，打几千次DOTA，以三个月一段的频率谈十六场恋爱，最后得到的恐怕就是虚浮的体质、磨损的意志和沧桑的心。

当然，大学四年，你也可以选择，参加一两个喜欢的社团，拿两三次奖学金，考三四张有用的证书，听30场名家讲座，读100本经典书籍，上810次自习，学有余力的还可以选修一个第二专业，用四年的时间积累丰富的学识，练就更加聪明的头脑，为你想要的未来铺路搭桥。

大学四年，你还可以选择，自力更生打1份工，放开身心谈一两场既不耍流氓又不以婚姻为枷锁的恋爱，心胸坦荡交几个能把你放在心上、将来愿意借你钱和参加你婚礼、葬礼的真心朋友，背上行囊去一些你向往已久的地方，放下包袱做几件疯狂的、老了以后想起来都会嘴角上扬、坐在摇椅上晒太阳时能跟儿孙吹牛的事情，用四年的时光换一场最激荡的青春，为生命画上最浓墨重彩的几笔。

虽然人生这场赛跑注定了不完全公平，但每一个阶段的大抵公平还是有的。**你选择了什么，就会收获什么；你将时间花在哪里，时间就会还给你什么。观念左右行动，投入决定产出，一切最终输出的结果都是由最初输入的选择和行动决定的。** 就好像那些经典的老电影，所有故事的结局，在最开始的时候就已经埋下了伏笔，只是有些你没有看出来而已。

年轻人,别总把别人的梦想当成自己的

网络、媒体向人们传输各种旅行的梦想,环游世界、间隔年、背包客等概念,从一开始的新鲜,到如今几乎人人皆知。关于旅行的梦想,变成一种时尚、流行的梦想。

于是大多数人的梦想也变得如此相似:放弃原有的安稳,去寻找动荡而富有个性的生活方式。可是真正做到的人又有多少呢?多少人不是酒醉时说一下,回头又回归自己的寻常轨迹。这种感觉,不就像小时候写的作文吗?写个老师认可的标题,凑个几百字,仿佛给自己贴了一个光明的标签,可以心安地站在大众的队伍里:我也是个有梦想的人!

每次看到这样的人和我谈梦想,我一般开始都说如果你想好了就去做,那就支持你,有时我还是会感动一把的。可是看到他们后来的行为,我只想说你只是在做梦。**梦想,在你没为它做过什么之前,它都不能叫梦想,只能叫"梦和想"!** 特别是,你的梦想,真的是你自己想要的吗?是的话,你为什么没有为它做过什么?不是的话,为什么老是拿别人梦想就说是你的呢?

没有经过自己吸收、接纳的东西,不能称之为自己的想法。没有为之努力的梦想,也别说是自己的。**唯有那些为之努力、为之付出的东西,才是真正能够属于你的。** 每一次,当我看到有哪个人遵循自我的价值观实现的梦想,例如在某个远离喧嚣的地方开了家客栈快乐地生活,放弃安稳工作去追求年少时喜欢的艺术,或为了自己的小家充满爱地奋斗,我都满怀敬意。梦想,属于这样的人。

人生不妨大胆一点，反正只有一次

有时候，我们习惯固守在自己画下的圈圈内，总是看着别人的生活，却不敢突破。

不敢突破的原因很多，归结起来无非是：害怕现有的生活被打乱，害怕新的生活不如现在好。一句话：无法承担冒险的代价。嗯，悲观的人，总是如此。因为只会看到新事物那不好的 50%，却忘了还有好的 50%。

所以，为什么要画地为牢呢？为什么不走出圈圈去看看呢？如果没有第一个吃螃蟹的人，可能我们到现在都失去了品尝美味的机会。如果没有第一个发明电灯的人，现在我们的城市怎么会灯火通明、五光十色？

有的人自嘲，为什么听过那么多道理，却依然过不好这一生。自嘲的差不多都是如我一般二三十岁的年轻人。二三十年，仅仅是人生的其中一段吧。很多年轻人，包括我自己，总是想要睿智地表现出看透世事的模样，其实是否就如辛弃疾写的"少年不识愁滋味，为赋新词强说愁"一样呢？

没有疼痛，哪来成长？ 当我决定开始正视那个"强说愁"的自己，正视那些我讨厌、其实是逃避的东西，我觉得我好像比以前更加勇敢。这种勇敢不是固执己见的孤勇，而是敢于直面痛苦的坚韧。

因为我开始明白，想要真正懂得那些人生道理，一定需要摸爬滚打，跌跌前行，切身体会过伤害，感受过温暖，这样才能拥有镌刻在生命里的人生箴言。

而这一切，都需要你大胆地跳出框架，正视痛苦，尝试未知，去挑战那个畏畏缩缩不敢前行的自己。

有句话我很喜欢：**人生不妨大胆一点，反正只有一次。**

去还没有路的地方，才能留下你的足迹

有人选择安稳度日，也有人选择拒绝一份收入颇高且非常稳定的工作去挑战创业；有人选择结婚生子，也有人选择拒绝一个高富帅继续环游世界。每个人有每个人的选择，每个选择都有各自的风景。

只是，我们大都喜欢选择人多的那条路，因为那里已经有路，看起来安全又容易，只是有路的地方，是留不下我们的足迹的。只有在还没有路的地方，才能告诉世界我来过，因为这路是我自己走出来的，不会被淹没。

生活也一样，**有所成就的一个捷径就是选择前人没有走过的轨迹。**一生，实现一个梦想就足够了。而在已有的路上，一个人必须比前面成万上亿的人更加优秀才能被看到；但在全新的路上，你唯一需要超越的只是你自己。

但你也要相信，如果你走的路不同，你看到的风景也是不同的。这个过程当然不容易，因为它可能荆棘满地，可能布满陷阱，可能充满危险，可能遭众人阻挠，但是所有收获都是有代价的，不是吗？如果我们足够热爱、足够坚定，那么就没有什么能阻挡我们的脚步。

你看，在新的路上，完全由我们自己决定它的构建，我可以把那条挤满了人的路上的不可缺少的东西移植过来，比如爱，比如生存；也可以创造出独属于我自己的风景，反而让人流连忘返。

在老路上，我们只能随波逐流；在新路上，才能随心所欲。

文 / 谢姣姣

不给自己设限，人生才会有更多可能

我最敬重的一位老师曾在开会时说："你们这个年龄的学生和青年，都可以看作一棵成长中的树。**如今对于你们来说，至关重要的不是关注那树枝有多繁盛，而是如何把根扎得更深。**因为，只有根扎得更深更牢固，这棵树才能愈加挺拔茂盛。"

那时候听不进去，觉得这道理谁不懂呢。如今呢，就是这个最简单的道理，我六七年之后才明白。我想老师话语中隐含的意思是：年轻时绝不能为自己设限，当竭尽全力汲取知识，尽其所能尝试新事物与新体验，一点一滴地积累生而为人的经验与教训。唯有如此，才能扎下牢固和坚实的根基，吸收养分，挺拔成长。

我也不知道未来的路该如何走，或者究竟怎样活着才是"不会后悔的""正确"的一生。我只是想，**不断地去尝试生活中的新事物，不轻易放弃，不轻易say no，保持一颗好奇心，将生活过得越来越丰盛，将狭窄的人生越走越宽。**

抛弃那些"我不行""我不会""我做不来"的精神细菌，去更广阔的人生里摸爬滚打吧！

对自己有要求的人,运气都不会太差

卡卡姐是我在职场里遇见的第一位导师。称她为导师,只因在她身上看到了珍贵的东西。

任何公司都有偷奸耍滑的人存在,领导安排了什么就做什么,马马虎虎交差就行,多一点儿都不愿意主动去做。卡卡姐不一样,她给自己定的标准从来都是超出合格线的。就拿做报表来说,不是随便把数据一堆,确认没什么问题就交差,她会考虑:报表是否清晰一目了然,是否还有修改的空间,能不能换一种更直观的方式来表现,从数据中能总结出什么。

这些事情没有人要求给她,就算不去做,也没什么大问题。可卡卡姐却说,你要想做得比别人好,就不能只求达标,得给自己定个高标准,这样才有学习的动力,保持清醒的头脑,知不足而后起直追。要是什么事都只求一个"混"字,迟早有你混不下去的那天。

卡卡姐只比我大三岁,销售业绩却很棒,后来还成了公司里最年轻的培训讲师。在新来的同事眼里,这姑娘是领导跟前的红人,是公司里拿奖金数一数二的主。而我眼里的卡卡姐,是那个把客户回访和追踪做得最详细的业务员,是下班后还在整理培训素材、制作 PPT 的好讲师,是周末还不忘充电和锻炼的达人。

当一个人对自己没有要求的时候,他就没有资格对世界提出要求。**每一个优秀的人,都不是与生俱来带着光环的,也不一定是比别人幸运,恰逢了更好的机遇。他们只是在任何一件小事上,都对自己有所要求,不因舒适而散漫放纵,不因辛苦而放弃追求。**

二十几岁,没有十年

我们都曾经以为二十几岁是很长很长的,长到好像永远都不会过去一样。或者说,至少二十几岁,和我们生命中任何一个十年一样,它至少有整整十年。而十年,在年轻的我们看来,是一段特别长的日子。

但残酷的现实却并非和我们想的一样。对于大多数的我们来说,二十几岁就好像只有三年。第一年在大学里无所事事,睡着懒觉逃着课;第二年在茫然惊醒中海投简历,租房子赶地铁;第三年做着不喜欢的工作,待在不喜欢的城市,在七大姑八大姨的催促下发现都该成家了呢,然后浑浑噩噩,竟然就要三十岁了。

有时候,我们面对机会,如果没有意识到二十几岁的珍贵,没有算过关于时间、关于年龄的数学题,那么面对结婚大军、稳定大军的袭来,你很有可能不那么选,很有可能和上大学时觉得四年很长一样,选择睡懒觉,选择逃课,到大四才恍然大悟,开始用"早知道……"这个句式。

如果你选择和时间较劲,那么二十几岁就会有十年;如果浑浑噩噩,那么二十几岁可能真的连五年都不到。

生活只在于我们如何选择,既然我们都会做数学题,加加减减一定会发现,时间真的没有我们想象的那么多。

愿我们的二十几岁都真真实实地,过足了十年。

文 / 孙晴悦

不要因为害怕结束,就拒绝所有的开始

她喜欢上了一个男孩,他性格开朗,阳光帅气,有理想有抱负,从读大一开始就已经给自己未来的人生做规划了。每次跟他相处,她都觉得周身充满了正能量,是他身上散发出的气场感染了她,让她有一种想要变得更好的渴望。

她是那么想跟他在一起,让今后的每一天都变得璀璨耀眼。可是,她不敢说出那句话,她怕!怕自己不够漂亮,配不上高大帅气的他,跟他站在一起时无法够得上"般配"两个字;怕自己家境平平,无法融入他和他那优越的家庭。她想,等自己变得足够优秀时,或许就可以坦白自己的心声了。

但有时候错过一时,便错过了一世。爱情这回事,当时没有抓住,过后就只有后悔,没有谁会一直在原地等你。当她毕业后,有了光鲜体面的工作,觉得自己足够优秀时,他已经漂洋过海,在海的那一端找到了自己的真爱。

其实,你怕什么呢?人生最大的一种痛,不是失败,而是没有经历自己想要经历的一切。有些事,尝试了,努力了,就算没有得到预期的结果,也可以坦然地说,我真的尽力了。

不要因为害怕结束,就拒绝所有的开始,没有人会知道明天要面对的是什么。你想要破茧成蝶,就得勇敢地尝试,每个人都是在尝试中成长的,绝无例外。

你还这么年轻，不必活得好像历经沧桑

你看，我们也才只有二十几岁。

我们的父母都还很健康，我们可以每个星期给他们打几通电话，父母催婚就让他们催去吧，也不会真的逼着我们去跟一个你不爱的人结婚过一辈子。

爱情是奢侈品，却也并不是必需品。**它来，就热烈地相爱；它不来，就静静地等待。等待的时候，让自己变得更好，去配得上一个更好的人。**

工作忙到没有时间娱乐，没有时间维系友情，那又怎样呢？真正的朋友即使我们不说也能理解我们的难处，许久不见面也依然可以无话不谈。被老板压着看不到希望，那又怎样呢？**我们所做的事情、所学的点点滴滴，将来都有可能在我们人生的履历上加上重重的分数，希望也终将会在这点点滴滴里到来。**

在陌生的城市里，从这头晃悠到那头，去吃一点特色小吃，看一些不一样的风景，哪管它商业不商业化，自个儿能释放压力就足够。没有那么长的时间也没关系，我们可以去到KTV，大声地呐喊歌唱，嘶吼出情绪，并不会有人在意有没有跑调。

而充满了柴米油盐的生活其实也是一种诗意，被规规矩矩摆在菜市场上的菜本来已经失去了生命，做菜人凭借着一双巧手、几种调料，又赋予了它们另外一种生命，这多么神奇。

很简单地生活着，这样是不是其实就已经很好？

谁都向往自由与海阔天空，只是我们还不能忽略这一路上必须要承受的艰辛。**现在说起的"沧桑"，也许在若干年后就只是闲来的一点谈资，毕竟，人生很长，还有很多路要走、很多难关要过。那就等我们垂垂老矣地坐在摇椅上的时候，再来说这满身的沧桑吧。**

留着所有的力气变美好

《上帝之城》充满了人性的堕落和无尽的暴力,让人感到恐惧。我没有想到的是,看过电影的很多年以后,我终于走进上帝之城的时候,在灰白的砖墙、肮脏的街道、土黄色的泥地,在用灰色、土黄色、暗褐色、深黑色组成的上帝之城里,看到的居然是一群闪闪发光、拥有金灿灿笑容的少年。

警察叫来一个叫卢卡斯的少年和我们聊了一会儿天。他一本正经地和我们从技术角度分析着他踢球存在的各种各样的问题,贫民窟里任何一个热爱足球的孩子讲起足球来都是一套一套的,丝毫不逊于任何一名足球解说员和评论员。他们谈论着自己的优缺点和需要改进的问题。

当然,他们也谈论着自己的偶像们。卢卡斯眉飞色舞地说着他的偶像内马尔,他说内马尔小时候就和我们一样,他也没钱,但是你看,他的技术多好,他踢得多棒。

卢卡斯每天到了十点就要去洗车赚钱,但他并不沮丧。他说这是现实生活,总要活下去。我说所以你并没有很多时间来踢球,卢卡斯很不以为然,反驳我,可是只要早起就可以去踢球。

> "正因为,我还要打工赚钱,我更要把除此之外所有的时间和力气都用来踢球,抱怨贫穷,抱怨生活,那根本就没有用。"

卢卡斯无比坚定地相信这个已经掉了皮的、棉絮都要飞出来的足球会带他去他想要去的地方。而他,要留着所有的力气踢球,只有这样,"那一天才一定会到来"。

有时候,让我们成长的并不是年岁

爸爸曾经说过,不要等什么都准备好了才去做一件事情。我深以为然!爸爸妈妈也曾经是愣头愣脑的小年轻,没有育儿的经验,是因为我,他们才成长为山、为海;他们并没有等自己修炼成山、成海,才迎接我的到来。

我不舒服了,找妈妈;想吃好吃的了,找妈妈;找不到东西了,找妈妈……妈妈是万能的,妈妈是最厉害的。

无论我走多远,妈妈总在我身后,在我需要的地方。可是有一天回过头来,却突然发现:万能的妈妈有一天穿了室内的拖鞋出门,买完东西钱包放在柜台上忘记拿了,对自己说过的话矢口否认。我意识到,妈妈不是赖皮,不是粗线条,而是真的到了记忆力慢慢退化的年纪。这时候,我得把她慢慢丢失的记忆接过来,在她找不到医保卡的时候帮她找出来,在她忘记怎么操作"复杂"的智能手机时不厌其烦地告诉她路径,就像小时候她不厌其烦地教我"三下五除二"怎么拨算盘珠子一样。

是的,我们如此渴望自己能够成长为一个有责任、有担当的人。可是,为什么我们都忽略了,要想顺利通过成长这场考试,我们是如此需要补上爱这一课,我们必须学会爱父母,爱身边的人。

可是,我们都太在意事业上的成功了,却忽视了像父母爱我们一样地爱自己,忽视了像父母唠叨我们一样地叮嘱他们,忽视了父母正在变老,忽视了人生真正的成功是能给家人最好的陪伴和守护。

当有一天,我们终于学会了爱和付出,那才能算是真正完全的成长吧。

我们还年轻，不够好又有什么关系

我日语学了一年，还是很差劲；我没有保证自己每天都读书；我上班会迟到，周末会想在家睡个懒觉。那些我想一下子过上毫无压力的生活，一下子功成名就的愿望，都是源于对现状太过艰难的畏惧和恐慌。在困难的境遇面前，我做得不够彻底，我没有全心全力地去面对。累的时候，我总想要逃，怀疑自己，怀疑生活，怀疑理想的意义。

可是，事情为什么不能从另一个角度看呢？以前我只是一个在北京五环外实习的杂志社的小编辑，现在我已经跻身行业里非常有实力的图书公司做产品经理了。以前我一年读三十本书，去年我读了五十多本了。以前我连日语里的一句"谢谢"都不会说，现在我多少可以说点口语了。

我不全是无能，我只是还不够好，并且对于自己不够好这件事，太过心急，不能坦然接受。

<mark>"我还那么年轻，不够好又有什么关系"，我能够越变越好，不就可以了吗？</mark>

我们一直在努力变好，不是吗？只是在我们还不够好的时候，我们何不试着体谅自己。我们只是需要时间去改变这些，而不是埋怨自己无能。当我们累了的时候，我们就坐下来休息休息；当我们口渴的时候，我们就站起来去接杯水喝；当周末休息的时候，我们适当给自己放个小假。

比起成功，我更希望我们可以成为一个快乐幸福的人。比起你飞得多高多远，我更担心你过得好不好，心累不累。**只要你一直在努力，让自己变得更好，就千万别太着急，别太勉强为难自己。年轻的我们，还有大把时间，用来改变命运。**

成长比成功更重要

L是我一个同事。她刚进单位时,还是名瘦弱的学生。犹记得她进单位时,因为是新手,又在新部门,很多东西都没有成系统,完全要靠自己一点一点摸索。那段时间又特别忙,加班到深夜是家常便饭。

更难的是,那时她每周都要做专题策划,线上要有专题页面,线下要带活动。线上专题制作,要能画得了框架,做得了图,还得懂代码。代码能为难死她,大家天马行空的想法,就连程序员也面露难色,更何况一个编辑呢!但是她并没有退缩,而是想尽办法与程序员和设计师沟通,结果她每期做出的专题既好看又叫座。

那时候,她还在准备研究生论文。虽然几乎每天加班,周末不休息,自己学业上还有很多重要又紧急的事情要处理,但是从不见她抱怨。三年多时间过去了,L已经升为部门主编,带领着一帮小伙伴在奋斗。现在的她,开朗、自信、阳光、成熟且优雅,年底组织一场几百人的活动也胸有成竹。

工作中,大部分人都"眼高手低",不愿意做一些琐碎的小事,但就是这些小事,你琢磨透了,漂亮地完成了,就能给领导留下好印象,让领导看到你的能力和态度。你的工作能力强了,可发挥的空间就越大,机会就越多。

只是大部分人,把工作当任务,完成了事。也有些人会觉得自己做了很多,但是却看不到结果,不愿再坚持,也没了耐心。其实,这就像栽树一样,你正在扎根呢。**千万不要轻视行动的力量,认真做好你认为对的每一件事。因为,你的成长比成功更重要。**

现在的你,正是最好的年纪

经过惨烈的角逐,我们涉过重重险恶,一路过关斩将,终于考上了当初憧憬的大学。

入学以后,才发现大学生活远没有想象的那样花团锦簇。每天吃吃睡睡,经常觉得迷茫,觉得百无聊赖。我们盼着毕业,早点找个工作,赚钱养自己、孝敬爸妈。

"学姐,大学的日子好无聊啊。真羡慕你,工作了,可以赚钱了。"你打电话说。

"是的,我毕业了。可是你知道不,2000元的底薪意味着什么?我该选择在大城市蜗居,还是回到小城市安稳?毕业了,一切现实的问题砸过来,我多想再回到大学,过几年学生生活。你现在还感觉不到,学生时代,其实是人生最幸福的一段时期。没有江湖,很少虚伪。"学姐低声地回答,语气里都是无奈。

再然后呢?二十七八还没有对象的我们,开始遭遇催婚。

等我们疲于奔命地相亲,坐在星巴克的桌子前,衡量着对方的软件和硬件,盘算着该留还是该撤的时候,我们叹息:如果是刚刚毕业就好了,虽然赚钱少点,可我们还有折腾的资本;我们可以跳槽、可以炒老板鱿鱼、可以换其他行业,一切,都还有机会从头开始。

而现在,买房、结婚、生孩子,我们已经没有了选择。即使现在这份工作如温水煮青蛙,我们也只能待在锅里,慢慢死去。因为,我们已经没有了试错的时间和胆量……

相信我,现在的你,正是最好的年纪。不要羡慕别人,不要想象将来多么糟糕。过好当下每一天,才是最正确的事。等到我们老去的时候,才会没有遗憾。

这一路的经历，比什么都重要

1

有一位姑娘，她每天上午9点到公司，晚上9点多回家。两年，她没去过电影院，很少参加社交，没看过电视，没去过酒吧，没睡过懒觉。

她每天早起学英语，晚上自学PS和新媒体，累了就去跑步去读书。这种日子，持续了两年，七百多天。

同事劝她别太累，她只是笑笑，什么也没说。两年后，她跳槽去了另一家公司，因为做微信排版漂亮，很快晋升为新媒体主编，月薪8000+，还有提成和年终奖。

一年后，她成为那家公司的营销总监。别人很好奇，她是如何懂这些的。后来，在她搬工位的时候，大家看到了几本厚厚的关于文案和宣传的书。

一年后，她再次跳槽，成为一家公司的副总经理。此时此刻，她月薪已经过万，有了一辆车，找了一个男朋友，彼此恩爱，正准备谈婚论嫁。

2

她跟我讲到这里时，安静地说：你知道吗，我花了四年，才过上了大家眼里的体面生活。这一路很难，但我从来没后悔。

我问她，如果当年毕业你就回家，父母也会给你安排这一切，你能在第一年开上车，第一年稳定下来，第一年找到男朋友，跟你现在的生活一模一样。这样想，你不觉得浪费了四年吗？

她摇摇头，说，"不啊，这四年，我从一无所有到自给自足，现在有的生活，不是谁给的，是我用双手打拼出来的。这些年，我明白了如何奋斗，我知道该怎么自学，我更看到不同的风景，认识了不一样的人,这一路的经历,比什么都重要啊。"

我摸着头,可是,这样累啊?

她喝完面前的咖啡,说,"但我年轻啊,不想让这辈子就这么过了,我想让青春大汗淋漓。何况,天天在家呆着并不比到处闯荡要舒服,我爱这样的热血,这样才是最好的青春。"

她的话很感动我,这是一个姑娘用最直接的语言,告诉我努力的含义。

3

她也讲出了青春的意义:去大汗淋漓地拼,去义无反顾地搏。她说,青春不是去闲暇懒惰,不是去舒适稳定,相反,是要在一无所有时厚积薄发,是要保持随时学习的能力,要敢于闯荡,敢于冒险。

或许这样不舒服,但谁又说了,追梦的过程,会舒服呢?

我想起和一个朋友的对话,他告诉我:反正人终究一死,既然结局一样,为什么我要拼搏,有什么意义?还不如看看电视,睡睡懒觉,就这么过一辈子多好。

一开始,我无法辩解。

后来,听完这个姑娘的故事,我找到了答案:

就因为人终究一死,所以更应该去拼搏。**如果说人的结局一样,出生又不能改变,人和人最大的不同,就看你怎么活**。这一路,你经历了什么,体验过什么,去过哪些地方,见过什么人,在哪跌倒,又在哪爬起。

走过哪些弯路不要紧,重要的,是这一路的风景。这些,能创造出最好的你。

忙起来多好，因为闲下来更累

我去过很多小城市，逐渐明白，为什么小城市的年轻人即使在北上广累到半死，成天加班辛劳，他们也要豁出去闯一闯。

因为宁可忙死，也不想被闲死。只有一次青春，不拼了命，也就不能尽了兴。

有一句话叫忙里偷闲最可贵，闲只有在忙碌后，才是有意义的；一直闲着的人，反倒不会那么开心。

就像一个刚跑过五公里的人，忽然让他躺一会儿，会觉得很舒服。可一个整天都躺着的人，让他一直这么躺着，他只会更难受而已。

生活，最重要的是劳逸结合。何况我们这么年轻，别总是抱怨自己忙、自己累。累点有什么怕的，要知道，闲下来反倒更累。

有事情忙碌，其实是一件幸福的事情，只要别让这种忙碌变成无意义的重复就好。

那些总是在躺着睡觉、浪费着时间的人，永远不知道世界是动着的。他们以为有了一个大环境庇护，自己就可以如此稳定。却不知道，那些所谓的稳定，不过是在浪费生命。当有一天，不得不离开这个稳定的环境时，他们才知道这世上根本不存在一成不变、不用进步的日子。

每天进步的生活，才是稳定的；动起来的日子，才充满活力。

努力　尝试　坚持　拼搏

你的坚持，
终将美好

晓出净慈寺送林子方 —— 宋代·杨万里

毕竟西湖六月中,
风光不与四时同。
接天莲叶无穷碧,
映日荷花别样红。

在等待破茧而出的日子里，不要着急，不要沮丧，在自己喜欢的领域里打一场漂亮的持久战。在这场持久战里，所有的坚持和努力，都会在自己的成长中刻下印记。无论结果是什么，我们终将成为更优秀的自己。

月季花

猗猗叶自凌冬绿,
艳艳花常逐月红。
桃颊柳眉休浪妒,
芳心原不斗春风。

清·缪公恩

你的坚持，终将美好

人生是一场又一场接力，总有人走在我们曾经走过的路上，仰望着星空，走向想要去的地方。当我们走过那一段，回头看，所有的纠结和磨难，都只是嘴角的微微一笑。而梦想，没有高低之分，都是魔力般地存在每个人的心中，从未走远。即使生活低到尘埃里，梦想也要举得高高的，明亮，闪耀，像天边的星。

我的室友阿妹，是一个淘宝店主。她听我提起每周二和周五下午会请假到同济大学旁听建筑历史课，问我能不能带她一起去。她没有走进过大学的教室，只是在校园里转过。

第二天，我去旁听建筑史，带上了阿妹。当时的阿妹是战战兢兢的，像十岁的小女孩一样，拉着我的衣角，东张西望。一个人使劲踮起脚尖靠近太阳的时候，全世界都挡不住她的阳光。

后来阿妹经常去同济大学听课，自己去。回来之后给我讲见闻，也问我各种各样的问题，包括研究生和硕士是不是一样的，现在学生是不是都不用课本了，也包括宜家是什么，玛奇朵是什么。

阿妹虚心好学。她像海绵一样吸收着各方面的营养。她把窝在小黑屋里赚来的钱，都买了书，请我帮忙列了长长的书单。每天早早地做好早饭等我起床吃，跟着我一起走路到公司，路上不停问那些出乎意料的问题。

和阿妹一样，我走过来了。当时甚至没有想过这是好事还是坏事，只是知道该继续努力，被生活所迫，更是自主选择。每天像打了鸡血一样火力全开地追逐着一种叫"梦想"的东西，被我们举得高高的，划破最黑的夜。

在喜欢的领域里打一场漂亮的持久战

所有的努力和天赋都需要时间的积淀才能结出果实。不管是行业佼佼者，还是公认的成功人士，都是在一个领域潜心努力，然后等待一个风口。

以前的我，想不到自己刚入职时做的项目在四年后的今天还在出变更图纸，想不到博士生写一篇三千字的论文要用三年甚至更久的时间，想不到一部《大圣归来》要八年的酝酿和三年的制作。

后来我发现自己要学习的东西越来越多，离成为真正的建筑师还有很长一段路要走，甚至终其一生，也不能成为我心目中的那种建筑大家。但是有什么关系呢，我的职业生涯才刚刚开始。**我要做的，只是努力做好眼前的事情，一天一天成长。**

经常听到有人说"我都努力一周了""我都坚持一个月了""我都钻研一年了"……以"年"以上为单位的持续行动，才能叫作坚持；十年以上的努力，才能叫作持续坚持。

在静不下心的时候，在坐不住的时候，想一想你的偶像，在光环背后的艰辛和努力。他们在各自的领域里坚持了十几年、几十年，甚至一生。**很多人之所以被人记住，不是他做了很多事，而是耐住寂寞把一件事做好了。**

> 在等待破茧而出的日子里，不要着急，不要沮丧，在自己喜欢的领域里打一场漂亮的持久战。在这场持久战里，所有的坚持和努力，都会在自己的成长中刻下印记。无论结果是什么，我们终将成为更优秀的自己。

请尊重每一个平凡人的努力

我出身于平凡的家庭,每天努力地生活,比起无所事事,我更享受努力奋斗的过程。

有一天,我的同学跟我抱怨:"校门口的那个保安太讨厌了,我看着不像学生吗?干吗非把我拦下,臭着脸要我出示证件?切,他不就是个保安吗!"

我的心有一点刺痛,却还是佯装平静地问:"哪个保安?"

同学支支吾吾地答不上来,反而说:"我哪儿记得,反正他们都一样。"

对这位同学来说,所有的保安,穿着同样的制服,出现在同样的地方,面目模糊;他们拿着微薄的薪水,做着简单的工作,所以他们平凡庸常,甚至让她瞧不起。

对我来说,每一位保安都有不一样的面孔,他们年纪不一、性格不同。我知道,虽然他们的薪水就是每座城市所规定的最低工资标准,但他们可能比那些常常翘课的大学生还要努力地在生活。

我知道这些,是因为我的父亲就是一名保安。在小区居民眼中,他穿着制服,站岗时一动不动,即使和别人换了岗,或者有一天不再来了,也不会有人注意到。他这样平凡了一辈子,很少有人会记住他的脸。

每一个平凡人的脸都是不一样的,只是你没有看见而已。陈道明跑了七年龙套,才有了出头之日;**而有些人,哪怕努力一辈子,也未必能成为光鲜亮丽的主角。但是,即便没有光环加身、万众瞩目,我们也未曾懈怠,依旧选择认真地过好每一天的生活。**

请你尊重,每一个平凡人的努力。

文/入江之鲸

那些艰难的日子，终究会离你而去

毕业的第二年，我拿着保底的工资，把自己搞得体体面面。在办公室门外等素未谋面的总监。有时候我一等就是几个小时，好不容易碰上面，刚自我介绍完，别人就借故匆匆离开。

终于，一家房开公司和我们签了130万的活动，我算了算，我有10万块的提成。我们喜极而泣，觉得苦日子熬到了尽头。但是几天后，活动取消，一切都是空欢喜。

我决定去卖盒饭。我们租了房子、买了厨具、做了宣传单，挨个儿去附近的写字楼发传单，买菜、做饭、骑电瓶车赶到写字楼，提着饭盒楼上楼下地跑。

一年后，我结束了卖盒饭的生活，到了一个不错的公司。我感谢以前的经历，我会做方案、会做销售、会节约成本、会控制时间、会和人打交道、会锲而不舍。每一件事我都尽十二分的努力做好，加薪、提拔，我得到了公司的重用。

公司越来越好，我的经济好起来。我娶了我爱的姑娘，按揭买了房，给自己和媳妇添了好几样单品。

每个人的道路都不同，有的会顺利一些、有的要坎坷一点，父母以及你自己都会给你压力，你会气馁，会怀疑自己的选择，你也努力了，但还是没有看到希望的光芒，请再坚持一下！

生活从来都不会一蹴而就，也没有永远的安稳，艰难坎坷总会接踵而来，在过去、现在以及未来。

但是，请保持努力，请保持坦然。因为，那些艰难的日子，终究会离你而去。

文／丫头的徐先生

你不是迷茫，你是自制力不强

昨晚有个姑娘给我留言，说她控制不住自己，每隔几分钟就要刷一下朋友圈，她知道自己这样不对，也想改变，想努力学习，但就是做不到。

当你想要改变的时候，是因为你本身已经意识到这种行为给你带来了不良的影响，而你为什么没有改变成功？

我们每个人都会遇到这样的问题，能否做好的关键在于是否拥有强大的自制力。

频繁地刷朋友圈，是你的自制力没有达到与你想要的东西抗衡的地步，所以你一再放任自己一遍又一遍地刷，仿佛只有这样，才能找到你的存在感和充实感。

什么迷茫不知道路在何方，都是自制力不能发挥其作用时，我们给自己找的借口。

你是学生，就要努力学习，考出好成绩；你是员工，就得全力以赴，做出好业绩。迷茫有时是懒惰的出口，你没有坚持过就说自己没办法，那是对自己的贬低。

那么，我们应该如何提高自己的自制力呢？

首先，你要找到你有兴趣的事情。俗话说，兴趣是最好的老师，兴趣所在，便是动力所在，这有助于集中注意力的培养。

其次，要找到一个你想要前进的方向和目标。毫无章法的规划有可能会把你带到偏离的轨道上，所以，你要想明白你想在哪方面有所发展和深造，选对了方向，事半功倍。

再者，你要让自己去坚持。比如你要报考 MBA，那你每天就要拿出一个小时甚至更多的时间来练习听力、口语、笔试试题，即使有些困难，也要坚持把这部分练习完。

这坚持的过程，就是你自制力不断增强的过程。

迷茫的时候，要选择难走的那条路

最近，我的好哥们大军所在的银行技术岗位有个机会，他想去试试。但是他已经做了两年业务，一方面技术荒废了不少，另一方面他又不想把做业务积累的资源就这样白白抛弃。所以，他感觉很困扰也很迷茫，心神不宁的，不知道怎么选才好。

我跟大军说，当你迷茫了，不知道该如何选择时，就选择难走的那条路吧。

我们的迷茫可以分为两类：一是完全没有方向，是真正的迷失；第二种是站在十字路口，不知道如何选择。

如果你的迷茫是第一种，那是因为缺乏目标和理想。这种迷茫根本还没有涉及所谓的难和易。在这种情况下，或许应该停下来好好思考下自己想要追求什么，找准自己的方向，然后去努力、去实现。

如果你的迷茫是第二种，那是向左走还是向右走的问题。其实，没有人知道哪条路会更容易，或者哪个选择将来会更好。人们总是想做出那些对自己有利、有益的选择，但究竟什么是最好的选择呢？没有人能打包票，只能将来再回头来看。

每当面临选择的时候，不要犹豫徘徊；权衡的时候，也不要怕吃苦。选完了，更不要去后悔。**最怕的就是，一切都是你自己选择的，最后你却还在抱怨。**

但是，我还是想说，当你面前有两条路，不知道该如何选择的时候，选难走的那一条。这些年，我也有一些时候选择了容易的那条，虽然不多，但是每一次我都后悔了。

催我们变优秀的，是跨在背上的自己

一个人要想变得优秀、变得强大，就得向更强的人学习。

朋友老虎对于生意上的成功很少去炫耀，可对他的业余爱好，比如打乒乓球，他却是逢人都得显摆一番。

有一回，我的小侄子和他打乒乓球。一开始，老虎先是心不在焉，可发现小侄子很不简单后，他也变得认真起来，最后竟真的使出了浑身解数。结果，三局下来，老虎只胜了一局。我告诉他，小侄子其实是"专业运动员"，学的就是乒乓球。

老虎对小侄子说："以后，我拜你为师怎么样？"小侄子笑笑，说："我还得管你叫叔叔呢，你怎么能管我叫老师呢？"老虎说："老师可不分年龄、辈分，只要比自己有能力、有实力，就应该向他学习。"

后来，老虎又迷上了写作。不管白天怎么忙，每天晚上他都会抽出时间读书，从不间断。终于，老虎结合自己的经历，写了一本自传式的书，销量还不错。再后来，他也尝试着把自己的一些经商心得、管理心得撰写成书，作为企业的培训教材。

更让我吃惊的是，有一次我无意间发现了一个木制的雕刻兔子，竟然是他自己做的。他买了各种各样的木头，还有雕刻工具，跟随一些艺人学雕刻，制作出来的东西虽算不得多么精致，但却不失趣味。

胜人者有力，自胜者强。面对更强者，最后真正要超越的，其实是自己。恰如泰戈尔在《飞鸟集》中所说的：**"催逼着我们前进的，正是跨在背上的我们自己。"**

文／米格格

开始，而不是准备开始

有时候我们缺的不是时间，不是准备，而是一个开始。

去年小N跟我说："一起跑步吧。现在爬楼梯都喘，再不锻炼不行了。"随后给我说各种跑步的好处，尤其是慢跑，还发给我很多与慢跑相关的资料。我之前是讨厌跑步的，被她说得想试一试。

我提议第二天傍晚就去跑，被小N拒绝了，她说要准备运动装备，要看攻略和技巧，做足了功课再跑，不然容易受伤，也影响体验。

第二天，我找出自己的运动鞋、运动衣裤，跑了三公里，出乎意料地喜欢上了跑步。我也做功课，跟经常跑步的人交流，慢慢置办合适的鞋和衣服，会关注相关的资讯，避免运动伤害之类的。只是在这期间，跑步没有中断。

小N的跑步计划还没有实施，她说要把跑步相关的东西都研究透了、准备好了，再开始。再加上这一年比较忙，没有时间。于是，这一准备就是一年。

很多事情本来就是简单的一个点，我们却把它编织成了一张网，给自己太久的时间去"准备"开始。

在整个活动周期的维度上，我相信厚积薄发。但是一直准备开始，而迟迟不开始，那不是在积累，而是在拖延，要么是错过了天时地利，要么是把自己的热情拖没了。

想做一件事，差不多了就先开始，而不是一直准备开始。也只有先行动起来，后面的事才可以水到渠成。

有没有一件事，你一直放在计划和准备里，却迟迟没有开始？如果还心心念念地惦记着，就开始做吧。

我们有什么资格谈梦想

芦苇和大多数女生一样平凡普通，毕业时她的梦想是做一个图书工作室，但面试了很多家出版公司都没有成功，最后只得为了不被饿死和房租去一家公司做了文员。现实与她的梦想几近南辕北辙。

直到去年我收到她寄给我的一本书，附信说是她做策划人的第一部作品，让我帮她看看。我很吃惊，约了见面后才有机会和她仔细地聊了聊这些年的经历。

那年跟她同一届进入公司的实习生有三个人，另外两个实习生一位有英语专八证书，一位是工作相关专业，长相气质出众。只有她，除了毕业证和学位证以外，没有一个与工作相关的证书，连基本的职业妆都不会化。

芦苇一想自己的目标，就咬咬牙坚持要在这儿扎下根。她动作慢，但老实肯干，英语不好就报英语班再进修，软件用不熟练就照着教程使劲儿练，策划被否就熬夜做。

直到现在，她才觉着时机到了，积累足了，她和朋友一起投资了一个工作室，挂名在一家出版社下面。绕了这么大的圈子，她还是回到了她最初的梦想上。

如果你真的愿意为梦想奋斗一生，人生漫长，什么时候开始都不会晚。不必后悔过去，当拥有不被生计裹挟的能力后，你会发现，最好的开始是现在。

把梦想埋在心底，然后勤勤恳恳工作，踏踏实实攒钱，有了金钱人脉能力这些可见的积累后，再去冲一把。真正的梦想，不会被时间忘记；真正的勇气，不会因年纪丢失。从你有了面包开始，你会拥有一切。

你是否也坚持着一种渴望，一年又一年

渴望，是一种迫切的希望，比梦想更现实，比愿望更殷切。有多渴望，就有多勇敢，就有多坚持。

譬如，对真爱的渴求。一个姐姐，一直以来想找个真的合得来的人，在无数的催促和压力下并未随随便便地嫁了。终于在34岁那年，她遇到了一个男人。当她讲起自己的研究，谈起对自闭症儿童的关切时，他凝望注视的眼神里流露出满满的欣赏和爱意。去年，他们结婚了。

譬如，对未来的执着。朋友小飞一直想去欧洲深造，本科毕业那年却连续被拒签了三次而丧失了继续申请的资格，在第二年又被连续三次拒绝之后，他转投瑞士，又惨遭失败。今年，终于有一所他喜欢的英国院校向他伸出了橄榄枝。

譬如，回报父母的渴望。朋友小婉曾不无惆怅地说："每次听说谁把爸妈接到大城市'享福'了，谁又带父母出国旅游了，谁又给父母买什么稀罕玩意儿了，我总是暗自想着，以后，我也要这样。但遗憾的是，今年买房，首付还得靠爹妈替我出钱补齐。"其实，只要你坚持着努力下去，总有一天可以给得起你想给他们的东西，而且这种渴望本身就是最宝贵的。

如果你没有被一次次的困难险阻击败，如果你觉得目前这样的日子离想象中还差了一点点，如果你也有源自本心的一种不甘、不愿、不舍，请在还没有看到结果的日子里，继续坚持。

晚安，愿新年那一缕唤醒你的阳光，也能唤醒你内心的渴望。

你以为我有多幸运,我就有多努力

最怕的不是一生庸碌无为、一事无成,而是一事无成还安慰自己平淡是真。要么就和自己的平庸握手言和,要么就让自己的努力配得上自己的梦想。

来了北京之后,认识了很多创业公司的 CEO,其中一些人非常年轻,公司仅仅成立几年,但成长得非常迅速,估值动辄上亿,还准备上市,事业风生水起。其实,他们很多都是从北漂做起,有过给人打工、交不起房租、每月月光的日子。几乎每个白手起家的创业公司 CEO,都经历过无数个加班到深夜甚至凌晨的日子,都曾经是或者现在依旧是公司最忙碌的那个人。

我有一次问到一个创业非常成功、公司运营已经非常稳定的 CEO,为何能这么成功,他说:当你为一件事情拼命努力的时候,全世界都会帮你。

何炅曾说:想要得到,你就要学会付出,要付出还要坚持;如果你真的觉得很难,那你就放弃,如果你放弃了就不要抱怨。人生就是这样,世界是平衡的,每个人都是通过自己的努力去决定自己生活的样子。

有句老话,天才是 99% 的汗水加 1% 的灵感。不论"汗水"和"灵感"哪个更重要,光有汗水,没有灵感不行;可是光有灵感,却不懂得付出汗水,最后的结局也只能是伤仲永。

如果有一天,你的努力配得上你的梦想,那么你的梦想也绝对不会辜负你的努力。就像来自遥远赤道的春风,它穿过高高低低层层重叠的山脉,抵过西伯利亚强烈的冷空气和阴暗潮湿的连绵梅雨,终会吹到你的耳边。

文/徐莹月

如果想做一件事，先别忙着发朋友圈

小 A 在朋友圈发了几张穿着运动装、跑步回来后大汗淋漓的照片，并配文字：只有对自己狠一些，才知道你有多优秀，坚持，跑步 ing！

小 B 在朋友圈发了一堆备考书籍的照片，配文字：要好好学习了，加油！努力努力就一定行。

小 C 和几个朋友在饭店里吃饭，各式精致菜肴图片，用美图秀秀做了组图发在朋友圈里，并定位了某某饭店，配文字：吃完这顿就要减肥了，每天 5 公里慢跑！

而小 D 很少在朋友圈发各种说说，很多时候我们都觉得她很 Out，不合群，我们发的说说她也很少去评论。

后来才知道，就在我们每天拼命刷朋友圈的时候，她却利用这些时间考了商务英语高级证书，又在网校报了一门日语课程，现在日语已可以基本交流了。

有一次和她聊天就问她为什么很少发朋友圈，小 D 说只是不习惯，一来不喜欢把自己的个人生活搞得尽人皆知；二来自己只是一个普通人，也不是大明星，不需要有那么多人关注；三来自己有很多事情要做，发朋友圈太浪费时间。

要减肥的时候发个朋友圈，要努力学习的时候发个朋友圈，这种方式会**给自己形成一种虚假的满足感，或者说成就感，好像自己已经成功在即了一样。通常这种华丽的开始，往往更容易让结局惨淡收场，或者无疾而终。**

从来就没有轻而易举的成功

不管是梦想，或者其他什么事情，都永远没有我们想的那么简单，也从来都不存在轻而易举的成功。

朋友李诗家庭富裕，从小就学设计，在我眼里，她就像温室里的花朵，成长得一帆风顺，一切都按原定计划照常进行。我是非常羡慕这类人的，或许用"嫉妒"这个词也可以，不用像我们，先天条件不好，撞得头破血流也闯不出名堂。

李诗说，所有人都觉得她的成功理所当然，可这其中的艰辛却无人知晓：为了找灵感，熬通宵是常事。她从原来的肥妞爆瘦25斤，别人还笑话她是一只泄气的皮球。毕业以后，工作不好找，吃喝还是靠父母，自己那点自尊心时常被伤得体无完肤。上班后，经常被领导骂得狗血淋头，看着父母低三下四地去送礼，只是为了让她能舒心点。

李诗也是在成功的道路上慢慢煎熬过来的，自然不希望有人质疑她血战沙场换来的结果。这些都是她成功背后不为人知的秘密，果然别人只关心你飞得高不高，却很少有人问你累不累。光环下的她，的确被人羡慕嫉妒，可我们看到的结果和经历完全就是两码事。

你想成功，就要付出比别人都要多的努力。你要保持走在别人的前面，才有胜出的可能。被柴米油盐熏腻的人生，也不能因为煎熬就放弃了那么久的历程。

你不倒下去，就还有一种叫奇迹的可能。别人可以，你也一定可以。总活在别人的成功里，你就永远找不到自己。

你真正想做的事,只要开始了就不会晚

想要做一件事,永远都不要怕晚。只要你开始做了,就不晚。而若是不开始,仅仅停留在思考、犹豫甚至焦虑的状态,那就永远都是零。

妹妹安吉毕业后,在一所大学里工作,而且也结婚了。听说她要学跳舞,我自然是惊讶的。

她说自己学习的是肚皮舞,不需要童子功,只要基础学扎实就可以;她小时候就喜欢跳舞,但那时没有环境和条件,现在有了,把这作为一个兴趣不是挺好的吗?

十年里,她从初学到精进,从一个普通的舞者到教练,参加过大小的舞蹈比赛斩获很多奖项,开了舞蹈工作室……听起来像天方夜谭,但这些的确都风轻云淡地发生在我们的生活里。

你高二时发现成绩不够好,可能上不了重点大学,你觉得晚了,所以自暴自弃,最终连一所普通本科都没去成。

你大学时发现自己选错了专业,可是已经来不及了,于是就浑浑噩噩,在游戏里浪费着青春,挨到毕业,勉强找一份工作,没过多久又发现自己再次错过了改变人生的机会——啊,又晚了!

你在一段感情里发现了一些问题,如鲠在喉,非常难受,可是你们已经谈婚论嫁,来不及再去沟通、梳理了吧?于是就假装什么都没发生,一直拖到婚姻里,拖到有一天图穷匕见、自食恶果。

你想做的事情,只要开始了就不会晚,真的。

你想要做的改变,只要开始了,就会往好的方向走。

人生不是百米跑，别太在乎起跑线

人生是一场马拉松，不可能所有的选手都站在同一条起跑线上，也不见得站在最前面的就一定能赢得比赛。

大学师兄 A 出生在一个十分偏远的小山村，祖上世代务农，终年面朝黄土背朝天。在他们山村，顶多是读一年学前班就直升一年级。在城里小孩子上幼儿园接受双语教育或者特长培训的时候，他们还在那儿玩泥巴堆石子呢。

他的小学老师从一年级将他们一直带到六年级，并且兼任所有课程的任课老师。在他们读小学的时候，从来不会将语文老师、数学老师分得这么清楚，他们只有一个统称，就是班主任。

到了镇上初中的时候，由于他从来没学过英语，所以第一次英语考试考得一塌糊涂。后来，他吃饭的时候在学英语，睡前在读英语，就连上个厕所也在默记单词。到最后，A 师兄说他几乎可以将整本书背下来了。

高考后，他考入了当时所在大学最好的专业，土木工程。毕业后，去了一家还不错的施工单位，最近听说他马上要升任总工的职位。

出身富贵，不见得就一定能成功，同样，出身贫寒，也不会注定一败涂地。**是英雄，就不惧自己的出身，努力了，坚持了，上天总会给予相应的馈赠，一切还是掌握在自己手中。**

人生就像是一场远行，或许我们前半段的道路泥泞不堪，但也请风雨兼程。相比于那些顺风顺水的人，我们无非是走得累些。最多是在登上顶峰之后，我们精疲力竭，但我们确实看到了世间最美的风景。

你愿不愿意从头再来?

M小姐吃饭时告诉我,她已经辞职了,要去美国读MBA。我只有惊叹,你怎么这么有勇气?之前的积累,快要得到的manager的位置,统统都不要了?

回家后,我翻看了M小姐的朋友圈。

"经历了半年多的折磨,今天终于逃离了GMAT(经企管理研究生入学考试)。这中间经历了换工作、成绩下滑、疯狂加班、没有任何周末等各种故事,还好信念支撑了我走下去。"

"虽然现在把自己加班到晚上10点然后早上5点起床做复习题这段说出来显得很牛,但这个过程是所有想向上成长的人都要经历的磨难。但是,距离终点也越来越近了。"

"在刚刚过去的8小时里做了下面这些事:下班回家,完成两个学校的网申,洗澡,睡觉,修改PPT和网申。"这条朋友圈,发于凌晨05:32。

这就是答案吧。

我们害怕重新开始,是因为我们懒得付出,我们怕付出没有回报,所以躲在自己安逸的小角落里,美其名曰我们在权衡利弊。可是这个世界上,谁能保证你付出一定会有回报。但是另一件事却是确定的:你不付出,这个世界一定保证你没有回报。

在做出选择、不去改变的那一刻,我们只是害怕辛苦而已。我们懒,我们害怕辛苦,我们不愿意付出。所以我们注定就这样,永远都给自己找借口,永远都在羡慕别人,永远也不会重新来过。

可是,亲爱的你,下一次,当你再想要问问自己,是否愿意付出时间和心力来做出一点改变的时候,我们一起说,我愿意,好不好?

文/孙晴悦

无路可走时，你才能更快学会飞

> 没有一个人可以在一条路上一马平川地走到最后，也许一不小心就把一条路走到了尽头；也许一不留神，眼前的路就被洪流淹没成了断头路；甚至会突如其来一场冲击，直接把脚下原本平坦的路变成了悬崖边……

同学 Z 大三那年退学了，一个人带着两千块钱到北京。溜达了两个月零五天，发现自己只剩下两块钱了。第二天早上，Z 穿着带霉味的衣服出门。中午，走累了，他在一处台子上坐下来。也许是 Z 穿得太破了，一个小孩把空水瓶扔到他的脚边。

Z 盯着那个瓶子很久很久，终于弯腰捡起来。那一晚，Z 捡的瓶子装满了两个大袋子，他收获了八十二块钱。Z 握着这八十二块钱，在被窝里哭得稀里哗啦：图什么？

半个月后，他买了辆自行车，跟着一起住在地下室的男孩送快递。两个月后，他找了一个库房看管员的工作，晚上就在昏黄的灯光下看书。又一个月后，Z 同学被经理调到了办公室打杂，后来做了经理的助理。

终于，Z 回学校完成了学业，也有针对性地构建了自己的知识体系。毕业后，他跨入物联网行业，事业做得风生水起。

无路可走时，还可以试试自己能不能飞起来，然后拼命飞，探索一个出口。这出口之外，是更广阔的天地、更灿烂的阳光。人生的状态是立体的、多维的，只有你放弃的时候，才真的是被逼上了绝路。

"仰望星空，脚踏实地。"年轻如你，无路可走的时候，记得你还可以飞；也只有在无路可走的时候，你才能更快学会飞。

文／沐沐

与其抱怨,不如改变

人生的道路也总会有许多坑坑洼洼,摔倒后,每一次的抱怨和愤懑会停滞你前行的步伐,而每一次的接受和改变将激励你勇往直前。

刚毕业的苏小姐在一家公司做文案,工资不高,但她认真地做好每一件事。别人不加班,她加;别人不想做的脏活、累活,她做。无论是会议纪要、领导致辞,还是活动方案、新闻通稿。

然而,她的努力却让她的同事心生怨念。他们认为苏小姐太爱出风头,一个人完成整个部门的工作,没有一点团队精神。慢慢地,大家开始在背后诋毁她,她的主管也认为她不称职。

辞职后的苏小姐理解了,并不是每一个团队都适合自己的理想。于是,她从销售做起,被无数人骂骗子,遭到无数人的白眼,被主管一次又一次劈头盖脸地说没用。每次受挫时,苏小姐都冷静地分析其中的原因,总结不足之处,再乐观地前行。没几年光景,她成了某品牌大区金牌销售,带出了数十个精英销售团队。

有些团队适合做事业,有些团队适合混日子。对于你来说,选择一个什么样的团队,决定了你未来的生存方式,以及与理想之间的距离。**所谓的成功,不过是一次又一次选择,一次又一次的跌倒、前行,再跌倒、再前行。**

通往成功的大道上,困难、挫折必不可少,每一次跌倒后的深思,每一次爬起后的前行,都将助力于你披荆斩棘,把困难踩在脚下,拉近与梦想的距离。每一次跌倒后的领悟,便是一分成长;无数次跌倒后的领悟,便是成功!

当爱好遇见坚持，就是才华

爱因斯坦说，只要你有一件合理的事去做，你的生活就会显得特别美好。

一个学长去某公司面试，最后一轮是董事长亲自面试。学长自我介绍的时候说自己喜欢玩魔方，董事长从抽屉里拿出来一个魔方给他，他用了十几秒把魔方还原。董事长又把魔方打乱，学长观察了一分钟，然后闭着眼睛一分钟以内就还原了。董事长站起来接过他手里的魔方："你是个天才，随时欢迎你来。"

在那个董事长的眼里，把爱好玩到极致也是天才，玩魔方也是一种才华。**不一定用在实用的地方，才能被称为"才华"。当爱好遇到坚持，就是才华。**

知乎上有一个问题：有一个有才华的恋人是怎样一种体验？点赞数最高的是，男朋友喜欢画小漫画和写文章。赞数第二多的答案是，老婆喜欢做饭。这些喜欢做的事情，若成为生活中的一部分，在别人眼中就会和才华关联起来。

才华可以是在某个领域独树一帜，也可以是在疲惫生活中保留爱好，带着热情，把自己喜欢做的事情坚持下去。一直把爱好坚持下去的人都特别有魅力。

如果一个人把自己喜欢的事情，持续用心地做下去，数年之后，那些没有被现实的琐碎打败的爱好，沉淀之后，就是才华。也许你不需要用才华去谋生，但这却是不可替代的财富，足以支撑你度过最虚无的时光。

这样想来，身边的小伙伴们都有各自的过人之处，也配得上"才华"二字。我想，你也是。

我不怕千万人阻挡，只怕自己投降

Jimmy 是一个很有天分的吉他教学者，他把手上的吉他玩得出神入化，弹唱的恰好都是我爱的民谣。

我告诉他，其实我也有一把吉他，只是没有坚持。然后我问他："你看，我的手指这么短，能学会弹吉他吗？"

Jimmy 说："很多人觉得自己学不会吉他，是因为自己看不懂五线谱、手指不够长、没有乐理基础。可是，这些真的都只是你学不会的借口。看不懂五线谱你可以看简谱，没有乐理知识基础你可以学，手指不够长，你看我手指很长吗？"

那一刻，他点亮了我的内心。我终于发现，**原来我的遗憾都是自找的，只要我愿意，任何时候都来得及，来得及把想要实现的梦想实现。**

就好像我和写作一样。18 岁的时候，我的梦想是成为一名作家。

22 岁的时候，我觉得我的梦想被吃掉了，于是中途停止了写作，但是其间我并没有放弃阅读。

26 岁的时候，我突然发现，原来我还能写作；也突然发现，原来别让遗憾继续，一切就都来得及。于是当我不想再遗憾的时候，当我想要重新完成这个作家梦的时候，我就隔三岔五乐呵呵地写文章。

去做你想做的事情，人生充满了可能，你不去试试，又怎么知道自己不行呢？当你走出第一步，并且坚持下去的时候，你才会发现自己有多强。

年轻时，越嫌麻烦、越懒得学，后来就越可能错过让你动心的人和事，错过新风景。那么，你是否愿意用现在的努力，去换取一个不后悔的将来？

你有一个梦想,然后呢?

实现梦想的路子不是突破,而是积累。如果有特别好的习惯,每一天都整齐有条理,时间规划有序,根本用不上一腔热血去断舍离。

在大梅沙摆水果摊的阿强,每天四五点去批发市场进货,六七点时支起摊子搭防晒棚,晚上十一二点收摊,一天天重复。他给附近上班的白领们苹果削皮、榴莲去核、圣女果洗干净,定时定点送去下午茶。他给买猕猴桃的抓上一把龙眼,又给要鲜核桃的配一把核桃夹。

我当时有份收入不高但自觉体面的白领工作,觉得摆摊这种事情,自己无论如何都做不出手。

二十年过去,我的职位稍微升了一点点,工资涨了一些,折算完毕,也就是多了几斤水果钱。阿强的连锁店已经开遍深圳的各个社区,准备向周边城市发展。

他老家的初中请他回去做演讲,想了解他这个起点低的人,如何发家奋斗,成为励志偶像。阿强一上讲台,还是"嘿嘿嘿"、搓手,不知所措。

阿强没有卓越的演讲能力,也没有提过一个字的梦想。最开始为着讨一份生活,不过是能踏实、肯付出,不玩花花架子,终成旁人眼中的人生赢家。

而我,有过各式各样的梦想,想过开咖啡馆、开花店、做图书管理员,游遍全球。但现在,我还是个小职员,连早睡早起、断舍离、不刷手机这样的小事情都依然没有做好。

为什么你听过这么多道理,依然过不好这一生?归根到底,什么时机、运气、理想、规划,想明白了一万遍,也不如动手做一点点。

孤独究竟教会了我什么

读大学时，我很少在宿舍，大部分时间都在自习室里度过。大学自习室非常宽裕，我在一个座位上坐了三年之久。每天的时光都很安静，我在那里学了新概念4、考了研；失恋之后，我在那个座位上独自看了好多本书，就连读书笔记都做了厚厚的几本。

读研了，我仍然大部分时间都选择自己一个人。我每天一定要有至少一小时的独处时间。在无比享受的那一小时里，不善于向外界求助的我，消化了许多贫乏和不安，也慢慢想通了未来要走的路。

就在这7年的孤独中，我从16岁长到了23岁，以每年平均150本的速度看掉了大约一千本书，还写完了第一本书。多少年后，那些好多人一起聚餐时喝的酒、说的话，我一点儿都不记得了。

孤独让我在最年轻、最躁动的时光里选择了一个最安静的角落。我远离喧嚣，却收获了对于青春而言更为宝贵的东西。没有什么比成长更重要，没有什么比一点点超越旧日里胆小的、脆弱的、无知的自己更重要。

在一个复杂的波涛汹涌的社会中，有越多勇于思考、不随波逐流的年轻人，这个社会就越有希望。读书、学习、反省、实践是通向理智的必由之路，一个一个更理智的人，才能组成更理智的社会，才能诞生更崇高的自由。

有人说，"无法享受孤独的人不配拥有孤独"，而我只想说，"无法享受孤独的人终将错过孤独"。

只想告诉你,我为什么要拼

我念初中时,父母因为工厂改制,双双下岗,家里一下子就断了经济来源。爸妈起早贪黑,做起了小摊生意。

可我爸妈大概是做不成商人的,铺子因为经营不善,草草收场。我自卑,甚至不敢跟别人正眼相对。也是从那一刻起,我决心要努力,不光是为了以后能有购买力,更多的是要改变家境。

在那段跨越几近十年的艰难岁月里,我妈没买过一件新衣裳,我爸永远抽着廉价的香烟。我爸曾说,砸锅卖铁,也要让你把书读好。时至今日,想起来,这样简单的话还是让人无比痛心。

穷人家的孩子早当家,是岁月催促我觉醒与成长。所以,我要拼。

为自己。**我们工作,不仅是为了那付出精力和时间得到的工资,更是收获在这个过程中的成长,拥有属于自己的成就感以及来自社会的信任和肯定。**

为父母。读书是我唯一可以抓住的藤蔓,通过读书,我学会了很多道理,因为更加懂得自己的需要,所以能更好地选择人生。我要成为父母的小棉袄,更是一个发热的小太阳。

为孩子。我不希望自己的孩子去面对他所爱之物必割舍、所想之事必抛弃的无奈。我不愿让他再走我走过的道路,也不愿看到他噙着泪花在汹涌的人潮中几近崩塌的脸庞。

为社会。做一个新时代的女性,完成一次人生的逆袭。

爱拼才会赢,噙着眼泪笑,总比悔恨痛哭好。一个人一生就一次,总要拼点什么让自己不至于活得那么平庸。

我相信,每一个努力的人都值得被大声赞扬。

坚持认真做一件事,时间看得见

时间真是一个奇妙且公正的东西,你整天大吃大喝,时间久了就会发胖;你每天坚持锻炼,时间久了体形就会变得很优美;你整天游手好闲,那么即使有万贯家产时间久了也可以坐吃山空;你勤勤恳恳地努力挣钱,时间久了也可以白手起家。

> 因为,你做的每件事,你是否真的坚持认真做一件事,时间都看得见。坚持认真做一件事,时候到了,你自然会得到赞赏。

大学期间认识一个男孩,长得高高大大,人却傻乎乎的。军训的时候,教练让人表演节目,他就自告奋勇地跑上去,傻傻的样子还没有开始唱歌,台下的人已经笑成了一片。但大学第一学期的英语四级考试,让我对他有了全新的认识。

那次的四级考试,很多人只是刚刚过 420 分的及格线,有些甚至都没有考过,而这个被我们嘲笑傻子的人因为不偷懒、不耍滑,勤勤恳恳、认认真真地坚持学习英语,在四级考试中竟然考了 500 多分,让我们很多"聪明人"自愧不如。

原来,我们并不是真的就比这个被我们称为"傻子"的男生聪明。其实,聪不聪明真的没有关系,很多自以为聪明的人不一定就会功成名就。突然想起了妈妈经常挂在嘴边用来教导我的那句老话,"聪明不干,等于笨蛋"。

其实想想,只要我们真的想做一件事情,不急功近利,认认真真地坚持努力着,我们想要的时间都会给的。**因为,时间看得见。所以,在得到赞赏之前,请认真做事并且耐心等待。**

文/末末小七

你必须十分努力,才能看起来毫不费力

有的人喜欢把努力二字写在脸上、朋友圈里、个性签名里;而有的人却喜欢低调努力,默默收获,他们不说,不代表他们没有在努力。

我一个同学,特别腼腆内向,毕业四五年都不见他在活跃的同学群里说过什么话。直到前不久,突然有人爆料说,他居然在北京早就买了车买了房,早就成了 CEO,早就娶了白富美……

他研究的是动画方向。他说因为喜欢动画,在读研之前已经自学会了大部分的软件和动画原理,读研期间已经得过不少设计大奖,只不过没有拿出来炫耀的习惯。

从学校里他的表现就可以想象,他一定是付出了异于常人的努力才有现在的成绩。**他没有刻意隐藏自己的努力,只是不喜欢在东西没有到手之前就拿出来给别人看。**

我曾在暴雨中奔回宿舍寻找庇护的时候,偶遇他兴奋地打着伞挽着裤腿奔赴实习公司。那是夜晚七点,他匆匆扔下一句:有了灵感得快去谈啊。别人的一夜沉睡,却是他的一夜无眠。

这样的路,人人都懂,但是让你去走,不见得你能走出什么。

同班有个姑娘毕业找工作的时候,签了五百强企业的总部,你惊讶她的爆发力、她的好运气。你真的忽略了,在找工作那半年里,她把各种笔面经验收集了一箩筐,在没找工作之前的大学四年里,自学的二外成为加分项。

这世上,真的没有什么摇身一变,没有什么突然,有的只是我们看不到的浸润着心血和汗水的低调努力。

而你的差距或许就在于,只有低调,没有努力。

为平凡生活付出努力，就是人生的小确幸

前段时间，有个读者加我微信。通过之后，她打了个招呼，然后主动说："我是微商，已经设置了不让你看我的朋友圈，怕打扰你，让你烦。"

我赶紧说："没关系的，我不介意。"

那一刻，我心中酸楚。

我不讨厌微商，我只是讨厌那些贩卖假冒伪劣商品的微商。我不介意被刷屏，我只是介意被无聊信息刷屏。我也不反感有人推荐产品，我只是反感那些不分时间、不懂分寸、逮着人就没完没了地推销产品的人。

这世上，绝大多数都是平凡如你我的普通人。谁不曾看过冷脸，谁不曾吃过闭门羹，谁不曾点头哈腰笑脸逢迎。

十年前的一个中午，有位客户在我们公司前台的椅子上，一边等着报关信息，一边啃着干巴火烧。我倒了杯水给他，过了很多年，他仍然记得我。

我们都没有什么不同。不过都是在人人平等的 24 小时里，想方设法让生命更丰盈。

每一个用努力、用劳动去赚钱、去改变生活的人，都是一个发光体。

就如刘瑜所说："要是我不幸生在了 200 年前，就得裹小脚，生一串孩子，早上五点起床喂猪，每天给一家老小 15 口人倒马桶，老公打你没有妇联可以申冤，不让识字读不了纳博科夫，人均寿命才 43 岁⋯⋯然后就觉得，啊，在历史的长河中，我竟然有幸生在了当代，竟然可以上学，可以工作，我真是太走运了。"

能对自己负责，能为自己追求的生活付出努力，已是我们人生莫大的幸运。

再咬咬牙就好了

我的领导侯总是一位十分优雅的女士。她一边经营着自己的事业，一边享受着家庭生活的温馨，在我们眼里，侯总一直是我们奋斗的榜样。

侯总的老家在江西农村，上世纪 80 年代考上大学，被分配到北京一家报社工作。一群刚刚分配的大学生挤在单位的地下室里，每个月领到手的薪水算计着吃穿还常常不够花。可是，因为这是自己的梦想，所以她每天还是很开心。

可是后来，侯总失业了。继续留下，还是回老家？"我要在这里生存下去。"这可是自己坚持了那么多年的梦想。

于是，侯总创业了。她曾蜗居在简易的出租房里，打拼到深夜两点；也曾咬紧牙关，也曾受尽嘲笑——"你这么大年纪，又是个女人，创什么业，你不是那块料。"

很多情况下，在我们最需要鼓励与帮助时，偏偏听到的是嘲笑与奚落。而这个时候的嘲笑与奚落，最容易让我们堕落。

如今时过境迁，侯总现在说起往事时，一切显得那么云淡风轻："坚持住，年轻的时候都是这么过来的。咬咬牙就过来了。"

总有一些人，不曾气馁，始终坚持着自己最初的梦想。是他们让我们明白：尽管追逐梦想的道路上荆棘遍布，可是请你不要轻言放弃。坚持一会儿，再坚持一会儿。因为在坚持的道路上，你可能最终没有成为你想要成为的人，但是你一定会成为更好的自己！

天性如何并不重要，重要的是你开始改变，开始拥有梦想！快坚持不住的时候，默默告诉自己："慢慢都会好起来的，再咬咬牙就好了。"

当下没过好,未来又怎么会好?

站在人生的分岔路口,面对来来往往的人群,看着别人在我们眼前不断地穿梭,却不知道自己该何去何从,心中有少许的无助与迷茫。

很多恋爱中的女生,总会去思考未来的种种,继而各种担心,有了情绪,也会很容易跟男朋友吵架。其实,与其担心未来,不如好好把握现在,不要轻易把梦想寄托在别人身上。既然考虑到了彼此的未来,那么,两个人就一起好好为未来努力,当彼此变得更好了,你们的未来也不会太差的。

想起一个咖啡饮料的广告,文案是:"赶第一班公交,赶最后一班地铁,赶稿子,赶会议,赶进度,赶在过年前带个女友回家,赶在情人节把自己嫁出去,花一辈子时间,赶时间?"

> 这应该是很多人的状态,一直在拼命地赶,却没有办法好好地过好当下。我们总是担心以后来不及,所以不断地追赶,而在追赶的过程中,却不断陷入迷茫,失去了方向。

看过一期节目,是杨澜采访乔丹。杨澜问乔丹:"你很多年来在各个方面都取得了成功,你的动力是什么?自此以后,你的目标是什么?"乔丹回答:"我不知道,我活在当下。眼前的事每天都会发生变化。"

人生最坏的结果,并不是未来过得不好,活成自己不喜欢的样子;而是当下拥有变得更好的机会,可是,你却在担忧中错过了改变的时机。

所以,不要把最美好的时光,拿来杞人忧天。踏踏实实走好当下的每一步,才是最要紧的。

我不要一眼就看得到头的生活

当你老了，走不动了，在炉火旁打盹，却没有青春可以回忆，那该是一件多么恐怖的事情。

我害怕颠沛流离的日子，我害怕艰难困苦的岁月，但与之相比，我更害怕那种一眼就看得到头的生活！

生活不一定要像大海一样惊涛骇浪、波澜壮阔，但也不该变成一潭死水、纹丝不动。它至少应该是一条奔涌向前的小河，它可以不宽阔，但却在流动。虽然只是一条普通的小河，但却不断亲吻着两岸，变换着四季。

我刚读大学那会儿，也曾想过毕业后回到家乡县城电视台做个记者，但一次实习彻底打消了我的这种念头。

我第一天实习的时候，提前半小时到了电视台。但在开始正常上班半小时后才有记者不慌不忙地赶来，然后不紧不慢地聊聊天，泡上奶茶，打开电脑，估摸着十点的样子才开始工作。台里负责播新闻的男主播总是摆着一副无聊至极、心如死灰的表情，坐在那里玩一上午手机，然后下班吃饭，下午给当天的新闻配音，然后下班回家。

我突然意识到，比未来更可怕的是预知。我害怕自己不经意间就放弃了自己想要的生活，然后等到中年，追悔莫及，感伤青春！我害怕自己在不知不觉间安于现状，故步自封，然后在某个深夜突然惊醒，恍若隔世，只能对着空气无力地骂一句后倒头睡去，明天醒来继续重复单调无聊的生活。

我们努力，不是为了飞黄腾达，睥睨群雄，而是努力让自己的生活多一种可能，给自己的未来多一分惊喜。

你想要的，生活都会给你

所有的能力和才华，都是后天慢慢培养，逐渐积累。没有谁比谁更幸运，有的只是谁比谁更用心、更坚持。

2008年以后，传统行业都受到了网络的大冲击，看见每天下滑的销售额，阿彦一筹莫展。对于他而言，互联网是个再陌生不过的东西，甚至他以为这辈子都不用接触。可是这个男人痛定思痛后，开始笨手笨脚地用QQ，在我的指导下学习在网上买东西，分析网络销售的特点，总结网购的利弊，揣摩网购者的心理。

为了让自己在最短的时间里了解互联网，阿彦经常请一些90后的下属吃饭，了解他们的想法和习惯。那段时间的周末，我几乎都在陪他参加各种各样的互联网营销论坛。阿彦虚心、脚踏实地，很耐心地一点一滴学习、积累。

有一次，我们跟一位精通网络营销的朋友吃饭，阿彦和他侃侃而谈，朋友不可思议地说："没想到你对互联网研究这么深，有些见解连我都佩服。"那一刻，阿彦努力掩饰着眼中的得意，只有我知道，在这背后他付出了多少时间和精力。

真正的成功不在于一个人有多么聪明、多么机灵、多么幸运，仅仅在于他有多少坚持、多少努力。一个人若不肯学习、不肯坚持，即使再聪明再幸运也不会成功，自然不可能得到自己想要的生活。

你想要的，生活都会给你，却也要你付出努力。如果你对生活还有热情和追求，为什么不去完成这些梦想，过自己想过的生活，让生命没有遗憾呢？

这世上，从来没有一无所获的付出

十几、二十岁的时候，人总会格外迷茫。想要做某件事，不敢去尝试；喜欢某个人，也不敢去追。我们所担心的无非是，害怕付出了满腔的热血和期待，却没有收获预料之中的结果。

我今年年初跳了一次槽，之后却整个人都陷入了无边无际的恐慌和焦虑当中。之前积累的，在新的公司，大都没有什么用处。而我在接触新的工作内容的时候，却发现自己知道的太少，了解的太少。

我迷茫、暴躁，整天情绪不佳，却又不知道该如何是好。有前辈劝我说，知道自己不足，就花时间多学一点儿啊，慢慢来就好。我现在回头去学习行业基础知识，有用吗？而迟疑的结果就是，在跳槽后的前几个月，我压根儿都做不出任何东西。

说到底，我们都不过是普通人，没有足够的睿智去替自己挑一条没有曲折的康庄大道走，只能在不断的尝试不断的试错中然后回头重新开始，换得一点点的进步。唯一值得安慰的是，这个世界上，根本没有一无所获的付出。

我终于不再抱怨，开始看一本又一本的专业书，了解行业背景，多跟前辈请教和交流。我不会一日之间成为业内大神，可是这种踏实的成长，让我分外安心。

不要在意自己的付出什么时候会收到回报。你只要确定，这件事是你想做的，那就足够了。至于什么时候能够真正修得正果，与其整日焦灼不安，不如顺其自然，多思考，多行动，总比无意义的迟疑和观望要好。

毕竟，我们所能拥有的，多不过付出的一切。

你的认真虽败犹荣

曾经有一段时间,办公室就三个人,我和阿明是从总部派来的,加一个香港人标哥。老板每隔一个月才来视察一次,所以办事处基本上是放羊式管理。

规定是9点上班,标哥是8点到,我是8点40到,阿明一般是10点半到。

我几乎每天早上进办公室的时候都能看到标哥坐在电脑前,标哥一直很照顾我,标哥跟我说:"我觉得你很认真,所以我愿意帮你。"

我问他:"是因为早到这件事吗?"

"也不完全是,就是看你一直在好好干活。"

我趁着这个机会就问他:"标哥,你为什么也一直早到?"

标哥说:"我们香港人说,打一份工,挣一分钱,就要对得起这个老板,对得起这件事。虽然在单位也没事,但万一有事,我在,就够了。"

这不是认真不认真的问题,这是职业化的态度。你尊重你的职业,别人才会尊重你。

十年后,标哥自己出来创业了。他比我有耐心,在那个单位趴了七年,了解了那个行业,带着想法和人脉出来创业,第一年4000多万,第二年2个亿。

这倒也是挺公平的结果,认真的标哥严于律己、尊重职业,他靠另外的途径证明了这种坚持的价值。

往往你的认真,只有你自己知道。但是这一点,却至关重要。能想明白这一点,就不用担心到底是否有人在摄像头里监控你,是否有人要求你按时到,是否有人盯着你的考勤。

认真是让自己完整的一种方式,即便是没那么成功,没那么伟大,认真本身就是一种值得称赞的美德。而且,虽败犹荣。

别让未来的你，讨厌现在的自己

一个人最大的敌人不是别人，而是那个恪守固执、懒惰到不愿改变的自己。改变现状，从改变我们对问题的看法开始。舍弃过去，才能以"空杯"的心态迎接未来。

我遇见丹尼尔，很偶然，是在一场校外的分享会上。当时，他浑身闪现出不一样的光彩。他向我们展示建筑作品，谈到节能环保、新型材料，那些打破常规的作品令我印象颇深。

他谈及自己的创作灵感，源于一年前的海外游学。那段时间，他辗转于美国、加拿大、摩洛哥，三个迥然相异的地方，激发了他不断探索的欲望。

当时他向在座的我们抛出一个问题——"从哪一刻起，你想要改变自己的人生？"话题一出，场内一片沸腾，他微笑拍拍手，接着说，我的那一刻，是从推翻过去的一切开始的。回国后，我把学生时代的作品都毁了，因为这些成就留在了过去，带不进我的未来。如果没有把过去一切都舍弃的心，就会被牵绊，而失去想要改变的勇气。

摩西奶奶76岁绘画，轰动全球。她曾说：做你喜欢的事，哪怕已经80岁。

杨绛先生，晚年创作散文集《我们仨》，直到104岁还坚持写作，笔耕不辍，即使在人生最后一程，也依然美丽。

文/喵姐

> 没有太晚的开始，不如今天就行动。
> 总有一天，那个一点一点可见的未来，会在你心里，也在你脚下慢慢清透。
> 别让未来的你，讨厌现在的自己，要谢谢那个TA从心底感谢现在这个不畏艰难、拼尽全力的你。
> 因为生活不会亏欠每一个脚踏实地的人。

别让自己一直停留在"舒适区"

当舒适成为一种习惯,再打破习惯推倒重来会更加困难,不如试着不让身体处于"舒适"的状态,也许你会发现,离开舒适区没有你想象的那么难。

同学 L 和 M 读书时都是胖子,一米八几的个子,200 斤左右的体重,被誉为班里"左右两大护法"。临毕业时,看到 L 的新 QQ 签名:"打破舒适的状态,要么瘦,要么死。"

毕业后的第三年,我们几个留在本省的同学有一个小聚会。刚推门进去,左护法 L 目测现在的他最多也就 140 斤,以前圆圆的胖脸现在变得线条清晰,轮廓分明。

那天的 L 自带光环,俨然是聚会的核心人物。酒过三巡后,他说出了自己坚持减肥健身的动力。

打破舒适度是件很难的事。当初的 L 担心自己会半途而废,直接应聘去了健身房工作,做年卡推销员。他每天跟着那些健身教练一起练,拒绝数不清的美食诱惑,流了数不清的汗水,终于在两年后迎来了自己的完美逆袭。

但舒适区也就那么一回事,以前觉得离开那些琳琅满目的美食会死,结果他依然活得很健康。以前信奉能坐着绝对不站着、能躺着绝对不坐着,结果他现在依然过得很痛快。身体的适应能力远比自己想象的要强得多。

所以,你还准备待在你设定的"舒适区"里岿然不动吗?也许当你下决心走出"舒适区",去做你早想做却迟迟没做的事情时,未来的那个你会感谢今天的自己。

你还没真的努力过，就轻易输给了懒惰

见过很多人，总喜欢给自己定一个巨大无比的目标，然后拖拖沓沓，喊着苦喊着累，又随随便便放弃了。你问起他们的时候，他们会找出无数个冠冕堂皇的借口，却始终无力承认自己的懒惰。

也有人会整天说："我努力挣钱有什么用呢？再怎么努力也比不上含着金汤匙出生的富二代""我为什么要努力读书呢？那些高智商的人随随便便就能把题目都解开啊"……**怀着这些说辞的人往往对自己的生活不满意，而又不愿意直面人生惨淡的最关键因素始终在自身。**

见别人奔波受累熬夜苦读，心满意足于自己的贪图享乐，见别人情商高朋友多，就觉得别人这个那个，别人辛苦工作获得晋升，就觉得对方肯定送了礼拍了马屁，浑然忘了自个儿每天迟到早退，工作起来推三阻四。也忘了面子是别人给的，里子却是自己挣的。

什么都没干，就什么都想放弃。张嘴一来就是安享平淡，其实都是懒惰者的说辞。这想要的平淡里有花不完的钱，住着舒服的好房子，漂亮的衣服，美好的食物，还有爱的人。你以为轻而易举，可是你看，这哪一样不得要费尽心思拼了命去奋斗？

> 文/渡渡
>
> 不趁着年轻拔腿就走，去刀山火海、不入世就自以为出世，以为自己是活佛涅槃来的？我的平平淡淡是苦出来的，你的平平淡淡是懒惰，是害怕，是贪图安逸，是一条不敢见世面的土狗。
> 别在这辈子，活成了一个让自己都看不起的人。

我始终相信努力奋斗的意义

努力从来不等于成功,而成功也从来不是终极目标。那些终极的梦想,其实是很难以实现的。但在你追逐梦想的时候,你会找到一个更好的自己,一个沉默努力充实安静的自己,你会因为自己所做的事情而觉得充实。

我始终相信努力奋斗的意义,因为那是本质问题。

我朋友曾经问我:"如果有一天你的梦想始终没有实现,你会不会觉得很可怕?"

我对他说,没什么好可怕的。

他看着我说:"即使那些努力都没有回报?"

我觉得努力就是努力的回报,付出就是付出的回报,写作就是写作的回报,画画就是画画的回报,唱歌就是唱歌的回报,一如我的死党所说,虽然每次觉得很累,但当他看到自己的作品的时候,心里的兴奋和激动没有任何一样别的东西能够替代得了。

如果你的努力能让自己做自己喜欢的事情,那为什么要放弃努力呢?如果人能够做自己喜欢的事情,谁说这样不是一种回报呢?

我相信,任何人,不管他是个大人物还是小人物,只要做自己喜欢做的事情,一定是开心的。只要为了自己想要做的事情努力,那一定会感到充实。相反,如果你的努力是为了你不想要的东西,那你自然而然地会感到憋屈和不开心,进而怀疑努力的意义。

如果你的努力不是为了自己喜欢的、自己想要的回报,那么请停下来问问自己是不是太急躁了。

有一个环卫工人,工作了几十年终于退休了,很多人觉得他活得很卑微,然而每天早起的他待人总是很温和,微笑示人，我觉得虽然他也许没能赚很多钱，但是他同样是伟大的。

活得充实比活得成功更重要，而这正是努力的意义。

我常说，你是一个什么样的人，就会听到什么样的歌，看到什么样的文，写出什么样的字，遇到什么样的人。你能听到治愈的歌，看到温暖的文，写着倔强的文，遇到正好的人，你会相信那些温暖、信念、梦想，坚持这样看起来老掉牙的字眼，是因为你就是这样的人。

你相信梦想，梦想自然会相信你。千真万确。

也许你想要的未来在他们眼里不值一提，也许你一直在跌倒然后告诉自己要爬起来，也许你已经很努力了可还是有人不满意，也许你的理想离你的距离从来没有拉近过，但请你继续向前走，因为别人看不到你背后的努力和付出，你却始终看得见自己。

当你去追逐梦想的时候，这个腹黑的世界会制造很多困难来阻挡你，现实也会捆住你的脚步，但其实这些都是不重要的，重要的是你自己有没有那个决心。闭上你的眼睛，听听自己的内心，与昨天看到的日志不同，我始终相信努力奋斗的意义，因为未来的那个你，一定会感谢现在努力的你。

越努力越幸运，而我用时间换天分。

没有自制力的人，有什么资格谈努力？

自制力并不是什么新鲜词，说白了就是能够自觉控制自己的行动和情绪，集中注意力去达成原定的目标，而不受其他事情干扰。

可是说起来容易，做起来真是太难了。对大多数人来说，论文通常都是在 Deadline（最后期限）来临时，才匆匆忙忙拼凑完成的，而在这之前，是逍遥地看剧打游戏，约会逛街；工作也是，今天做不完那就明天再做咯，反正工作永远也做不完，但聊天八卦要跟上、剁手购物不能错过秒杀，就连无效的朋友聚餐打着"社交"的旗号也不能不去……

每天冲击我们的信息太多，要做的事情也太多，时间被分割成碎片，然后被鸡零狗碎所侵占，自制力就这样一点一点丧失。

我们每天好像做了很多事，但又好像什么都没做；每天好像忙得团团转，焦头烂额，但为什么最后还是顾此失彼？我们立下一堆目标和计划，急吼吼地说要多么努力，我们甚至还曾以为自己很努力，原来不过就是看上去很努力而已，最后的结果是，想要做的事和本应该完成的事，一个也没完成。

丧失自制力的后果是，我们对自己产生愤怒和质疑：为什么自己那么糟糕，我们有什么资格谈努力？

那么，真正的有自制力，是一种怎样的体验？

学生时期，我们身边都有这样的学霸，他好像从来不做作业，上课也不埋头苦做笔记，下课了更不会待在座位上，他们可以跟学渣一起聊热门电视剧，讨论流行的八卦，他们……好像真的没有认真地学习，但我们不知道的是：他们在家专注地写作业和复习，一小时的学习效率顶别人两三小时。自制力强，所以效率高；自制力强，所以学得快，玩得也嗨。

职场上，我们身边也有这样的同事，他们上班也跟你一起聊八卦，也逛淘宝刷微博，空闲时溜出去买零食，做 PPT 时也抱怨，赶不出方案时也抓狂……可是，和你不同的是，在最后他们好像总被上天眷顾了一样，方案创意比你厉害，销售单子拿的比你多……你气不过，暗自嘟囔："他凭什么？"

是啊，你刷微博是在看八卦和搞笑图片，别人是在找创意灵感；你抱怨这不行那不行的时候是在发脾气，别人却是在寻找解决问题的办法……**自制力强的人，永远分得清主次，拎得清什么是本职，什么是玩乐。Deadline 在没有自制力的人那里，是压力；在有自制力的人那里，是动力。这就是本质的区别。**

所以，当我们在谈努力的时候，请扪心自问一下，你到底有多想做那件事？为了做成那件事，你到底能做到怎样的付出？你到底能抵制多少诱惑？你到底能对抗多少懒惰和拖延？

因为，没有自制力的人是没有资格谈努力的。

总有一天，你会不再担忧的

我们常会莫名地孤单，觉得自己像个局外人。我们不得不面临分离，曾经的信誓旦旦变成说说而已，曾经的永远变成瞬间，曾经的陪伴变成离开。

我们都是用自己的方式活着的人，尽管这些东西别人可能难以理解。可我们还是宁可一个人生活，也不要活成自己不想要的样子。

其实有仔细想过，为什么我们会离开家，选择一个陌生的地方生活奋斗。没有人逼你每天背单词背到头痛背到天亮；没有人逼你为了递一张申请表跑东跑西；没有人逼你离开家乡去一个陌生的地方。可是，你还是义无反顾地这么做了。

> 因为我们不甘心，我们想要自己的生活更多姿多彩。因为我们之前生活的地方，放不下我们的梦想，我们想要了解这个世界。因为我们的心里，始终放着我们的梦想，始终不想要放弃。因为我们年轻，我们想要拥有得更多。

我们在故事里把酒言欢，所以，我知道有些时刻你曾觉得过不去了。有些回忆就是那样了，定格在过往，沉睡在梦里。春雨生百谷，黑夜生千愁，全部都要自己去消化。

时间改变的不是过去，时间改变的是你对过去的看法。

或许我们觉得那些幸福的时光，当时经历时一样是痛苦的，只是回想起来才觉得幸福。或许很久以后我们回想起自己曾经度过的人生，没有谁能够得到完整的答案。但，那又怎么样呢？至少你得坚持过，才能有天站在更高的位置回头看。

所以，最近过得不好吗？那些人又在背后指点你，感情的事情又让你头疼，工作总是不顺心？总有一天，我们会不担心这些的。

真正让人变好的选择，都不会太舒服

经常会有朋友问我，怎样才能写出好的作品？我只是说，坚持每天写。他告诉我，不知道该写什么。我说，你就把看到的、想到的、感受到的罗列出来，想一想生活中与之类似的情况，能够引申出什么。然后，用你的话把它们描述出来。平时，多读一些书和其他作者的文章，感受一些全新的思路，对写作都有好处。

当我辛辛苦苦把这些字敲打出来后，屏幕那边回应给我的，却是这样的话：我没那么多时间啊！对我来说太难了！下班后就不想动弹了！然后，我就不再说话了。

亲爱的，写作对谁来说都不是一件容易的事，哪怕是写出阅读量超过 10W+ 的作者，构思一篇文章也是需要花费时间和精力的。要锤炼出文笔和逻辑，也需要经过大量的练习，绝非一日之功。我们总是羡慕别人身上的风光无限，并试图向对方取经，可就算对方把一切全盘托出，也未必所有人都能抵达那样的高度。天赋能力是一回事，能否耐得住寂寞、扛得住压力、咽得下苦头，又是另一回事。

不要责备命运赐予你的太少，生活对你过于吝啬，每个人都有挣扎与努力，都有困惑与宿命。总有人比你强，比你弱，比你幸运，比你不幸，这就叫生活。若想成为理想中的你，那就狠狠心，别让自己过得太"舒服"了。

文/米格格

你总抱怨得不到，其实也没多想要

梦想这东西，本来就是有可能实现不了的啊。我们这样安慰自己，所以不尽力的话，也没关系的吧。

那些说着"今天已经健身两小时了，吃块蛋糕安抚一下自己吧"的人，总是为自己丝毫没有下降的体重痛心疾首。

那些说"今天加班好累，就不看书了吧"的人，每到年终也总会为自己差了一大截的阅读计划懊丧不已。

那些说"本来应该做三个备选方案的，但是最近太忙了"的人，在年终常常会为得不到加薪升职而愤愤不平。

我曾经很想不通，为什么克服有些困难对一些人来说易如反掌，对另外一些人却重于泰山。后来慢慢明白，浮于表面的欲望和扎根在心中的渴望，所激发的力量真的是不一样的。

一个人无法管住自己的嘴，无法控制自己的腿，无法左右自己的心，并不是因为德行有亏或是智商有缺，而是因为那个你以为自己渴望着的东西，其实根本就没那么想要罢了。

教条没用，鸡血也无法长久。只有"喜欢"和"需求"，才是生活最好的老师。

面对自己既不喜欢又不需要的事，是很难尽全力争取的。那努力只流于表面，像是跟生活的一场赌气；那坚持只浅尝辄止，像是对这无聊节奏的挑衅。

决定做一件事情前，咬牙坚持着把自己弄得辛苦又狼狈之前，不妨先问问自己吧：对于这件事，我到底是喜欢还是需要呢？喜欢到什么程度？又是生活中怎样的必要？我愿意为它放弃什么，又想通过它争取什么？

欲戴皇冠，必承其重。生活比我们意想之外的公平，你愿意为它付出多大的代价，才有资格期冀多少回报。

努力很难,但是不努力真的很舒服吗?

有时我觉得毕业是一道分水岭,刷掉了一批不努力的人,留下了一批越来越牛的人。我见过很多人,毕业两年了,依然做着杂七杂八的工作,拿着很低的月薪,然后苦哈哈地抱怨自己是个"月光族"。

可抱怨有什么用呢,你选择了安逸,这就是你要付出的代价。

人都有自怜情绪,很多时候,背几个单词,看几页书,晒个朋友圈就认为自己很努力了,到头来不过是自己感动了自己。

努力从来都不是为了给别人看的,真正努力的人都是默默扎根的。没有人知道TA经历了多少迷茫彷徨,没有人知道TA熬了多少个夜,没有人知道TA为了目标付出了多少。

这世界上哪有什么一鸣惊人、一飞冲天,不过是比别人多坚持了一些,多努力了一些。你想要世界承认你的努力,你必须做出点成绩来。

我认为,努力更大的意义不在于拥有多少财富名利,而在于给人生多一些可能,多一些选择的机会。努力可以争取到更多相对的公平和自由,不是你想做什么就可以做什么,而是你不想做什么就可以不做什么。不要怕努力了没有结果,你在路上看到的风景,不努力的人连看的机会都没有。

有些人总说,自己只是想顺其自然。我说,真的别给自己的不努力找借口了。

有人说,我们总是喜欢拿"顺其自然"来敷衍人生道路上的荆棘坎坷,却很少承认,真正的顺其自然,其实是竭尽所能之后的不强求,而非两手一摊的不作为。

努力很难,但是不努力未必很舒服。你可以选择30岁以前悠闲地生活,那就要接受30岁以后的疲惫不堪。有些东西迟早会来,只是时间早晚而已。

生活,永远是最公平的大学。

一受挫就止步,怎么能等到柳暗花明

我见证过朋友在考研、工作、留学的道路上徘徊不定时,毅然决定每日沉浸在图书馆好几本几十厘米厚的专业语言学书中。当他说着一嘴流利的美腔英语时,无数的好选择接踵而至。

我见证过朋友失恋后无所适从,最终带着近二百斤的虚胖体型出入健身房,自此以后每次相见都会让我感到诧异,从体重的减轻到线条的凸显,到最后觅得一个更加漂亮贤淑的姑娘。

那些痴心人不由分说地埋头苦干,那些在迷茫困境中的不加退缩,在摸不清前路时一贯如故的辛勤耕耘,都会在今后不知什么时刻,悄悄地开花结果。

那么,当我们迷茫的时候,应该怎么办?

首先,坦然接受自身迷茫的状态。生命的道路充满着偶然的际遇与未知的变动,人类自身的存在及其意义本身便是一个复杂的命题,困惑与思考才是其中的常态。很多道路的开辟,正是源于一点一滴的摸索,才在点滴铺垫中水到渠成。

同时,感谢生活带给我们的所有,包括碰壁与挫折。因为每一段经历都会在无形之中拓宽我们生存的心境与空间。某种意义上,对精彩生活的期盼,不在于每日的灯红酒绿,不在于事业的风生水起,而在于面对惶恐与困难时,能强忍住气急败坏的情绪,亲眼目睹自身潜力的拉伸。

《浮士德》中有一句话说,"善良人在追求中纵然迷茫,却始终将意识到有一条正途。"不同人的诠释中,有着不同含义的"正途",然而靠着努力的方式获取充实的感受,却着实也为"正途"的一种。埋头去做眼下我们认为对的事情,无论是学习一门外语,还是锻炼好的体魄,抑或习得一项新的生活技能。不知哪日,抬头一看,可能就是山重水复已走过,柳暗花明重又来。

我从来不信这世间会无路可走

我也不喜欢一个老气横秋的同学每每带着怨气絮叨:"这个国家坏掉了……"相比起来,我更喜欢陈文茜郑重其事的坦言:"在我成长的岁月中,**日子不是一天比一天匮乏,反倒是一天比一天有希望**,这是我们那一代人的幸福。"她并非盲目蔽塞,她只是看到在这片广袤的土地上,**"忧患与安逸,悲剧与欢乐,永远并存"**。

前几天看书,财经作者吴晓波面对一名大学生对于大学教育的失望与不满时说:"办法其实只有两个,一是逃离,坚决地逃离;二是抗争,妥协地抗争。"他在复旦大学读新闻系时,将数千篇新闻稿件肢解分析,一点点学习新闻写作的方法。因为老师说知识每一秒钟都在日新月异,所以他将自己关进图书馆,一排一排地读书。从一楼读到二楼,再从二楼读到三楼,最后读到珍本库。如今他说:"当我走上社会成为一名职业记者的时候,我一点儿也不抱怨我所接受的大学教育。到今天,我同样不抱怨我所在的喧嚣时代。我知道我逃无可逃,只能跟自己死磕。"

而我也愿意相信,无论酷暑隆冬,无论受难与否,天天都是好日子。在我们短暂的生命里,"希望"并非聊胜于无的东西,它是所有幸福生活的来源。借用廖一梅在《恋爱的犀牛》中的一段话:

> 它是温暖的手套,冰冷的啤酒,带着阳光气息的衬衫。它支撑着我们日复一日的梦想,让如此平凡甚至平庸的我们,升到朴素生活的上空,飞向一种更辉煌和壮丽的人生。

既然逃无可逃,就一起死磕到底。
我想,**总会有一条路能带我们走向最想去的地方吧**。

你若顽强到底，一切皆有可能

面对艰难困苦，如果你选择顽强，那便是选择了"可能"，而"可能"就意味着"改变"。有人说，人生在世，不如意事十之八九，要学会忍受。其实，人生本来并没有那么多的不如意要你来忍受。如果你顽强地强身健体，可能就不必忍受病痛的折磨；如果你顽强地学习，可能就不必忍受名落孙山的失落；如果你顽强地拼搏，可能就不必忍受碌碌无为的无奈……

青年人对于自己的不幸，总能找到抱怨的理由：没有优越的家庭，没有美丽的面容，没有过硬的关系。其实，你也总该找到不抱怨的理由：你有温暖的家，善良的笑容，健康的体魄，青春的活力……这些不都足以让你以一种顽强的态度去奋斗吗？

> "人们经常埋怨什么也做不来，但如果我们只记挂着想拥有或欠缺的东西，而不去珍惜所拥有的，那根本改变不了问题！真正改变命运的，并不是我们的机遇，而是我们的态度。"

这是著名的残疾人励志演讲家尼克·胡哲在其自传《人生不设限》中的话。每一个第一眼看到尼克的人都会为他的身体之残缺而震撼，亦为其精神之顽强而震撼。就是这样一个没有双臂和双腿的男人，顽强地面对上天对他的不公，创造出了生命的奇迹。

尼克的故事告诉我们：**你若顽强到底，一切皆有可能！**

青年人，还有什么理由不顽强到底呢？

拖延症还能有解吗？

形形色色的拖延症中，有两种典型"症状"令人不安：一种是在内心做与不做的纠结挣扎中累得筋疲力尽，动弹不得；还有一类是做起事来倒是风风火火、干净利落，可细究起来，做的却都是些次要的细枝末节，反而把最重要的事情一拖再拖。

那为什么明明知道应该去做什么，却选择逃避？随手翻翻市面上的解释，有的讲是因为长远收益总是不如即刻满足有诱惑力，有的则更玄乎，归咎于工业化社会里角色分工的僵化跟人的丰富性发生了冲突……总之，不知不觉中我们的期望被修正得越来越高，而我们的耐心却被消磨得越来越少，今朝有酒今朝醉，明天就成了各种麻烦的一个垃圾桶。

在长期跟拖延症做顽强斗争的过程里，你会越来越觉得或许最后克服它恰恰最不需要什么道理，真正的精髓就在四个字：马上就做。对此，王阳明说得真切，"知行合一"就是"知为行之始，行为知之止"，可以"简单粗暴"地理解为，**所谓道理就是知道了就去做，知道做不到等于不知道。**

人终究是由他所做的事来定义的，而不是他听来的道理，所以"鸡汤"读得再多、"鸡血"打得再足，也抵不过现在就放手去做，因为明天去做就比今天又晚了一天。

你啊，不要等到碰壁了才想起努力

很多人问我，读大学到底有没有意义？意义这个词，是人赋予的，我相信每个人对它的解读都不一样。

如果你好好利用这四年，不断学习，不断提升自己的能力，大学于你的意义就是更好的自己、更好的未来。如果你把这四年的时光都花费在无用的事情上，到头来依旧两手空空，大学于你或许就真的没有意义了。

所以，为什么说大学毕业是个分水岭，刷掉了一批跟不上节奏的人，留下来一批越来越强大的人。作为一个过来人，尤其最近找工作，对这点的体会越发深刻。大三暑假找实习时，有自己想做的工作，但是苦于在大学里并没有往相关方面积累技能，面试了很多公司都被刷下来。时隔一年，这次找工作就顺利得多，投的简历几乎都收到回复，邀约面试的电话络绎不绝，得到了很多机会。所以当你有一定成绩时，不管是你找机会还是机会找你，都容易得多，关键看你如何选择。

这个世界很功利，但是它承认你的努力。**坚持还是放弃，选择现在苦，还是将来苦，全在于你自己。不要等到失去了才懂得珍惜，不要等到碰壁了才想起努力。**

一定是那些艰难的时刻成就了我们

大学毕业前夕,我、H还有班里另一个女生在宿舍里聊天。我当时还没有工作过,一直听那个女生讲述刚去工作的种种艰辛,听得我都为她感觉不值。后来她走了,我跟H说:"你看她工作好辛苦。"

H淡淡地笑了笑:"谁没有过一段辛苦的时光?"她大三的暑期在一个服装公司实习,刚入职正好赶上广东的盛夏,整整三周都在仓库里整理库存,极其闷热。毕业之后她换工作,去了北京的一家地产公司。当时我发短信问她,工作怎么样啊,生活还习惯吗?她说都挺好。可我经常是凌晨时才收到她回的短信,还见过她拍的幽暗的地下室照片。

那些在陌生的城市里、漆黑的深夜中颠沛流离的经历总能悄无声息地改变我们。你发现自己大部分的内心开始变得坚硬与残酷,而柔软的部分则越来越少。也或许是因为越来越少,才想要拼尽全力去捍卫那一丁点儿的温情与不舍。而那些无谓的人事,再也不想空落落地等,再也不想燃尽一腔热血只换一盏冷饭残羹。

我们总能学会一个人修马桶,颤颤巍巍地攀到架子上换灯泡,应酬之后还能忍着头晕与反胃为自己调一杯酸奶来解酒。

但仍然感谢青春里那些艰难的时刻,那些异乡的漂泊,那些在暗夜里一边跟自己说着"加油"一边往前走的日子,一定是它们成就了今天的我们,让我们能有足够坚硬的躯壳去捍卫那些不可磨灭的柔软与美好,也有足够温暖的初心去拥抱那些终将到来的慈悲和懂得。

在那些最艰难的时刻,我只是一直走着,等那些漫山遍野如萤火一般的星光重新亮起来。

你有多努力的现在，就有多不惧未来

大姐在两年前辞掉了工作，在家做全职太太。之前的工作给大姐的压力太大，她整天神经紧绷，愁眉苦脸。姐夫看着心疼，就让她辞职了，反正家里也不缺钱。

起初，大姐还蛮享受不用上班的惬意生活。可没多久，她就心底发虚。自己不赚钱，怎么都没底气。虽然姐夫会给足生活费，让大姐花钱不愁，但她还是觉得不牢靠。

因为在钱上没了底气，大姐整个人都丧失了自信。她总担心被老公嫌弃，想着万一哪天离婚了，自己一毛钱不挣，连养活自己的能力都丧失了。尽管姐夫再三强调不会嫌弃她，更不会跟她离婚，甚至把工资卡都一并交给大姐管理，但大姐的心还是不踏实，对未来充满不安。

她跟我说，虽然现在有花不完的钱，但谁又能保证将来呢。万一你姐夫失业，或者他抛弃了我，我连点经济来源都没有，怎么应对？

我们总在抱怨别人给不了自己安全感，其实安全感更多来源于自己。一个没底气的人，别人再怎么给，他还是没有安全感。因为别人已给的，只会发生在过去和现在。将来还没到，给予的承诺再真诚，在没发生之前也是空话，它会随时生变。

安全感，不仅仅是对现在的感受，更多的是对将来的感受。将来的事，总归是靠自己才更牢靠。

公司在上半年裁掉了不少员工。其实，裁员之前早有迹象，很多同事都惶恐不安。有次私下闲聊，我问同事小米是不是也很担心被裁。他说不担心，反正被裁了立马就能找到一份新工作，正好趁机给自己多要点工资。

裁员果然没有他，他不仅没被裁，还升了职加了薪。

原来，铁饭碗不是一份永远不会失业的工作，而是随时都能获得更好工作的能力。

小米就是这种有能力的人。技术上遇到疑难杂症，别人几天攻克不了，交到他手里，几个小时就能搞定；客户刁难，别人怎么劝，客户都不依不饶，他一出面，几句话就能缓和客户的情绪；新来的大牛同事不服管理，别人说话他都顶两句，和小米合作时，大牛同事就很服气。

正是因为他拥有别人没有的能力，才能不用像别人那样忧心忡忡，担心裁员的事。

其实，想来也正常。决定别人是否抛弃你的，说到底总归是你自己；决定将来的生活是否稳妥顺遂的，说到底总归是现在。安全感从来不是无缘无故就有的。你的能力越强，你的安全感才能越足。

每一天，为明天。我们每一个人都应该过好现在。因为每一个踏实努力的现在，都将化成骨子里的底气，让我们不畏将来。

你到底还要奋斗到什么时候?

我哥在高中的时候是个极其散漫的人,把学习不好归咎为周围的人都在玩,我不玩不合适,于是破罐破摔。

大专毕业乐于混日子,一混就是好几年。直到25岁谈了女朋友,打算成家立业了,看见周围的发小、同学都比他过得好,才发现自己连养家糊口都困难,何谈结婚生子。于是,他跟当时的老板说不能再吊儿郎当下去,辞职找了一份累却让他感觉有追求的工作。

> 当他拿到自己的第一笔销售合同的提成时,他才找到奋斗的真正意义。即使不为了什么远大理想,为了好好生活,你也得努力奋斗啊。不然别说什么风花雪月了,柴米油盐也能让你一筹莫展。

冰心说,修养的花儿在寂静中开过去了,成功的果子便要在光明里结实。

现在,他们夫妻双双下海,边带孩子边创业,虽然牵挂很多,成功也仿佛被调成了静音模式,等它铃响更是遥遥无期。但是,所有的一切都是充满希望的,至少生活因为有了奋斗的目标而更有盼头。

重要的不是你几岁才开始奋斗,重要的是你开始奋斗了吗?

曾经收到一个读者的留言,说他今年16岁,感觉读书太没劲,索性辍学,问我有什么好出路。

我说:"你年纪那么轻,就算不愿意读书,学门手艺也好呀。"

他不乐意了,觉得学习这种事太累了,最好能有不费劲、不动脑、赚钱又快的生意,要我介绍给他。

我说:"你一点苦头都不愿意吃,总想着一步登天的事情。假如真有这种好事,那么多人累死累活地奋斗是为了自己给自己挖坑吗?如果有,请你告诉我。"

他听完,把我拉黑了。

空有大志的懒惰是一种毒药,荒废的是时间和青春。

人生有两次青春,第一次是生养你的父母给的,第二次则是你靠奋斗得来的。现在的青春用来努力,以后的青春则用来回忆。

我会一直奋斗,因为我不想记忆里一片空白。假如能够奋斗,至少,人生里还有一个振聋发聩的主旋律。

现在偷的每一个懒，都是给未来挖的坑

不知你是否也有这样的体验，看着朋友圈里别人在晒写得工整漂亮的小楷，下面的评论一片赞誉。关键是连心仪许久的男神都对她赞不绝口，突然就有一种羡慕嫉妒之情涌上心头，继而慢慢变为阵阵悔意。

回想自己小时候不是也练过好几年的书法吗，后来练着练着怎么就放弃了呢？不然现在能和男神互动的就是自己了。

因为偷懒而悔不当初的事太多了，以至于现在的我深深觉得，现在偷的每一个懒，都可能是给自己未来挖的一个坑。

因为，每一分努力都是实实在在会让你变得更好的存在，不仅影响你的当下还有你的未来。**而偷懒，其实是提前预支了本不该属于自己的舒适，在未来你需要某个技能某种能力帮自己渡过难关时，却发现自己早在过去的某一天亲手扼杀了它。**

俗话说，人都是有惰性的，偷懒确实能给我们带来满足感。那偷懒是一种什么心态呢？**一是长时间紧绷，突然想放松，但又克制力不够。二是侥幸心理。三是压根儿就没有开始。** 连第一步都没有跨出去，其实就是个"大懒"。实际上，只要做了，就有收获。而思想上偷懒导致行动上直接放弃的，则什么也得不到，除了日后某一天幡然悔悟时的深深叹息。

路是自己为自己铺的，坑也是自己给自己挖的。你在偷懒的时候，别人都在努力地给自己铺路，一刻也不停歇。也许你还会嘲笑满头大汗的别人：嘿，兄弟，这么拼命干吗呢，休息一下吧。殊不知，未来不远处已经有一个大坑在等着你了。

我们如此努力，是想对人生多一点控制力

公司里曾有个妹子，是个健身狂人。我刚来公司上班时，没来得及配椅子，她就把自己的椅子让给我坐，然后从桌肚底下滚出一只粉红色的瑜伽球，气定神闲地坐在上面。

有一天，大家排队热饭，她一言不合把腿翘到半人高的水吧台上，现场表演一字马。

天气不错时，她中午会把瑜伽垫背到楼顶的平台，然后平板撑看电子书……

有一次我们聊天，她说自己刚生完孩子时，体形也是惊世骇俗。出了哺乳期，跟老公打赌，看自己一个月能不能减掉10斤肉。结果，没减掉，"赌资"被老公拿走。她虽然肉疼，但那一个月把健身的好习惯培养了起来，从此爱上了健身。

有一天午休，她在办公室教我一些简单易学的健身动作。先发了两个小巧的哑铃，我拿着划拉两圈，简单嘛。她仿佛看穿我的心思，"你就一边看综艺一边划圈，十个一组，每次做十组，坚持一个月，蝴蝶袖肯定有改观。"

然后她自己跑到墙根，顺墙往下溜，扎了个靠墙马步，端起一本书，气定神闲看起来。我凑上前学她，没数到十秒，直接腿一软蹲倒在地。

她笑嘻嘻地看着我，"健身习惯要逐步养成，渐渐你对身体的控制力就会一步一步加强。原本很多做不出来的动作，突然有一天都可以做了，能控制身体的感觉特别好，这比减了多少斤肉、有没有马甲线还让人开心，这就是健身的魔力。"

是她告诉我：通过不懈努力，对自己的身体拥有一定控制力，是件非常开心的事。

永远别说不可能

自设的绝境，往往比生活给的绝境更让人难以逾越。这个世界最大的绝境就是：在希望到来之前，绝望已经到来；在"可能"到来之前，"不可能"早已抵达。

其实，许多地方往往不是人到不了，而是心到不了。只能在方寸之地回旋的人生，一定是跟在了别人的后面。 一条路，当被前人走绝，自己也只有重复的份儿。实惠的生活哲学，往往都是挑选"能"的事去想、去做。这样看似规避了风险，却同样堵死了通往人生广阔天地的路。

生活是扑朔迷离的，它给你一些，也拿走一些，让你快乐一阵，也让你痛苦一阵。它的奇妙之处就在于，看似不动声色，却让每个人都过得不尽相同。

乐观的人，总能在生活的有限中走出无限来，因为他们更善于在绝望之处看到希望，在不可能中捕捉到可能。 希望看似渺茫，却伏在了时间深处。它一动不动，等在那里，等着与心性坚韧而明亮的人相逢。你放弃的时候，或许它也在涕泪交加，因为，它与你只是咫尺之遥。人生的好多转机，不是等不到，而是常错过。

有时，消极想法太盛，会绑架我们的意志。先入为主的暗示，会让我们在否定自己时越发地理直气壮。如果你习惯站在庭院里吹风，不妨踩着木梯爬上屋顶。不仅是因为屋顶的风更大、更凉爽，重要的是，你会眼界突然一开，看到庭院里看不到的风景。

可惜，有的人一辈子都没给过自己登上屋顶的机会。他们被心底的院落囚禁得太久、太深。人生的明媚，他们无缘看到。

如果没有人看见我，那我就站到有人能看见的地方

在我们还很小的时候，我们都以为自己是盖世英雄，与众不同，好像随时会发光一样。可是长大以后，遇见的人多了，经历的事情多了，我们的世界反而变狭窄了。我们很少再凝视宇宙、星辰和大海，很少再天马行空地思考稀奇古怪的问题，眼光慢慢聚焦在眼前的悲欢离合和生活的跌宕起伏上，也不再相信自己有什么特别之处。

但你有没有停下来思考过，现在的处境真的是不能改变的吗？也许，你难过失意，但不知道从何做起；也许，你不止一次地问过自己，世界那么大，茫茫人海，芸芸众生，我要怎样做才能被看见？

我不知道你现在在这个世界上的哪个地方，在做些什么，又想要成为什么样的人。你可能还是一名学生，坐在教室的最后排，因学习差或不善言辞而总是被忽略；你可能是一个初入职场的新人，被各种各样的情境考验和人际关系弄得应接不暇；你也可能是一个艺术工作者，因为自己的作品遇不到伯乐而伤神叹息……但有一点是相通的，你们都不那么喜欢自己现在的位置，都想要被人看见。**既然如此，不如勇敢地走出来，审视自身的尴尬处境之后找出一个突破点，站到一个可以被人看见的地方，用自己的能力和才华证明自己。**

我相信，终有一天，你会被看见。终有一天，我们会在各自的平行时空里发光。很多时候，只要愿意努力，只要愿意做出一些改变和突破，那么结局就大不相同了。

我们只不过是要努力奋斗，使当初的选择变得正确

我周围也有很多牛人，有的男生毕业就进了高大上的咨询公司和投行，连父母来北京旅游都可以用公司专车接送；有的女孩还没毕业就创业，一天能赚十几万；有的随便学学就能 GRE 考高分拿着奖学金去美国……但这些都不是我，他们都只是我身边最亮眼的那些光芒。

我抬头看看他们，再看看自己，除了低头努力，真的说不出什么，也抱怨不出什么。在北京这种名校成堆、牛人成群的地方，想要得到自己梦想中的东西，就要一步步垒宝塔一样去做，一步踩着一步爬上去，才会有人愿意看见我，无论是工作与生活，还是爱情与婚姻。

前几天看完一本美国名校学生奋斗的书，主人公混在美国名校里，终有一天被勒令退学。他的导师给了他一个试读的机会，他在此期间奋发图强，做出了令全美国惊艳的成绩。一瞬间，他从一个人人讥笑的失败者变成了一个在大会上全场为之鼓掌的成功人士。而他也终于明白，被要求退学的时候，他以为全世界都对他不好，导师在报复他。可事实上，一切都是自己造成的，是自己的混沌懈怠不学习，让自己掉进了人生的低谷。这世界从来不会跟你过不去，你得到的任何好与坏，都是自己作的。

有句话是这么说的："**根本没有正确的选择，我们只不过是要努力奋斗，使当初的选择变得正确。**"就是这样。

钱要一亿亿挣,路要一步步走

有位去西藏的朝圣者,一步一叩首,看似非常辛苦。有人问他,那么远的路,你什么时候能靠双脚走到?朝圣者微微一笑:我从不想去西藏的遥远,我只想脚下的路,多走一步,就离圣地近一步。这样走,就不觉得远了,也肯定会有到的一天。

多么朴实而又智慧的朝圣者,比起我们这些怕苦怕累的"聪明人",上天给予他们的回馈永远都是丰厚的。

有人说:神和坚持到底的人在一起。我信。无数次,我在一位位坚持理想坚持信念的人身上,看到了"神"的存在与眷顾。

去年冬天的一个晚上,在家吃火锅。吃完饭,女儿让我陪她去外面散散步。

好久没有那么认真地看星空了,一时间忘了寒冷,和女儿讲起那些和星星月亮有关的美丽传说。

"迢迢牵牛星,皎皎河汉女",说的是牛郎和织女相爱却不得不分离的故事。"嫦娥应悔偷灵药,碧海青天夜夜心",说的是嫦娥奔月的故事。"问讯吴刚何所有,吴刚捧出桂花酒",说的是吴刚折桂的故事。

女儿做"敬仰"状表情:妈妈,好崇拜你哦!会那么多故事还有古诗,你从哪里学来的?

从哪里学来的?我还真没思考过这个问题,不过是平时喜欢看书,一字一句日积月累的罢了。

其实,很多时候,让我们一事无成的并不是困难,而是我们的不坚持,被心中的"宏伟目标"吓退了。

而你,如果也曾为梦想迈出过第一步,想要放弃的时候,**不妨瞄准心中的"小目标",去试试只低头看路,走一步再走一步,走一程再走一程。**一直走下去,不期然间,说不定心中的圣地就已在咫尺,美丽的风景就已到眼前。

幸亏那些艰难的日子你没有妥协

你决定考研了，那是一个艰难的决定——已经大三了，你的英语四级还没过呢。你买回了厚厚的英语词典，发疯一样地记单词。有同学私底下打赌，像你这样的学生，怎么可能坚持一个月？你听到了，什么也没争辩。只是，早上起床的时间提前了，夜里躺下的时间推后了。

几个月后，你真的过了四级；大三下学期，六级也过了。在所有人诧异的目光中，你继续看你的书。你在学校附近租了个床位，为了省钱，你跟同学挤在一个通铺上。只是因为，出租屋晚上不会熄灯。你觉得，只要保持这样的节奏，你的考研之路应该也会顺利吧。但是分数出来，还是差了一点。你默默地收起成绩单，开始找工作。终于，在一个没有人的夜晚，你放声大哭，说对不起父母的付出。

毕业后，你租了个房子，白天上班，晚上复习，每天只睡四五小时，身体很快就吃不消了。有一天，你从公司出来，换乘公交的时候，感觉都快站不稳了。你给一个朋友发短信说，去他的考研，你要放弃了。朋友急匆匆赶来，给你熬了一锅小米粥。你躺在沙发上，听她让你听的歌，**"最想要去的地方，怎么能在半路就返航……"**

第二年，你考上了，是你一直心心念念的那所大学的研究生。从小地方第一次去到那么大的城市，你的心里充满了惶恐和自卑……

已经快三十岁的你明白了，会微笑的人，运气总不会太差；你明白了，并不会有一条路，叫走投无路；你明白了，人生会有许多选择，即使暂时没有出现你想要的，也别轻易放弃；你明白了，总有一些人，是你辜负不起的情深；你更明白了，所有那些艰难的日子，一定不会让你白白煎熬……

谢谢你，你就是十年来，那个从不曾妥协的我自己。

因为你，才有今天的我。

你远没有自己想象中的那么努力

大三的时候，我给自己列了一个清单，多达几十项目标。我想，如果在接下来的日子里，我能够把这些事情做完做好，也不枉费了这美好的大学四年。我看会儿书，写会儿东西，在网上发布一下兼职信息，然后再看一下考证资料，再做一下英语试卷……时常没有规划地做着这些事情，感觉自己一天到晚已经精疲力竭。一切看起来那么如火如荼，热血沸腾地去做每件强加给自己的事。我想，如此我还不算努力，真的全世界的大学生就没几个是努力的了。

可是那些所谓的努力最终都未能取得多好的收益，我在匆匆忙忙中毕业了……

其实，**真正的努力并不是毫无目的、好大喜功的，它必须有一个主要目标，在主要目标之下还需有次要目标。**所有努力的着力点其实是在那个主要目标上。如果那时候的我，专注于看书写字，或许到现在已经至少手握上百万字了，看完上百本书了；如果那时候专注于考证，说不定能拿下注册会计师……

往往，我们在潜意识里给自己一个很努力的假象，告诉自己："其实我很努力了，即使将来失败，也怨不得自己，只怪天意如此、造化弄人。"**可是我们真如想象中的那么努力吗？真的不是为了给自己、给外界的眼光找个安慰而刻意营造一个忙碌的假象吗？**

直到经历了那些失败，经历了之后生活中所受的挫折，我才后知后觉：**真正的努力是脚踏实地地一步一步去实现目标，并且需要不完成这个目标绝不妥协的坚持和笃定。**它可能并不忙碌，但是绝对安稳踏实，绝对坚持不懈，并且绝不浮夸。

我为什么怕顺其自然

要知道,一个真正想到达目的地的人,必然会好好规划,认真寻找,而不是顺其自然。一切的方向都是内心的选择,有多在乎,就会有多勇敢。

对于真正在乎的人和事情,没有人会顺其自然。一件特别想要的东西,一个特别喜欢的人,一份特别热爱的工作,人们都会抱着志在必得的决心和勇气,全力以赴。

有人说,并不是争取了就可以得到,并不是努力了就可以成功,还不如顺其自然。该来的终究会来,不来的再怎么勉强也求之不得。殊不知,若一味地顺其自然,那什么也不会来。不自信、不争取、不努力,"该来"的也会在来的路上掉头找别人。

做好一件事,需要付出的远比"顺其自然"多。认真养鱼的人,没有几个会不换水不喂食,任其自生自灭;认真养花的人,没有几个会不浇水不晒太阳,任其凋零枯萎;认真生活的人,怎么能不争取、不执着?如果害怕失去、害怕失败,与其顺其自然,不如防患于未然,尽自己最大的努力降低失败的风险。

若想要就竭尽所能,无论途中多少迷茫多少心碎,依然迈着坚实的步伐走下去。若不想要,就洒脱放下,从心底忘记这个人这件事,把自己的时间和精力,"浪费"在心甘情愿的地方。**明确的生活态度,会让一切都变得简单。过多的模棱两可,只会在烦琐的是是非非中失去自我。**

你所等的那个"合适时机"永远都不会来

面对机会和重大的决策,我们最自然而然的反应就是等一个合适的时机,可是什么才是合适的时机呢?我们并不清楚,也没想清楚,就把答案稀里糊涂地托付给了未来。

生活中没有一个完全合适的时机,除非你"逼"自己一下。我们的恐惧往往来自对自己能否胜任的不确定,还来自对将要承受的压力的恐惧。越是平时喜欢思考、喜欢规划的人越容易怀有恐惧,反倒是平时大大咧咧或者功利主义的人不会那么多虑,欢天喜地地就上去了。至于怎么适应更高的职位,可以先做了再说。由此可见,"做了再说"比"先想后做"要好,迅速学习、做出成绩才是主要的。

什么时候才是"合适的时候"呢?这个问题很难回答。有趣的是,假如这些事情在未加计划的情况下发生了,比如被猎头打电话建议跳槽、意外怀孕有了孩子等情况下,大家都能欣然接受。**可见我们的内心都愿意拥抱一些改变的机会,却又本能地抗拒着改变会带来的风险。**

机会并不来自你的选择在未来包含了多少风险,而来自一个人对某件事的全情投入和你愿意为之付出的努力。如果我们总是像坐在自动扶梯上一样被动地等待着什么好运降临,一般都不会有期待中的好事儿发生。

我们需要清楚的事实是,生命中永远不会存在一个"完全合适的时机"让你能够去做某件事情。**如果你打算做某件事情,不要等待,从现在就开始着手去改变。尽管你并不自知,但其实你已经有了足够的能力和力量去实现这个你希望拥有的改变。**

而放弃自己力量最常见的方式,就是认为自己毫无力量。

你不必害怕明天，路都是一步步走出来的

刚毕业那两年，朋友阿凯一直处在极度焦虑的状态中，情绪也是起伏不定。

周围有人升职加薪，有人出国留学，有人进了外企，有人买了房子，有人开上了车，还有人已经开始筹备结婚的事了。别人的生活似乎总在大步向前，自己过了生存的基准线，跟别人一比，却还有着漫长的距离。

他慌了、乱了，面对着现实中的自己，他不知道明天究竟会怎样。他所憧憬的那些未来，他给她的那些承诺，在他心里，越发像是一个遥不可及的梦。

为了让自己尽快调整好状态，从过去的回忆里抽离，他将大把的时间和精力放到了工作中，不再关注周围的人是否结婚、买房、升职，那些只会平添他的烦躁。

他从原来的办公室职员，被调到销售部做业务，每天早出晚归，跟诸多陌生的客户打交道。这仿佛是一扇特别的窗，让他有机会见识到另一个世界，也为他的心开辟出了另一条路。他忘记了时间和忧虑，专注于每一天的任务和每一位客户。

从最初的屡屡遭拒，到后来的小订单，再到后来拉到了大客户，一路走得崎岖艰难，却也带给了他莫大的鼓舞和信心，治愈了他心底的伤，驱逐了他莫名的焦虑。

忙碌的日子总是过得很快。现在的他，已经在公司里有了自己的立足之地——独立的办公室，办公室的门上赫然写着三个字：经理室。是的，靠着自己的奋斗和努力，他已经成了公司的业务经理，有公司配备的车，房子虽然还是租的，却早已不是简陋的小屋了。

原来，有些事情你拼命地想、担忧，根本没有用，把眼下能做的做好了，结果不会太差。

世上哪有那么多捷径让你走?

我有一个女性朋友,去年报考了县城税务部门的公务员。她告诉我时,我直接劝她别浪费时间和精力了。像税务部门这种热门岗位,狼多肉少,怎么可能轮得到她那种没背景、一穷二白的应届生呢?

一根筋的她不听我劝,说是不信这个邪,便一头扎进轰轰烈烈的备考中。三个月后,我得到了她的好消息,以总分第一的成绩被录取了。

她说她知道这类考试很多有关系户在面试环节找熟人,所以她笔试时努力考了一个甩第二名几条街的分数,本想着面试成绩即使低点也能考上,结果面试时由于她优异的表现,考官很满意,直接给了她一个高分。

最后,在我的祝贺中,她坦言生活对很多人是不公平的,毕竟我们作为普通人,抵不过二代们。我们既然走不了捷径,那就别想着捷径了,踏踏实实走好每一步,生活总会给你一份满意的答卷。平时觉得挺鸡汤的话,但是此刻我对着电话猛点头。

周末在家换台时换到《婚姻保卫战》,刚好听到这么一句:"人啊,不能老想着走捷径,你以为你抄了个近道,弄不好是个岔道,一不小心就误入歧途了。**天上掉的馅饼也不能要,都是老天爷不爱吃才扔下来的,不定藏着什么硌牙的家伙儿呢。**"我对着电视又一顿猛点头。

努力的第一要素就是过得不舒服

简单地说,**我认为努力的第一要素,就是过得不舒服。**

还记得自己高考时的状态吧,我高三那年觉得自己特别辛苦,有时候背书会背得哭起来。深夜两三点,不断地重复记忆那些似乎枯燥的、无聊的历史事件,历史书上有各种各样的扩充知识点,蓝红黑三种颜色的记号笔把整本历史书填充得密密麻麻。

身边有朋友考研,图书馆开门他就去了,图书馆关门他才回来。不带手机,不带电脑,带着的只有一本又一本厚厚的笔记本。

顶着寒风去早读,自然没有躺在被窝里睡懒觉舒服;看那些枯燥无味的理论,自然没有追韩剧、玩游戏舒服;在图书馆待一天,自然不会比在宿舍玩手机、看小说舒服;跟着网上视频学习自己从来没有接触过的 PS、视频剪辑,一定没有刷微博、看段子舒服……

你问问自己,是不是因为过得太舒服了,所以才喜欢一路安逸地走下去——早上睡到八九点,醒来去上两节课,然后吃饭,回来玩电脑,打打游戏,时间富余,再谈谈恋爱,逛街吃饭看电影。不满足现状,内心隐隐不安,觉得自己什么都不会,也没什么特长,却又喜欢现在的安逸,不用操心什么,每天吃吃喝喝就过去了。

古人说,生于忧患死于安乐,当然是有道理的。**生活太安逸、太轻松,一定会消磨你的斗志。**

真正的努力,大概是要找到自己喜欢的东西了。

说句实话,无论如何这漫长的一生总会过去,但我希望趁着还有时间和精力,去做些喜欢的事情。**热爱这个东西,真**

的有意想不到的力量，因为喜欢本身就把所有不舒服的事情变得有意思了。

我最讨厌熬夜，最开始接触音频剪辑的时候，简直没日没夜地剪，一天只能睡四五小时，每天都熬夜到半夜两三点，但是第二天依然精神奕奕；身边有朋友喜欢写东西，接触到网文的时候，泡到电脑上，一天能码字上万。因为在做喜欢的事情，所以熬夜、早起都不算什么了。

==在你努力做自己喜欢的事情时，就已经感到开心了，最后得到的成果，反倒是意外之喜了。==

但很多人，恐怕连自己喜欢的事情都还没有找到吧？不过没关系，没有喜欢的事情，就去找自己感兴趣的事情。不了解、没接触过都不要怕，正是因为不了解，所以才有趣啊。

在这未知的世界，努力去做那些自己喜欢的事情，不要闲下来，把所有的时间都用到自己喜欢的事情上，不要怕没结果，不要怕没成功，**最怕的是一生碌碌无为，还安慰自己平凡可贵。**

为了梦想拼命努力过，无论结果如何，你都一定会迷恋那种充实感。

总是有人要赢的,为何不能是你?

五年前,勇哥遭遇了人生的惨败,马上要结婚的姑娘离他而去,第二次考研也以失败告终,他每天就在家里帮爸妈打理干鲜杂货铺。

那段时间,勇哥陷在悲观和迷茫中走不出来,常常跑到曾经和姑娘牵手散步的河边一趟趟地溜达。但这样的状态并没有持续太久,很快他又开始把自己的时间排得满满当当,白天进货守摊,一到晚上就把自己关在房间里看书复习,常要到夜里两三点。

遗憾的是,第三次,他依然榜上无名。可他对卖干鲜杂货也着实提不起兴趣,便说服父母,应聘去了一家公司做起了行政助理。

有一天在飞机上,老板给他一份即将要签的合同,让他帮忙再校对一遍文字。谁知,他竟发现了一处容易引起歧义的表述。假如对方故意刁难,公司的损失可能数以百万计。而勇哥及时提醒,堵住了漏洞,令老板对他刮目相看。勇哥的人生也就此柳暗花明,晋职加薪接踵而至,一下子竟也成了让其他同事羡慕的"别人家的孩子"。

有人在背后议论,说勇哥运气真好,假如当天在飞机上的是自己就好了。勇哥很认真地跟我说,那哪是运气好,他们哪里知道我那些法律知识是怎么学来的?为考法律硕士,我已经准备了三年!

勇哥常说,**那些走得更远的人,并不总是特异于常人,或许只是每天比别人多走了一点点**。既然心中有了远方,他就想做那个每天脚踏实地多走一点点的人。

时光终究不会辜负每一个努力的人。

既然总是有人要赢的,为何不能是你?

收获　积累　沉淀　真我

你是什么样子，
你所看到的世界

就是什么样子

《题李山风雪松杉图卷》其二 ————

朝色葱胧映碧虚,
千峰瑶草渐凋疏。
何当长白山头树,
到了枝枝玉不如。

宋·明·王世贞

你善良，就会觉得这个世上还是好人多；你空虚，就会专门去挑别人的缺点来对比自己的优点，从而找到优越感；你嫉妒，就会希望你关注的那个人处处不如意，处处比不上你；你羡慕，就会努力改变自己，想去成为跟对方一样优秀的人。

菊花

唐·元稹

秋丛绕舍似陶家,
遍绕篱边日渐斜。
不是花中偏爱菊,
此花开尽更无花。

我知道,我终将成为更好的人

工作第一年的时候,我想,一定要有一次说走就走的旅行,去西藏。刚订好机票,就接到公司派下来的新项目,我只有默默地退掉了机票。

2015年的时候,我想要考日语,想要啃好多好多艰涩、难懂、高大上的巨著。结果,日语考试因为要出书改稿子占用太多时间而不了了之。

我并没有变成我想要成为的自己,**可是我从未觉得,因此我不能成为比之前的我更好的人。**

我依然需要靠外卖为生,也最终没能去一趟西藏,可实习那段时间大概是我此生英语水平最高的一段时期:无论多复杂的长句和多快的语速,几乎都可以不用反应,脱口即出。

在新项目中认识的同事也成了我在公司最好的朋友。我们一起重读金庸,一起重读《红楼梦》,然后唇枪舌剑地争执、讨论,这远比我孤零零地去一个陌生的地方只为"看一看"更加有趣。

没有报名日语考试,没有读完任何一本我以为可以看懂的《浮士德》《管锥编》《围炉夜话》等,但却在《夏目友人帐》中看到了一种温柔的强韧。

生活本来就是个最具变量的东西,没有任何人可以确定自己的明天:明天你所想要的会不会跟今天一样。现在你视若珍宝的,是否转眼就会弃如敝屣。可是换取的,永远跟失去的一样多。而那些不曾预料的获得,比胸有成竹要更让人喜出望外。

我终将变成更好的人,无论如何,我放弃了某一项计划,并不代表放弃了成长。

文／陶瓷兔子

你要的稳定，不是真的稳定

我和老公是大学同学，考研时他去了清华，我落榜只好先去工作当老师。从同学到师生，从朝夕相处到天各一方，瞬间打破了最初的稳定。后来我因为工作突出，在第三年的时候被学校选送到北师大读研究生，他也毕业了，开始从事自己喜欢的工作。再后来，我码字，他摄影，我学口语，他练书法，他公派去了新加坡，我又出差去了美国。我们在不稳定中一路前行，始终在前方注视和呼唤着对方，在暂时的失衡中持续地输入外部能量，来抵抗任何可能出现的扰动。

孟子在几千年前就说过：生于忧患，死于安乐。安逸是事业和家庭最大的杀手。当我们已知所得为固定值的时候，趋利避害的心理会让大多数人选择减少付出，以求得利益的最大化。就像太稳定的工作会让人坐享其成不思进取，太稳定的婚姻会让人降低标准自我放弃。任何一段关系，如果觉得自己不需要任何努力就可以无限保持下去，那不是什么骄傲的事。

在攀爬婚姻和事业这两座高山时，越高越有风险，但越高也越有质量，越有价值。有些危机，有些底线，没什么不好。变化是机遇，动荡是挑战。只求稳定意味着把一切可能都关在了门外，于是梦想、自由、爱情、探索都成了稳定的祭品。

经不起波动的稳定不是真的稳定，生活需要波澜，感情也需要挑战。流水不腐，户枢不蠹，活水带来的是两个人共同面对困难时携手作战，是两个人为了彼此不断地努力进取。**我不希望余生的每一天，你我都紧巴巴地躺在婚姻的天平上严阵以待，草木皆兵。我希望的是我们敢于打破稳定，不断挑战自我。因为我需要的是在未来的每一天里，更好的我身边站着的是一个更好的你。**

把时光"浪费"在自己擅长的事情上

我在 21 岁的时候非常迷茫,非常焦虑,担心自己无法三十而立,无法给自己的孩子和父母一个很好的生活保障。

因为焦虑,因为迷茫,毕业四年间我去过很多城市,换了很多工作。每天下班后,我除了和朋友倾诉我的迷茫,就是在 QQ 空间里伤春悲秋,写下自己的孤独和无助。

终于在 25 岁那年,我想明白了,自己擅长的东西是写作。于是,我找了份编辑的工作,每天下班后写写自己的心情。我每一次发微博和说说都字斟句酌,把每一次发声都当作练笔的机会,认真地写下自己的生活感悟。我还在一家知名文学网站注册了账号,把平时看到的听到的只字片语整理成文章,慢慢地,我的文章屡屡被加精推荐。

后来,我成了全职妈妈,我把带孩子之外的所有时间都用在读书、写文章上。两年后,我提前实现了出书的梦想。

努力和坚持是很重要,但更重要的是要做自己喜欢且擅长的事。

大多数人之所以迷茫或焦虑,不是懒,也不是不懂得坚持的意义,而是找不到自己的作业包,以至于盲目努力,搞得自己身心俱疲。只有挖掘自己潜在的天赋,找到这个作业包,做自己喜欢且擅长的事,才可能事半功倍。

如果年轻的你也正在迷茫,无比焦虑为什么自己那么努力还依然过得不够好,那么或许就该静下心来认真想一想,自己的兴趣和天赋到底在哪里,然后把时光"浪费"在自己擅长的那些事上,相信生活一定不会辜负你的每一分努力。

文 / 苏小旷

你是什么样子，你所看到的世界就是什么样子

你眼睛所看到的地方，直通你灵魂深处，映射出你潜意识里的观念和思想。这些思想或导致你成为不好的人，或促使你成为更好的人。

一个女子，我叫她泡芙小姐，因为我们熟识了之后，她每次都带泡芙给我吃，她自己亲手做的，酥脆的外皮，中间加的是抹茶味的奶油。关键是什么呢？泡芙小姐不但会做泡芙，还会做马卡龙、提拉米苏。更关键的是什么呢？泡芙小姐写得一手漂亮的小楷，她简直是我的女神。

后来，女神要出国了，临走时她特意约我出来说："妹妹，我要去看看外面的世界了。"她送了我很多书，她说，**如果看不到现实中的广阔，就多看看书里的广阔。**

你看到的是孩子的进步、老公的优点，你就有可能成为贤妻良母；你把普通的一道菜做出好几种花样来，照顾孩子的同时也把自己"捯饬"得气质优雅，那没准你就慢慢修炼得上得厅堂下得厨房了；而如果你看到的是宇宙万物，你会觉得身边琐事渺小，红尘俗世都是自寻烦恼。

你善良，就会觉得这个世上还是好人多；你空虚，就会专门去挑别人的缺点来对比自己的优点，从而找到优越感；你嫉妒，就会希望你关注的那个人处处不如意，处处比不上你；你羡慕，就会努力改变自己，想去成为跟对方一样优秀的人。

你的眼界，就是你所看到的世界。你看到的世界，由你内心而来。

文／卡西姑娘

我不要活成"别人都那样"

几年前,有一段时间我进入"人生怀疑期"。当时家庭生活趋于稳定、平淡,工作也进入平台期,没有新的有趣的东西,也没有办法实现大的突破,所以总觉得有一种很难言明的难受,情绪郁郁。老公说:"你去看看别人家,不也这样吗,你到底想要什么呢?"他当时的意思是,在物质层面别人拥有的我们基本上也都有了,所以还有什么不满呢?我想了想,斩钉截铁地说:"从过去到现在到将来,我所追求的就是幸福。这是永远不会改变的答案。"

什么是幸福?

是买了一栋心仪房子时的心花怒放,是提回新车开着去兜风时的刺激开心,是获得升职加薪时兴奋激动……这些当然都是幸福的瞬间,但是,我所说的幸福,好像还不太一样。

我想要的幸福,是一种状态,是一种充盈内心的感觉,是我即便在一个朴素的生活环境里,也能时刻感受到的那种自在安然的感觉,是我对自己有认可,对周围有感知——那是一种很特别很私人的感觉,而不是别人看上去那样的生活。

幸福是什么,成功是什么,我们到底怎样才能过上自己的理想生活?所有这些问题,肯定在每个人的脑子里都翻滚过。对我而言,到最后不过是最简单的一点,做自己。

我绝非不愿意听从别人善意的劝告和建议,我只是很认真地去找自己的目标,很努力地去做自己的事情,很用心地去投入,很自觉地接受结果。

和别人是否一样,永远不是我判断自己的标准。唯有,我内心的幸福感,才是唯一标准。

文/小木头

下班后的生活，决定了你能走多远

我想起一个学生，大学期间，被分配了一个自己不喜欢的专业，可他却迷恋着摄影。这样的人，在大学校园里很多。他经常在微博里给我留言，说自己想成为一个优秀的摄影师，可是已经晚了，自己被分配了这么一个专业。

我很纳闷，问："哪里晚了，你还这么年轻。"

他把当摄影师这个梦想告诉身边的朋友，所有人都觉得他疯了。这个世界总是这样，追梦的路上，总有些人不停地笑。放心，他们会一直笑，直到你实现了梦想，这些讥笑才会变成苦笑。剩下的，就该你开怀地笑了。

后面的日子，他看起来和所有人一样，该上课上课，该考试考试，但他时常带着单反。几个月后的某一天，辅导员在会上宣布，我们班有人获得了国际摄影比赛一等奖，正是他。

毕业后，他凭借自己的作品，考上了北京电影学院的摄影系。同学说他是个天才，可他却说："我不过是用了别人睡觉、打游戏的空闲时间，专注了一件事情而已。"

后来我才知道，每天他都起得很早，趁着露珠还在、晨光初现，按下第一次快门；晚上路灯下，看着灰蒙天空、皎洁月光，按下最后一次快门。短短的几个月，他按下了数十万次快门，拍下了无数张照片。晚上在自习室，他打开PS修图，图书馆里，除了他，只有那些考研的孩子。

每个忽然转型的人，都有着许多平静努力却无人问津的时光。他用空闲的时间做了喜欢的事情，他不是天才，只是个努力的人。

这些年，我见过许多要辞职的人，他们把所有的不顺和平庸都归因于所在的这家公司。其实并不是，你可以用下班

文／李尚龙

时间做得更好啊。

我也见过许多想要退学的人,把所有的痛苦和无能归因于学校太差专业不好。其实也不然,你可以用空闲时间去旁听课、看喜欢专业的书籍啊。

人总要度过生存期,才能谈梦想。度过生存期时,确实不好受,或许你做的是自己不喜欢的事情,好在,这种不好受并不是一天二十四小时。其实你的抱怨,不过是借口而已。现在的工作真的会占你很多时间吗?那么这些时间背后呢?你做了什么事情去改变现有的生活呢?

我曾经问过一个朋友,当你做了一份不喜欢的工作,接下来你要干吗?他给出了最好的答案,先干着,然后用空闲时间磨炼出一技之长,然后投简历,骑驴找马,等时间成熟了,再凤凰涅槃。

可有一些人呢?他们一边抱怨着自己不喜欢的生活,一边下了班无所事事,第二天继续抱怨,无休止地循环下去。

这世界没有那么多一帆风顺,可是,抱怨却不改变,指责却不反击,一段痛苦时间后,人没有学会触底反弹,反而开始苦中作乐,才是最可悲的。

所以,别逃避,去提前准备。那些空闲的时光,一定不会辜负渴望更好的你。

文 / 李尚龙

比逆袭人生更励志的，是失意不变形

对于每一个普通人而言，保持失意不变形要比逆袭人生来得更加实在，更加靠谱，更加贴近人间烟火。

多年前有一位同学，年少辍学外出打工，好不容易攒了一些积蓄娶得佳人归。岂料新婚不过半月，新娘便携家财借故进城逛街而一去不返，连其父母都消失得无影无踪。同学是憨厚老实的男子，外出寻觅数月，终是灰头土脸没有任何结果。

可生活还是要继续，再多的坎坷也要活下去。朴实的人自有一套简单的生活哲学。同学借钱买了辆二手面包车，开始在当地拉出租，每日往返在几十里山路上，尽心尽力挣钱养家。客人不多时，他便开车带着父母去山外散心，日子虽然平淡如水，但也渐渐变得有了欢笑。

他是最普通不过的农村小伙，文化不高见识有限，在遭遇磨难时没有足够的能力去逆袭人生，也不懂得怎样才能华丽转身。他能做的最好的选择，就是继续善良继续孝顺，继续挣钱养家继续好好生活。

不是每个失意的人都能在困境里猛然有了对抗生活的洪荒之力，那样的传奇只存在于小说中电影里，即便有成功逆袭的榜样，也只是属于那人生的百分之二十。对于平凡的我们来说，没什么能比失意不变形更加珍贵了。

起点不高,又很迷茫怎么办

当你觉得迷茫时,不管好坏,先设一个目标,哪怕后期再调整也没关系,先朝着这个目标行动起来。

学妹为了能考上好大学,当初报考了自己并不热爱的小语种专业,大一时她给自己设定了一个目标:毕业以后要进大使馆工作,并开始为这个目标努力起来。

她通过刷大使馆的官网发现,如果自己到大使馆应聘,最有可能的就是和翻译相关的职位。为了让自己更有竞争实力,她还在大三的时候参与了一个学期的海外交流活动,更贴近地了解了对方国家的文化风俗和思维习惯,还到当地的一个公益组织进行了为期一个月的实习。

可毕业时,她选择了去电商工作。她在工作中属于进攻型选手,而电商属于风头正劲的大船,可以给她足够的空间。

回顾她大一时设立的目标,那个目标到现在已经过时作废了,但是她数年来为最初的目标所做的努力却完全没有浪费。每一点微小的努力和进步,都为她最终做出的选择增加了微小却关键的筹码。

世界上没有这样的目标,也没有这样的道路。当你觉得迷茫的时候,迅速行动起来才是克服无力感的唯一方式,而只有行动,才有可能突破和超越。

永远不要用此时自己的心态和眼界,去揣度自己未来的心态和眼界。一旦开始行走,不需要很快,就会轻易地超过其他人。**不要惧怕你的目标还不够完美和准确,因为最终能带领你抵达成功的,不是存在于你想法中的目标,而是不断积累的脚步。**

我们对成功者的最大误解

我们常常对成功人士有很大的误解和偏见,你也一定常听到这样的话:他能有今天,还不是全仰仗他老爸;他全靠请客送礼拉关系,才坐上今天的职位;他特别走运,赶上了风口,公司一下就起来了;她有什么本事啊,不就是傍上了谁谁谁嘛……

很少有人会看到,那个传说中靠姿色上位的女人,说话做事滴水不漏,水平明显高人一等;那个被认为走了狗屎运的老总,眼光精准出手果断,有非同一般的眼界和智慧。

其实这世上,拼爹的毕竟少。**大部分人的成功,都是因为他们具备优秀的特质和积极的思维方式。**

偶然因素可能导致人的失败,但成功,多半都不是偶然。

我们不能因为不了解,就臆想别人只是运气好,或是走了歪门邪道。曲解别人的成功,固然会让人获得些许心理安慰——我没成功,不是因为我差我懒,而是我运气不行,我爸不行,我不会阿谀奉承,我有做人的底线……然后我们就可以放任自己不努力、不提升、不改变,心安理得地待在自己的舒适区。

只是,我们越给自己创造这种借口,就越远离了成功的可能,也就会活得越平庸失意。

真正的勇士,应该敢于直面惨淡的人生,敢于正视别人的成功。

我们若想取得别人那样的成就,首先就得看到并承认别人的优秀和努力,然后树立自我修炼的标杆,踏踏实实地,向成功靠近。

文/李月亮

别轻易放弃手中的"烂牌"

打过德州扑克的人都知道,拿到牌之后,参与者是可以根据手里牌的情况选择"参与"或者"放弃"的。我第一次玩的时候过于谨慎,一看手里的牌不是明显极好的就选择放弃,结果呢?几轮下来都没参与几次,净赔了一堆盲注。实际上,极好和极坏的牌都是罕见的,关键看你怎么打。**一看不是非常好就放弃,看似是"以小失换大稳",其实结果可能是"求小败而弃良机"。**

没想清楚之前,请千万别轻易放弃手中所谓的"烂牌"——那可能只是一把不能确保胜算的普通牌而已,可能是你玩十次中有八次都会出现的情形。轻易选择出局不是证明你有多果敢的方式,选择去面对当下的境况才是勇气的表现。

人生是个复杂而曲折的过程,怎能奢求所有的时间都是最"高效"的那一段?适当把握好节奏,留点时间思考,找找未来的方向,是为了以后跑得更快。

记得有篇文章算过一笔账,如果说一万小时定律成立的话,一个人每用 7 年时间就可以成为一个领域的专家;如果一生能活 80 岁,除去懵懂无知的前两个 7 年,除去可能老糊涂了的最后一个 7 年,至少还可以成为 8 个领域的专家!急什么?

一个"玻璃心"的姑娘到哪里都会觉得被伤害;一个脾气暴躁的人到哪里都很容易跟人吵起来;一个过于自卑的人跟谁在一起都会没有安全感。

矛盾的产生可能是环境的问题,也可能是自己的问题。如果自身的问题"修"不好,换到哪里都一样。

假如命运亏待了你

即使命运亏待了你,即使生活辜负了你,你也要做到,不辜负自己、不放弃自己。那么多人背负着伤疤仍然不忘微笑,我如果再不打起精神活下去,又怎么对得起老天赐予我的生命。

阿施刚生了宝宝不久,老公就因疲劳驾驶出了车祸,车撞得完全变了形,人也撞得七零八碎,骨头飞了一地,有些都捡不回来了。老公在 ICU 里住了小半年,这期间阿施的妈妈也生病了,查出来居然是癌症。父亲要上班,家里家外都是阿施一个人在忙,怀里还有个嗷嗷待哺的小娃娃。最痛心的是,婆婆不但不帮她,还指责她没照顾好儿子。

再难熬的日子也会挺过去。事情过去了一年,老公还在住院,正在缓慢康复中,可以不用拐杖独立走动一段路。妈妈的病没有恶化,生活能够自理。宝宝也长大了,会走路会说话,还会给妈妈倒水疼妈妈啦。

在她的空间里,我常常看她晒一些旅行、聚会、和朋友吃饭的照片,照片中的阿施看上去开开心心的,只是比以前瘦了些。长久以来,阿施就像一轮小太阳,向身边的人散发着光和热,可是我居然不知道,小太阳的内心早已经燃烧成了灰烬,曾经面临着完全冷却的困境。

> 人是多么脆弱,每一次苦难都会在我们身上留下难以磨灭的伤痕;人又是多么坚强,只要苦难不足以致命,就会在泥泞中挣扎着站起来,重新出发。我们无法选择命运,我们唯一可以选择的是,当命运露出狰狞的一面时,坦然无畏地活下去。

你是个女孩子,那又怎么样?

前几天,一个朋友向我倾诉烦恼。她从海外名校留学归国,却在婚后选择了放弃学术,回归家庭。生完第二个孩子后,她便辞了职,在家专职带孩子。渐渐地,她发现自己原本丰富的世界渐渐萎缩了,她和工作繁忙的老公共同话题越来越少。老公回到家,她只能用贫乏的言语向丈夫描述贫乏的生活,琐琐碎碎,絮絮叨叨,老公对她越来越不耐烦。

她变得很恐慌,生活苦闷,不知不觉间,她的世界缩小到了只剩下丈夫、孩子和家长里短。她很想恢复以前的状态,可是现在她有两个宝宝要照顾,已经不得不囿于这小小的家庭。

我并非是想标榜事业成功的女性,也并非想贬低在家做全职太太的女性。我只是希望,有一天,那些成为家庭主妇的女性,都是出于完全的自愿,而非受到他人或形势的胁迫。并且,倘若有一天,她们想重回职场,争取家庭和事业的双赢时,也可以不受任何束缚。

我是女孩子,那又怎么样呢?作为一个女孩子,我和男生一样,希望能痛快地花自己努力赚来的钱;希望自己的能力和才华被别人认可、受别人尊重;希望自己想要的未来,能靠自己的努力来创造;希望嫁人是因为爱情,而不是把自己的命运寄托在另一半的运气上。

我不希望任何人以性别为由,扼杀我人生的可能性。**无论性别如何,我都要做自己想做的事,成为自己想成为的人。我不要活成"女孩子该有"的样子,我只想活出我自己喜欢的样子。**

微笑着仰望星空,无论生活有多糟糕

很多年前,柳姨的丈夫带着钱和一个女人跑了。孩子还小,柳姨没有工作,手里只剩下厂里的一堆破铜烂铁,以及丈夫做生意时赊的一堆外债。可是,柳姨的脸上还是带着一如从前的恬淡笑容:"走了就走了,不是自己的留也留不住。"

人们都说,**爱笑的人,运气不会太差**。慢慢地,柳姨的生意居然做得像模像样起来。她中间也曾摔了一个大跟头,被一个老客户骗了一笔钱。她依然面带着微笑:"钱没了就没了,财去人安乐。"

一个人辛辛苦苦撑了那么多年,终于盼到自己儿子大学毕业。可是,从小温顺听话的儿子莫名其妙地叛逆了。可她还是面带微笑,说:"儿子从小一直很懂事,这叛逆期来得有点晚。叛逆期过去就好了。"柳姨的儿子终究是清醒了过来,给她娶了一个很孝顺的儿媳妇。

据说去年,她前夫曾回来过,混得很落魄,私底下找自己的儿子要钱。她儿子心软,但是又怕母亲生气,偷偷给了父亲一笔钱。有人跟她"通风报信",她微笑着说:"给就给了,毕竟是他爸。儿子是个好儿子,孝顺。"

保持微笑,是庆幸和感恩。无论生活多糟糕,感谢我们还有继续体验生活的机会。无论生活多么不堪,始终不慌乱了手脚,保持随遇而安的镇静。面对糟糕的生活,你脸上那淡然的微笑,就是一股无言的镇静。

无论生活多么糟糕,请微笑着仰望星空。这是你继续前行的力量,也是对美好未来的召唤。

每晚临睡前，问问自己和早上有什么不同

这个世界有很多不公平，但最公平的就是，每个人每天都拥有二十四小时。把精力花在修炼自己上，不伤心，不抱怨，**不浪费唇舌，每天进步一点点，留着所有的时间把自己变成最好。**

上个月，A 在朋友圈秀自己在单位散步的照片。我觉着眼熟，仔细看发现那是一家待遇好得让人眼热的上市公司。因为业务关系，我去过几次，对那片花园式的办公区印象很深。

原来 A 换了单位，我兴奋极了，赶紧给她打电话，A 淡淡地说："嗯，来了两个多月，财务总监，猎头公司推荐的。"我问："听说你在原单位受排挤，是不是因为这个离开的？"A 不屑地说："我从不掺和那些烂事，只把时间用来提升自己。自己变强大了，保持能随时离开的能力，这才是最重要的。"

这些年，A 无论工作多忙，都不忘给自己充电。别人闲聊的时候，她在看书；别人休息的时候，她在参加培训；别人看电视的时候，她在写东西；别人内斗的时候，她能躲多远躲多远。

A 在朋友圈里曾发过一段话："抱怨是最没意义的事情。如果实在难以忍受周围的环境，那就暗自练好本领，然后跳出那个圈子。"

时光其实最有情有义，你投入得越多，它回馈得就越多。哪怕很长一段时间都像往深井里投入石头，悄无声息。可只要你投得足够多了，终有一天它会突然还你一个大写的惊喜。

每晚临睡前，问问自己和早上有什么不同？当你的质地变得卓尔不群了，还愁没有华丽转身的机会？

为什么你总是那么忙，却又什么也做不好

我们总是等不及，我们总是试图用最少的时间、最少的努力得到最好的结果。结果就是，要么我们累得鸡飞狗跳，忙得连顿饭都没时间吃；要么我们实在坚持不下去，中途放弃了。

一位作家朋友会在别人工作的时间跑到咖啡馆，会在堵车的天儿跑半个城市吃顿美食，还有很多的时间在网上闲聊瞎逛。当然，也有干正事儿的时候，比如出个差，谈个作品版权什么的，比如上个访谈，增加一点影响力什么的。

感觉她每天所有的时间都花在吃喝玩乐兼各种杂事上了。可实际上，人家出版了几十本书，有网络小说在连载，有剧本在写，每年都有几百万字的写作量。很多人加班加点，经常伏案到凌晨，周末也不休息，恐怕写的还不到人家的十分之一。

这么多的字，她是怎么写完的？答案很简单，一个字一个字地敲键盘敲出来的啊。只不过，她敲得很有规律，她从不睡懒觉，每天早上六点起床，准时开始工作，到九点结束，剩下的时间，就可以从容轻松地吃喝玩乐了。

你一天做了多少事不重要，重要的是你每天做了多少事。

任何事情都不可能一蹴而就，如果你偏要一个月减肥成功，偏要一个月背诵一万个单词，偏要一个月写一百万字，你肯定没有办法轻松从容。而如果你把任务切成无数个小块，每天都去做一点，你就会过得从容而轻松。这样，当然也更有利于你长久地坚持下去。只有长久的坚持，才是真正有意义的。

我们为什么要相信美好的东西

以前看过关于狼孩的故事：人类的幼儿，被狼掠去抚养，于是就养成了狼的习性，白天睡觉晚上活动，怕水怕火怕光，不吃素食，吃肉也是放在地上用牙齿撕开吃，每到午夜就像狼一样引颈长嚎。就算后来回到人群中间，狼孩的这些习性也很难改变。因为他骨子里就相信自己是一只狼，就应该像狼一样生活。

虽然他本质上是一个人，但他不相信，自然也就没办法活得像个人。我想，可能世上很多人也是这样，因为错误的"相信"，而活成了不该成为的样子。

很多时候都是这样：你相信什么，就会看见什么，就会遇到什么，就会成为什么。

你相信一株花会开，就会愿意悉心浇水施肥，最后它可能就真的开了。你相信这花不会开，就懒得管它，任其自生自灭，最后它可能就真的开不成。

你相信一份工作有意义，就会尽职尽责、全力以赴，就比较容易获得收益，这工作就真变得有意义。你相信这工作没意义，就潦草敷衍、三心二意，于是赚不了多少钱，也得不到提升，这工作就真没意义了。

如果你想要得到什么，只要是现实可行的愿望，就应该相信自己能得到。你的信念应该与愿望保持一致，这样才可能心想事成。所谓信心，就是一颗相信的心。它会给人勇气，给人力量，给人耐心。

我们要尽量去相信美好的东西——相信真爱存在，相信生活很精彩，相信他人的善意，相信自己的能力，相信努力有意义，相信事情会变好，相信幸福会来敲门……

优秀和平庸的差距，往往只在于一件事

文／燕麦小姐

当你做成了一件事情之后，其他各种好事都会接连而来，人生就会有奇遇。而我们所要做的，只是找到那个多米诺骨牌的起点，从这里开始，带动你的整个人生。

我们部门招了一个新人，没到两个月，她就提出了离职。原因是这份工作实在太累，她天天加班，已经没有了个人生活。

后来这份工作由一位管理培训生接手，他做起来轻松自如，毫不费力。问起原因，他说，之前那个天天加班的人，太过吹毛求疵，每一封非正式的邮件都要反复推敲。这样事无巨细的工作方式，不累才怪。而这位管理培训生，经过专业的考量和分析后，用大部分时间去做了一个项目。这个项目给公司节省了200万美元，他也因此获得了年度贡献奖。

想做的事太多，应该做的事也太多，然而最重要的事情永远只有一件。你是否能把这件事情做好，决定了你能够走多远。

最重要的事情，究竟应该是哪一件？

第一，这件事必须和你的人生宏图息息相关。第二，这件事情有明确的描述。第三，做了这件事，其他的事都变得简单或不那么重要了。

努力做好一件事情，是成功的法则。人生太短，我们没有时间为太多不相干的事情分心。人生其实也挺长，足够你把一件事情做好。**不时地问问自己，做哪一件事情，能够实现我的人生价值？做哪一件事情，能够让我的工作获得提升？做哪一件事情，能够让爱情升温，让家庭和睦？**

给过去一些原谅，给未来少点妥协

镇上像小A这样，没有进入大学的年轻人，都早早成家，过着两人做伴的幸福生活。但小A没房没车，按照习惯，连相亲的条件和资格都没有。谈过几个对象，但提到结婚的时候，对方总是临阵脱逃。小A成了不折不扣的大龄剩男。

去年过年的时候，我和小A在一块喝酒。小A说："你看，当年哥哥嚷嚷着要混出个人模人样。我现在不这么想了，我就想有个真正爱我的女朋友，然后顺理成章地结婚，生孩子，一起在柴米油盐酱醋茶的生活中磕磕绊绊，就这样简单。"

我看到小A笑中带泪的眼睛，被时光刻在眼角的皱纹，不再光鲜亮丽的发丝和为生活打拼、磨出老茧的粗糙双手。我想到了五年前的那个少年。那个像风一样划过青春的少年，载着漂亮姑娘的少年，吹起口哨、骂骂咧咧的少年。

今年，我收到了小A送来的喜帖。他挽着一位安静大方的姑娘，姑娘脾气柔和，不算多么漂亮，但也是能拉出去逛大街的那种。

即使生活不见起色，但你依然要每天不断地工作。喜欢的事情，可以放一放，等有余力再重新捡起。但一定要把身边的人保护好，以及，照顾好自己。

只要你肯努力，一切都还来得及。所以，从身边的小事做起，给自己一个微笑，给爱的人一个拥抱，给过去一些谅解，给未来少点妥协。而你能给当下的，就是微笑地对自己说：还在难过着什么？！**大家有时都一样，迷茫又彷徨，这是不变的节奏。变的是，每个人的方向和脚步。**

迷茫时，何不逼自己一把？

当我们因为迷茫而茧自缚时，有的人已经振翅高飞了；当我们因为迷茫而浑浑噩噩时，有的人事业已经蒸蒸日上了；当我们因为迷茫在起跑线上裹足不前时，有的人已经积跬步成千里，胜利在望了。

记得两年前，楼下的房间租住了一位姑娘，将邻里关系处得如鱼得水：她喜欢将自己做的点心分享给大家，也会去给对面邻居家的孩子辅导功课，作为感谢，邻居也会留她吃饭；一楼住着对老夫妻，网上购物、手机聊天、医院挂号，这些生活琐事她都主动承揽。

原来，她刚来北京时也一样无助，常常吃了上顿就不知下顿该怎么解决。工作上的事，更是让姑娘烦恼透了。单位效益极差，可她偏偏又被分在边缘部门。作为年轻人，这姑娘的工作被各种鸡零狗碎的杂事充塞得满满当当，端茶倒水、收发快递、整理材料、更新电脑。

"想改变现状，必须逼自己一把！"突然，姑娘眼睛中闪耀起光芒。姑娘开始逼迫自己在工作上精益求精，常常自愿加班、披星戴月。但无论多晚回家，她都要读一小时的书。她甚至报了班，利用周末时间充电学习法语和CFA，两年就考下了证书。半年后，姑娘的才华被领导赏识，调到了销售岗，工资翻番。到年底，拿到了10万元奖金。

想走出迷茫，必然会触痛你的心理防线，逼自己一把，及时跳出来，才能避免就此沉沦的厄运。而你的舒适区一旦被打破，它的范围就会再次扩展，原本你认为不可能的事情也会变得易如反掌。

文／蒋波

生活的高手,从来不会让情绪控制自己

如果只是一个人,随心随性让人喜欢,可是如果是一个团队合作,情绪这东西,能少一定要少。换句话说,当你遇到一个超级情绪化,整天被情绪磨不透的队友,将会是一件非常麻烦的事情。

有一个朋友去一家五百强公司面试,人家决定要他后,他问了一个问题,当没有得到满意答复后,他转身就走了,没有签。

我问他问的啥问题,他说:"我问他们老板结婚没?他们说没。我的天,四十岁还没结婚,很可能是个工作狂,我可受不了半夜三更给我打个电话叫我起来加班的生活状态;而且,一个家庭生活不和睦的老板,情绪会非常不稳定,上午笑嘻嘻下午就开始骂人,这样你让我怎么和他一起工作?"

事实证明,朋友的猜测是真的。那个老板是出了名的坏脾气,经常半夜三更因为PPT上的一个标点符号让员工起来改,员工几乎被折磨到半死。

其实假如他能控制住情绪,改一个PPT这种事情根本不用那么着急,何必非要大半夜把人叫起来折磨?可见有一个情绪稳定的老板是多么重要。

这些年,我越发觉得稳定的情绪在生活中是多么重要。遇到事情,深吸一口气,不发怒不抱怨,想解决方案。**解决完叹息,没解决也不要爆发,毕竟爆发只能造成更多受害者,越亲的人,伤得越重。**

生活的高手,从来不会让情绪控制自己,然后做出后悔的举动,他们能控制情绪,变成生活的主宰者。这些人,是生活的强者。愿我们都能活成这样。

我们成不了优秀的别人,却可以做更好的自己

王珞丹说:**我确实没有天赋,但是,我也能更好呀,我就是这么个笨笨的很努力的自己。甚至,每一个人,都不可能成为优秀的别人,但是可以成为更好的自己。**

我们的生存哲学里,带有太多强者思维。甚至,在成功学的思考模式中,连"努力"这个词的意义也被曲解了——努力并不意味着竭尽全力做最好的自己,而代表着超越他人,成为某个领域中最拔尖的强人,把别人都比下去。

一匹名叫"春丽"的赛马,从1998年11月在高知赛马场首次出场比赛后便每战必败,但却是日本人的偶像。2003年年底,春丽创下一百次连败纪录之后,NHK电视台(日本放送协会)在晚间新闻播出一个"连败巨星"的专辑,春丽瞬间成为家喻户晓的明星。

为了让春丽尝一尝夺冠的滋味,2004年3月22日,由日本人气最旺的骑士武丰来担任春丽的骑手。当天为了进场、买马票以及各种纪念品,观众得排队两小时,这次赛马的成绩,连首相都在关注。没有出现任何奇迹,春丽在十一匹马中仍然只跑到第十名,这是它第一百零六次失败,却无损观众的狂热,很多人又提出要帮春丽拍电影,一定要让它当回"女主角"。

虽然一直失败,却依然不停地在奔跑。"赢"是本事;明知"赢"不了,还愿意不放弃为自己争取好一点的结果,是豁达,更是"努力"这个词真正的意义。

就像我们每一个人,可能成不了优秀的别人,却可以做更好的自己。

是那些微小的改变,让我们越来越好

我们经常会有一个误区,即大的改变才能拯救人生,这其实是不对的。许多时候,是那些微小的改变,让我们越来越好。

一个单身女友买房的时候,信誓旦旦地说等到交房时,一定要嫁出去。但事与愿违,她变成了一个住在崭新江景房里的单身者。屋里杂乱不堪,家里清锅冷灶,午夜时分她还拉着朋友一起喝酒,不愿意回家。

她非常喜欢一套床上用品,价格小贵,说算了,等有男朋友再说。"正因为没有男朋友,才更应该对自己好。"我故意激她。她心一横,买了。第二天把床铺整齐,拍照发朋友圈,说为了对得起这套价值不菲的床品,以后要每天叠被子。

她又养了一只加菲猫,下班就急急忙忙往家赶,以前觉得只有结婚才可以改变的事,竟然被一只小猫给改变了。朋友圈里各种晒猫照,配图是这样的文风:看到它那么从容淡定,我都不好意思抱怨生活。

人一旦从微小的改变里尝到甜头,就会明白,人生是由一分钟、一小时、一天累积而成的。所谓为自己负责,是为自己的每一分钟负责。

当你因为提高了工作效率,而提前一小时下班;当你吃到了自己种的又小又甜的草莓;当你穿上了十年前想要的连衣裙,你离理想的生活已经近了一步又一步。

不要问什么时候才能改变,什么时候才可以快乐,通往理想生活的路是从脚下开始的。

我们需要远大的目标激励前行,更需要在每一天的改变中,明白自己对于生活可以有所作为。

嘿,你要遇到很多人哦

在话剧《水中之书》的演出中,主演何炅还没说完自我介绍,就有一位大妈冲上台去对他又捶又打,长达一分钟之久才被反应过来的工作人员拉走。而何炅回到后台做了十几分钟的调整后重回台上,只说了这样一句话:人的这一生,会遇到形形色色的人,像我这样的人早就习惯了。

没有指责,没有惊恐,没有不满。何炅能做到如此,正是因为他经历过太多,才修炼出了一身处变不惊的好素养。他曾在一次访谈上说,是他遇到的人,成就了他,无论好坏。

二十几岁的时候遇到什么人,真的会影响一个人的一生。他们融入你的气质里,融入你的眼界里,让你不再草木皆兵,不再大惊小怪。让你因为见多所以淡定,又因为识广得以从容。

他们让你看到这个世界,又从世界里看到自己,因为看到了更多的可能性,才明白自己想要成为什么样的人。

我们害怕跟人交往,是惧怕复杂,惧怕伤害,怕看到人与人之间的不同,让我们怀疑自己的完美。

可是,**比舒适更重要的,是一个人的成长。所有杀不死你的,都会让你更强大。**

我希望你挑选的朋友是因为彼此可以毫无障碍的沟通,并不仅仅是由于"反正也没有别人可以做伴"。也希望你认准的对手,有值得你学习超越的优势,而不仅仅是"看他不顺眼"而已。

我希望你选择的恋人,是所有人选中你最喜欢的那个,而不是还未见过巫山和沧海就匆匆将就自己的一生。

愿你遇到很多很多的人,并能从他们中认清那个完整、真实又优秀的你自己。

文/陶瓷兔子

时间用在哪里，掌声就在哪里

天赋会随着年龄的增长，一天天被岁月消磨掉，**只有极少数人可以洞察到自己的天赋并且顺着自己的天赋做事。更多情况下，我们在某个领域取得的成就，往往取决于我们花费在上面的时间。**

有一个公司前台，她面对的常常是预约、投诉以及日常行政的工作，而坐在办公室里的那些顾问，却穿着整齐的西装，接待家长同学，平日里拿起电话都是用英语和校方对话。

有次团建，她偷偷跟我讲，其实她也想做顾问的工作。我编了个故事告诉她，说我认识一个朋友，原来只是一个编辑，后面从文书做起，最后也成了顾问。

她问我怎么做到的。我告诉她，其实也没有什么，只是那个人比别人更辛苦一些，下班的时候经常帮着顾问做事，还有就是多花时间学学英语；要成为那样的人，必须花费更多的时间去做他那样的事。

有口无心的一句话，偏偏成了这姑娘的不竭动力。后面我离职一年多以后，有次和老同事聚会，打探到她竟真的跳到了别的公司，成了顾问。而在这期间，她平时的时间，则全部按照我的建议，一步一步去做顾问做的事，熟悉业务，学好英语。

拥有比别人得天独厚的优势固然重要，但更多时候，决定人一生的往往是他对时间的利用。

那么多高才生最后沦为平庸，而成功者恰恰能奋起直追，善于利用好时间，专注地做事，聚集起自己成吨的能量。

要相信，那些鲜花与掌声，皆是为了某个人在某件事上所花费的时间。

给差生一点时间,让他变成你喜欢的样子

我们都曾青春年少,也曾青涩懵懂。给差生一点时间,让他变成你喜欢的样子。

母亲有一次输液时,遇到一个毕业不久的实习护士。小姑娘人长得甜,嘴也很甜,就是扎得不太准确,看着母亲手背上的血,我气呼呼地嚷:"你这是拿我们练手呢?!"

母亲嗔怪我:"哪那么多事,我这皮糙肉厚的又不疼,孩子,扎吧。"小姑娘怯怯地看看我不敢扎,我赌气走出病房。等回来时,母亲和那女孩有说有笑,药液早已输上。

小护士出去了,母亲和我说:"人家孩子刚上班,出点错是难免的,你也在医院实习过,难道都忘了?"

我是医学专业毕业,当年在心电图室实习时,里面有三位女医生,脾气差别很大。主任家教很好,透着一股与年龄不符的慈爱。另外两位要凌厉许多,除了支使我干活外,基本不理我。

每次有病人做完心电图,我小心翼翼地向医生请教,那两位大多一脸不耐烦地说:"你们老师没教你吗,自己拿课本去对,我要是手把手教你还不累死?"

主任就不一样,她会让我一段一段地把那些曲线剪下来重新贴好,然后耐心教我:"这样的是房颤,这样的是二尖瓣狭窄,这样的是心梗……"

一句担待,一份包容。时光飞逝,太多的往事呼啸而过,沉淀在心底的一定是这些温情。**唯有那些对他好过的人,那些温柔待过他的事,会被他带着走过一程又一程。**

别错把平台当成你的本事

常期对话大咖带来的虚无自信心应当克制。衬托他人光芒只是锦上添花,并不能照亮自己的前路。

你以为你认识大咖了,可是在对方心里,你不叫张三李四,你叫某某刊物的记者。一旦你离开了供职机构,你就是个面目模糊的路人而已。对他们而言,重要的不是你这个人,而是你现在所在的平台。

很多时候,你春风满面、事事如意,不是因为你能力强,而是因为你所在的平台好。

作为一个写出过数十篇 10 万 + 爆文的作者,我告诉你创造一篇 10 万 + 爆文最简单粗暴的方法——把文章发在百万级别的大号上呗。在百万级别的大号上,你全文就写句"呵呵"也能轻松 10 万 +。

在真正要离开的时候,才最清楚地看到:之前你身上的光亮,是舞台给你打的灯光,不是你自带的光芒。原来,真正牛的是平台,而不是你。

《乔家大院》里的孙茂才,原先穷酸落魄沦为乞丐,后投奔乔家,为乔家的生意立下汗马功劳,享有功臣地位。孙茂才自负地以为,乔家的生意蒸蒸日上,他居功至伟。后来,他因为私欲,被赶出了乔家。孙茂才想投奔对手钱家,钱家对孙茂才说了这样一句话:不是你成就了乔家的生意,而是乔家的生意成就了你!

很多人常常拎不清,误把平台的资源当作自己的能耐,误把平台的成功归功于自己的本事。

仗着大平台拿来的资源,其实没什么好炫耀的。**毕竟,离开了这个平台,你还剩下的东西,才是你真正的本事啊。**

你的容貌，有你对待生活的样子

热爱生活的人一般不容许自己蓬头垢面地见人，且不说是否尊重，当你直面这个世界，你的容貌就是你的第一名片。

韩是一家大型企业的人事总监，她们单位十多年来销售业绩都稳居业内前十与一项制度有关：女员工每天必须化妆、穿职业装、穿高跟鞋；男员工必须系领带、穿正装、穿皮鞋。这是他们老板明确要求写进公司制度里的，并且每周都会例行检查。

许多刚进企业的男孩女孩会不理解，包括韩，她到岗的第一天，就被原先的人事总监叫进了办公室，那天早上，她刚洗完头发，就这么蓬乱着走进办公室，脚上穿着球鞋，身上套着白T恤。

后来，她的老板在一周后的入职培训里讲了一番话，让韩毫无怨言并且欣然接受了这个要求。

一、一个注重自己外表的人，通常不会对生活和工作太马虎。

二、你穿着正装、踩着高跟鞋，看上去会影响工作效率，事实上，是会提高工作效率。你们的妆容时刻提醒着你们的身份，告诉你们不松懈。

三、你与人交流，你的容貌是你最初的名片。

工作之外，生活之内，你的脸上，都写满了你对待它的样子。你有没有发现，有些人无论身在何地，都可以让自己带着光芒。

张爱玲有一句话是：装扮得很像样的人，在像样的地方出现，看见同类，也被看见，这就是社交。

对于平凡人来说，好好爱护自己的妆容，是对生活表现出的诚意，也是对有限生命的一种尊重。

学会爱自己，是永远不会错的事

厌恶自己的感觉，许多人都有过吧？青春期最盛，至少我是如此。大学之前，学习压力很大，加上中考不顺，那些年总有一团淡淡的阴影笼罩在天空上。

喜欢一个人也很容易自我厌恶，尤其是当对方没有那么喜欢你的时候。我曾喜欢过一个男孩，但他不喜欢我，或者没有那么喜欢我。于是，这喜欢成了委屈的暗恋，而暗恋是最痛苦揪心也最容易让人自我厌恶的：一定是我不够好，所以他才不喜欢我啊！

我想，最好的办法大概就是学会爱自己吧。**他不爱你没关系啊，你还爱自己啊。如果你都不爱自己了，谁还会爱你呢？**

我也有过很痛苦的时光。看上去的一帆风顺，只是看上去而已。那时候，我也有理由放任自己这种不幸福的状态，谁都不能指责我，毕竟，我经历过的痛苦只有自己知道，不是吗？

也许我们这一生，会做很多错事，会做很多错误的选择，也或者，爱错了人，走错了路。但是永远不会错的是，学会爱自己。

爱护自己的身体，爱惜自己的羽毛，守护自己的内心。你足够爱自己了，才不会轻易被痛苦击垮，不会随便否定自己，会相信自己有能力获得幸福，你会想尽办法让自己开心起来，而你也会在看到曙光之后相信自己会变得更好。

什么是更好的自己？

就是永远不放弃自己，永远相信自己有变得更好的能力，永远都爱着自己，以此更深情地拥抱这世界，蹚过痛苦，捕捉幸福。

将生活中的一地鸡毛，扎成漂亮的鸡毛掸子

张蓓蓓是个高中班主任，是一个六岁男娃的妈，是两位老人的女儿，是两位老人的儿媳，是一个经常熬夜工作的男人的媳妇。张蓓蓓更是一个觉得自己整日生活在满地鸡毛中的女子。

清晨，张蓓蓓做好早餐后把娃叫醒，给娃穿衣、洗漱。昨晚嚷嚷着要吃粥的小家伙，清晨看见粥后突然变了脸想要吃包子。连哄带训斥外加讲道理，终于让挑剔的小屁孩把饭吃了。

看看时间发现上班快要迟到，没有吃早饭就下了桌。一路急行，中途接到老公电话说儿子的书包找不到了。张蓓蓓抓抓头发，强忍怒火，指挥老公去哪里找。来到学校，发现班长带着三个低着头的学生在等自己。她又急忙去教导主任那里负荆请罪，为自己班级同学出现的违纪行为道歉。之后的一整天，张蓓蓓又为同学们上课、批改作业，并成功劝好被学生气得愤怒的数学老师。

一天忙碌过后，张蓓蓓终于下班了。回到家后又跟老公因为到底去谁妈家吃饭而产生争执。晚上给儿子讲故事、陪儿子睡觉的重担，又都交给了她。这一切都忙完后，张蓓蓓走向卧室，把拖鞋甩开，扑到床上，静静盯着枕头，突然眼泪就流了下来。

然而这就是生活，布满各种鸡毛蒜皮小事的烟火人间，我们存在于此，生活于此。

无数的生活琐事、情感纠葛，构成了笑泪横飞、有血有肉、鲜活动人的生活。**一地鸡毛的人生避无可避，但我们可以将这一地的鸡毛扎成一个漂亮的鸡毛掸子。**

几天后,张蓓蓓被校长叫到办公室。校长说:"小张啊,你爱人联系我说你呼吸系统有毛病还每天都吸粉笔灰,他想个人出资将你们班的黑板换成白板并承担以后每年墨水笔的钱。小张啊,你可真幸福,嫁了一个这么疼你的男人。"

听到校长的话,一种叫作幸福的滋味像水波般在张蓓蓓心里一圈圈地荡漾开来。原本这几天她一直陷在情绪风暴中,突然就被老公的这一举动甜到心里。

她想起自己的学生们身上散发的青春气息以及善良单纯;想起老爸老妈以及公公婆婆对自己的疼爱、关心;想起宝贝儿子一声声甜甜的"妈妈";想起老公总是半夜醒来为踢被子的她盖好被子、在睡眼惺忪中偷亲自己一下再睡。

小琐事、小愤怒、小感动、小惊喜相互交织,构成了每个平凡人笑泪横飞的烟火人生。**被生活琐事缠身陷入情绪风暴的我们,每当遇到一点点的小欣喜,之前的抓狂、愤怒都会消失不见。**

将那些恼人的生活琐事梳理成漂亮的人生印记,做出一件完美的作品交给人生。让琐碎的小事经过梳理成为宝贵经验,让苦难最后散发出成功的光芒。

生活虽然一地鸡毛,但仍要欢歌高进。成长之路虽有玫瑰,有荆棘,但什么都不能阻挡坚强的心。

当我们老了,坐在摇椅上品着茶,回忆着数不清的鸡毛小事,脸上一定是带着骄傲与自豪。看啊!人生,你给了我们那么多艰难、给了我们那么多"鸡毛"纷扰,我们最终还是向你递交了一件完美的作品啊。

不靠谱和很安稳

其实爸妈一直觉得我挺不靠谱的,

老妈至今还一口玩笑的语气说我:"你看看你,谈不靠谱的恋爱,写没人看的书,去没人知道的地方,真是不靠谱。"没错,也许写书是挺不靠谱的,但是我觉得没什么。写作就是写作的回报,画画就是画画的回报,唱歌就是唱歌的回报。如果人真的能做自己喜欢的事情,谁说这不是一种回报呢。

我们都会找到属于自己的生活节奏,然后沉溺其中无法自拔。

我想很多人也面临着不同生活方式的选择。其实大多数时候,不管我们选择不靠谱还是很安稳,我们都面临着一个很重要的问题。这个问题归根结底是三个字:"安全感"。

后来我才想明白了,与其担心未来,不如现在好好努力。**这条路上,只有奋斗才能给你安全感。不要轻易把梦想寄托在某个人身上,也不要太在乎身旁的耳语,因为未来是你自己的,只有你自己能给自己最大的安全感**。别忘了答应自己要做的事情,别忘了自己想去的地方,不管那有多难,有多远,有多"不靠谱"。

当你在犹豫的时候,这个世界就很大;当你勇敢踏出第一步的时候,这个世界就很小。等到有一天你变成了你喜欢的自己的时候,谁还会质疑你的选择不靠谱呢?你已经变成更好的你了,一定会遇到更好的人的。你是谁,就会遇到谁。

你有一张明天的脸

有一天下午茶，猎头顾问小西告诉我，简历上的照片反映的精神状态是这个应聘者给我的第一印象，不管美不美，同样条件的两位应聘者，我会选择照片精神的一个进入下一轮。

我问，"精神"指的是什么？小西说，跟长相和年龄没有关系，就是传达出来的精神状态，比如看上去愉悦、自信，又不那么世故。一个人对于未来的期待，会展现在脸上，说抽象一点叫气场，通俗来说叫面相。

"在工作团队里，快乐会传染，负面情绪也会传染。影响团队稳定和凝聚力，比工作能力欠佳更让人难以忍受。不是看脸型和五官，而是看脸上的灵气、期待和希望，说白了，就是脸上有没有明天。"

我听得似懂非懂，小西表情夸张地盯着我看了两秒："你没问题，你有一张明天的脸。"那一刻，我从这张笑脸上，仿佛看到了小西所说的"明天的脸"的模样。

那是好像从来没有经历过假恶丑的一张脸，笑起来眼角上移，嘴角上翘，眼睛里有光，好像是普罗旺斯湛蓝天空下，刚刚被雨水洗过的一株向日葵，昂着头向着太阳，纯净、饱满；对于随时可能回来的暴风雨，不设防，不焦虑，只是灿烂着。这种灿烂，有着无穷的生命力，仿佛除了有花瓣迎风招展，还能清楚地看到根在土里努力生长。

带着这样一张脸，"今天"的故事错综复杂也好，不如人意也好，都变成了未完待续，因为还有明天。明天，又是一个有待发掘、善意满满、充满无限可能的世界。

你才是自己的贵人

记得两年前的一个下午,已经过了下班时间,我正要关电脑回家,小周发来当天的工作日志。

这是公司规定,每位员工都要在每天早上一上班,把前一天的工作日志发给我们部门。现在发,是因为他明白了明天就不来上班了。

我打开小周的日志,在他在岗的最后一天,工作依然安排得一丝不苟。本来他白天已经把所有的离职手续都办完了,完全可以不必再写日志。

那一刻,我心里怦然一动——这个不言不语的小伙子,他做事的态度,认真得让人感动。

记得当初小周来应聘时,虽说专业不对口,但他的表现非常出色,初试复试成绩都排在前面,属于破格录用。小周被安排到了技术部,那些高难度的软件他之前基本没有接触过。不知道他付出了多少辛苦,竟用一个月时间,全部学会了。

小周和我道别的时候,我说了一句:你会很快实现自己的梦想。他有点吃惊:姐,你为什么这么说?我没有正面回答,反问他:你有什么梦想呢?小周想了想:姐,我来自农村,家庭条件不太好,我的梦想就是希望有一天和咱们公司的高管们一样,挣到年薪,让我的父母过上好日子。

在新公司,他说自己很幸运,总是遇到贵人的提携,刚去不久就做了主管,也实现了自己的梦想。

你认真读书的样子,你认真写字的样子,你认真工作的样子,真的很美。

你认真做事的态度,能吸引你的贵人,也能助你抵达美好的未来。

你,才是自己的贵人。

你只是看起来很努力

有一个女孩子,她总是喜欢找我推荐一些电影和书。所以我每次看过的书也会给她拿过去让她看。她每次看完,都会发一条微博,下面无数个点赞的。

有一次我跟她闲聊,你告诉我一下,上一本书你看完记住了什么吗?

她说,忘了。

另一个朋友小路,特别喜欢去自习室,然后每次在朋友圈都会看见她的文字:最近很累;快考试了,最后几天拼了;早出晚归……

觉得她真的很努力。可是,该不过的,还是过不了。她的所有考试,留下的似乎都是各种波折和无奈。

因为毕竟,所有的努力都不是给别人看的。这些努力,是否真正到达了内心,变成了你的能力?一次和她一起自习,看见她带了会计书、英语书、考试卷子,可是,这一切都没有用,因为她还带了手机。

她一上午的学习其实都是在刷朋友圈刷微博,这种所谓的努力,其实只是看起来很努力而已。

看起来每天熬夜,却只是拿着手机点了无数个赞;看起来起那么早去上课,却只是在课堂里补昨天晚上的觉;看起来在图书馆里坐了一天,却真的只是坐了一天;看起来去了健身房,却只是在和帅哥、美女搭讪。在我们身边,总有一些笔记记得很认真的人,但是考试成绩不理想。

你的生活、和别人看你的生活,是否是一样的?那些所谓的努力时光,是真的用心付出了,还是,只是看起来很努力而已?

让自己拥有别人拿不走的东西

台湾女作家李欣频说过这样一段话:"有很多人设立的目标是几年之内要升到主任,几年之后要当上主管,然后是老板……这些都是可以随时被取代的身份。只要别人比你强,关系比你好,或是公司结构调整,位子就会瞬间消失。"

所以,**要建立自己的风格,把自己当成个人品牌来经营,创造自己名字的价值,帮自己建一个别人拿不走的身份,而不是社会价值下的职位。**至于将来你是哪个公司的主管、哪家企业的老板其实都不重要,因为别人看重的是你的专业、你的风格。这就是拿不走的身份。

其实我们可以思考一个最简单的问题:"如果没有了眼前的工作,我们还能做什么?"兼职写专栏?你文字功底和思想深度如何?开淘宝店?你想卖点什么?有没有进货渠道?给中学生当家教?当年的那些知识点你还记得多少?

在物欲横流的社会里,平心静气似乎很难;但也只有这样,才能不断深入地认清自己,了解自己内在的潜能,**抓住那些能够永恒不变的、真正属于自己的东西。**

> 我们需要时刻警醒,知道什么事能做,什么事不能做;知道自己是谁,知道自己不是谁;知道什么是自己永远拥有的,什么是别人给的、暂时的。保持谦卑而感恩的心态,拥有不断重新归零的勇气与信念,让自己真正拥有别人拿不走的东西。

文／赵星

没有一种痛是单为你准备的

1

记住,这个世界,没有一种痛是单为你准备的。

因此,不要认为你是孤独的疼痛者。也不要认为,自己经历着最疼的疼痛。尘世的屋檐下,有多少人,就有多少事,就有多少痛,就有多少断肠人。

活着,就是要痛一痛的。有声有色地活过,其实就是有滋有味地痛过。当然了,有时候,你觉得痛,不是你有多苦、有多委屈,只是觉得自己很可怜、很无助、很孤单。

痛也是怕比较的。了断痛的一种方式是比较,把自己的痛放到万千的人群中,比完了,你也就放下了。

在芸芸众生的痛苦里,你才会发现,自己的这点痛真的不算什么。

2

有时候,能容下多少他人,就能拥有多少快乐。

换一个说法就是,你跟多少人作对,就是跟自己本该拥有的多少快乐作对。

有的快乐,是自生的。有的快乐,是在与他人和谐相处中获得的。结怨,会疼;周旋,会累。有时候,退一步,妥协一点,甚至投降一次,都不算什么,但你会一下子找到轻松快乐的自己。

生活没那么复杂,你把自己搞复杂了,烂摊子,也只好自己去收拾。

文 / 马德

不在别扭的事上纠缠

1

不要在一件别扭的事上纠缠太久。

纠缠久了,你会烦,会痛,会厌,会累,会神伤,会心碎。实际上,到最后,你不是跟事过不去,而是跟自己过不去。

无论多别扭,你都要学会抽身而退。从一处臭水沟抽身出来,一转身你会看见一棵摇曳的树,走几步,你会看见一条清凌凌的河,一抬眼,你会看见远处白云依偎的山。

不要因为一条臭水沟,坏了赏美的心境,从而耽误了其他的美。

2

你可以受伤,但不能总在受伤。

也就是说,在生活中,你可能会遇到误解、冷遇和不被尊重,也可能受到排挤、压制和打击报复,还可能遭逢不公、陷阱以及暗箭冷枪。是的,你要做好受伤的准备,因为,受伤,也是生活的一部分。

如果,你总在受伤,一定是太在乎自己了。有时候,太把自己当盘菜,原本就是人生一道难以治愈的暗伤。

3

我相信,这个世界已经抑郁和正在抑郁的人,内心都是柔软的。

这种柔软,一半是良善,一半是懦弱。

当一个人打不赢这个世界,又无法说服自己时,柔弱便成了折磨自己的锐器,一点一点,把生命割伤。

恶人是不会抑郁的。是的,当公平和正义被湮没,当善良的人性和崇高的道德被漠视,当恶人可以为所欲为,这个世界就成了制造抑郁的工厂。

我记得,好像是某大学的一次校庆,某电视台著名主持人去了。

当他青春的身影在舞台上出现,下面的学生高兴极了,狂呼他的名字。他突然不高兴了,脸色阴沉地看着台下。后来,学生们很快发现叫法有问题,转而喊他老师,他笑了。

我在电视机前看到这一幕,很不解,学生们直接喊他的名字,多么亲切,他怎么就不高兴了呢?

又一次,当我看到某个官僚对直接喊他名字的人如何面目狰狞出离愤怒时,我才明白了,一个人在某个高位上久了,就会有架子。

而架子,就是他们的尊严。

一个不把无知当无耻的人,心底里,是没有敬畏的。他谁也不服,一副老子天下第一的姿态。

在这样的人面前,你能说什么?只好无话可说。

白岩松的文章里,曾经提到过黄永玉的一幅画。那幅画上,黄永玉画了一只鸟,旁边写了几个字:鸟是好鸟,就是话多。

如果,你想珍惜自己的羽毛,你就必须要知道,在某些场合,你的沉默,其实是对自己多么深沉的尊重。

我喜欢泰戈尔的这句诗:世界以痛吻我,要我报之以歌。

如果颠倒其中的两个字,这句诗,就突然多了大胸怀、大气度:世界以痛吻我,我要报之以歌。

你说,一个人若能这样活在这个世界上,多难的路,不被轻松走过?

所谓奋斗，其实也没那么艰难

我总收到很多人的来信，都跟迷茫有关。不是上错了专业，就是工作不喜欢，再或者就是自己应该去大城市发展，不该窝屈在这小地方，仿佛全世界的人都摆错了自己的位置。其实人生中哪个阶段都会有困惑和迷茫，跟有没有钱、成功与否都没有关系。

这世界有很多让人觉得特别励志的人，并不是因为他们都活明白了人生，而是因为他们更愿意在遇到问题的时候多自省和思考一步，更能坦然地接受每一次麻烦的发生，并有足够的信念不断打碎自己，捏一个全新的自我。

我想起一件很小的事。有时候我会在网上推荐一些好书，很多人会留言说："我还是穷，我买不起啊。"有时候我写到健身，很多人会留言："我这么穷，哪有钱去健身房。"其实，买一本书和去哪里健身并不会让你花什么大钱，但我觉得，总说自己穷的人，真的会永远苦下去。我记得我刚实习、薪水一个月350块钱的时候，便开始盘算，如果想五年内买房，首付至少要多少，每年需要赚多少存多少。这种想法可能很多人会觉得俗，但我感觉这是一种生活的信念，奋斗对我而言，就是由一个个信念组成的。

其实年轻的路上谁都一样，迷茫，彷徨，对未来没把握，不知道自己的未来在哪里。所谓的奋斗，不是让你天天泪眼婆娑地看到一片落叶都觉得自己孤单凄惨，不是让你回忆往事的时候就哽咽得说不出话来。**奋斗应该是一种信念、一种态度，让你面对未来的时候信心满满，回顾过去的时候心情淡然。**

有一种焦虑叫作三十不立

三十而立,在如今社会像个"伪命题",因为在大城市,过了三十,一般都"立"不起来。所以,或许我们要用新的角度去诠释——三十而立,不是立业,而是立志向。

所以,这时候我们要问自己一个问题——毕业后的这几年,我们都在忙些啥?毕业时说好的要迎娶白富美,走向人生巅峰的节奏呢?

终于意识到,有一种失败叫瞎忙。

有句话我很赞同,年轻人的特点是什么?第一是有足够多的可能性;第二是没有自知之明。

青年时代拥有最多的可能性,但这种可能性落实在一个具体的人身上,却是宅路一条。我们的青春,只能挥霍在自己的这种可能性上了,对自己的未来下注,青春是唯一的筹码。

但问题是,同样的年轻人,有些人觉得青春易逝,拼命学习成长,外练能力,内练气质,几年之后,时机成熟,完成逆袭;而有些人,严重低估了自己这几年美好青春的宝贵价值,觉着腰缠大把时间,配上一副好身板,不着急,不害怕,好像也在做事,却不善于思考和布局,最后陷入忙碌却盲目的尴尬。

真的,好些年轻人,看他现在的状态和姿态,一般能判断出未来三五年后的样子。

真的,我们努力都不一定能逆袭,何况不努力呢。

既然焦虑不可避免,我们能做的就是带着焦虑前行。还好,社会现在对年龄更宽容了,我们还可以不要脸地说自己还年轻,还可以仰起头四十五度角仰望星空,依然热泪盈眶。

无须介意,只管前行;不怕路长,只怕心老;还没有成功,就还没有失败。

共勉。

看到远方才能抵抗庸常

吐槽,是个流行词。很多时候,它已是怨天尤人、冷嘲热讽的代名词:我的同事是极品、我的前任是极品、我的领导是奇葩……简而言之,吐槽营造了一种"比惨"式的抚慰美学:最近,你有什么不开心的事,说出来让我开心开心!

青年是八九点钟的太阳,未来的主人,同时,又好比一张白纸。最终是朝气之太阳,还是冰冷之幽泉;是绚烂精彩,还是敷衍潦草,恐怕主要取决于内因、取决于自己。**牢骚太盛防肠断,吐槽成疾,最终很可能与精彩人生无缘。**

比如职场常见的吐槽人,往往是自视过高的结果。社会大生产时代到来,要求分工更明细、个人更独立,但同时又要求劳动协作更有力。每个人守土有责,才能换来整个链条的运转有序;而每个人的荣耀,最终要成就于集体的伟大。看不到这一点,就容易夸大自我的本事,无论身在何处,都不容易快乐。

有了分工,职位必有高低,岗位必有不同。问题来了:王二麻子凭什么能上去,而我不能呢?**须知没有边缘的岗位,只有边缘的心态。**而且,看似边缘、冷门,只要积极勤勉,未必不可崛起为高峰;看似中心、热门,不懂戒骄戒躁,未必不会沦为盆地。

喜欢前辈的一句诗:心中有雄鹰,何处不筑巢?世事多舛,但人还是要有一种情怀,才能超越庸常,而不完全被世俗化标准束缚本真。于是,再微不足道的岗位,只要干得精彩,也可以是大舞台,也可以寄托一生的事业。这样,看远方,算大账。也容易快乐一些。

你若笃定，社会便不浮躁

我国南方有一种植物，毛竹。据说，开始的几年，它生长得很慢，但会在几年后的一个生长季突然发生质变，短短几个月就能成材，而且它早已扎得遍地都是的根系，能让周围变成郁郁葱葱的竹林。

毛竹朴素的生长机理，呈现出的却是天地之间的大道理。不由想起大学时一位老教授的赠言："**那些精于世道的挥洒自如，对人生来说只是术，是在短时间内或者几年之内稍加用心就可以掌握的；唯独真正的人生积淀、那些决定你人生高度的东西却是任何人在短时间内都不可能获得的，那要用一生去丰富。**"

教授所言"人生积淀"，便是这毛竹的根吧？然而在现实生活中，人们大概只会惊叹毛竹的拔地而起和参天英姿，却忽略了其脚下的"根深蒂固"。

其实我们身边也会有像毛竹一样的人，即使看不到成果，也要拼命努力；或者即使不被人知道，也要坚持到底。只是，我们都把他们当成了傻子和疯子，有时候甚至会叹口气，哀其不幸。但英雄起于草莽，他们也许就是等风起的大鹏，一旦因缘际会，腾空而起，就会到达你所不能企及的高度。

你若笃定，社会便不浮躁。这份笃定来自清晰的人生定位。年轻的时候最好不要跟人比快，很容易摔跟头。最要害的功夫还是沉潜，潜下心来苦心修炼，等待属于自己的那个时刻。

为什么越努力越焦虑

无论在我身边还是网络中,无论面对感情还是职业,许多人推崇的是年少成名。张爱玲的那句"成名需趁早"被反复演绎,变成了很多年轻人的人生信条。

可是,年少成名这件事,是无数机缘巧合促成的特例。所谓机缘,一为机会,就是时机;二为缘分,是为运气。

而努力,是细水长流的改变,是由量变到质变,它可以让你变得更好,却绝不能保证年少成名。

越努力越焦虑的人,只相信努力的力量,却无视时间的力量。人生漫长,在起点与终点之间,隔着很多份努力。我们总会懈怠,会迷路,会在上升的时候遇到下坡。即使最勤奋最好运的人,有时候也需要等待。

跑得快的,等机遇的到来;跑得慢的,等状态的回勇。无论你付出多少努力,结局都不是急出来的,而是等出来的。

不要急着问自己的第一桶金在哪里,可以共度一生的人在哪里。做想做的事,爱想爱的人,留在自己喜欢的城市,没有哪个决定会定格你的一生。你的一生很长,即使到了四十岁,依然有扔掉六便士,奔向月亮的机会。

我的人生信条,是不要在焦虑的时候做选择。所以,我珍惜自己的心态,胜过机遇与选择。如果不能平心静气地面对一个决定,我会选择等一等,等风来,等天晴。

若你和曾经的我一样自卑

我小时候是个胖子,胖意味着我很少能买到合适的衣服,你永远不能指望一个常年穿深色运动服的女生能好看到哪里去。除此之外,我还经常生病,我还不会唱歌,不会跳舞,不会任何乐器,几乎没有任何特长。所有属于青春少女的光芒一到我这里,就变成了一派黯淡。这样那样的原因加起来,便组合成了一个自卑的我。

在克服自卑的路上,我用了最笨拙的三个方法——学习、读书、思考。

学习是最能带给人底气的方法。掌握一个新的技能、考下一门含金量高的资格证书、在工作中不断地积累行业经验,这种学习当真是"逆水行舟,不进则退"的。学习或许不能立竿见影地为你带来一个高薪的工作,但至少给了你找到高薪工作的可能性,也顺带着给了你用高薪工作来证明自我价值的可能性。

在情绪波动、忧郁绝望的日子里,读书拯救了我。那些伟大的踽踽独行的灵魂,甚至那些充满力量的只言片语,成了我最好的止痛药。

思考几乎是最深刻的成长方式。他人走过的路只是参照,从自己的跌倒中思考为何会跌倒才会让自己走得愈加顺遂。

所以,克服自卑、懦弱、紧张的方法,不过是通过自己对自己的磨炼变成一个更好的自己,变成一个让人心悦诚服的自己。

这个世界上,总有解决问题的方法。觉得胖就减肥,身体弱就锻炼,写不好就多写。**也许经过一万种尝试之后,你和我一样仍然有些微的自卑,但至少,我们终于能够坦诚又宽容地爱这个不完美、略胆小却总在进步的自己。**

文 / 伊心

有多少"不得已",最后成了"大欢喜"

我有个二姨,年轻时家离单位很远,每天上班,要步行十几里。这么七八年下来,练就了一副好身板,现在快七十岁了,还是身体倍儿棒吃嘛嘛香,几乎从不光顾医院,逛街遛弯儿啥的,我妈根本不是对手。现在看来,得感谢那些年的暴走吧?可是想想当年,谁乐意每天走那三小时啊,又受累又费鞋又耽误工夫的。

关于这种从"不得已"变成"大欢喜"的事儿,其实特别多:蒲松龄一辈子考了多次科举也没成,无奈之下,闷在家里写出了《聊斋志异》。李时珍同样是屡试不中,加上体弱多病,只好转而从医,终成大器。

所以说,在命运面前,人人都是孩子。有太多时候,谁也看不清他老人家的深意。你就算再明察秋毫、高瞻远瞩,也很难知道自己正在做的事的真正意义。

你以为自己在为不能吸烟而受苦,其实是在减免五脏六腑日后更大的痛苦。

你以为每天在做无意义的奔忙,其实是在为晚年的健康存干粮。

很多时候,你别无选择,只有华山一条道可走,万不得已闷着头走下去,最后竟走进了无限春光里。

这是人生最妙的地方。

这妙与不妙里,有天意,也有人迹。**那些最后走到大欢喜的人,不论起初是否另有选择,途中通常都会有咬牙切齿的坚持,有深沉艰苦的付出。**

生活的意义,常常在你的眼界之外。努力的人有理由相信,所有的苦,都暗含幸福。

你可以哭，但别哭太久

不知道有多少人，在遭遇不幸的时候把罪过推给他人或社会。**没错，这样的社会确实问题一大堆，但当你只能靠指责它来自我救赎时，你就注定要完蛋了。**

社会就是这样的社会，激烈抢位，复杂艰辛。但我们逃不过它。

每个人都命中注定要在这样的社会上奔跑，而且很可能有人起点比你高，有人跑得比你早，有人装备比你好，在跑的过程中，你还会被人撞一下绊一下，甚至被人故意推倒了踩两脚。但是不管怎样，你必须迅速调整好自己，寻找最适合你的方式和对你最有力的支持，继续全力以赴地跑。如果你非要停下来哭闹咒骂，或者拉住撞你的人吵架算账，结果只有一个：你会被越来越多的人甩在后面。

挫折和不幸是每个人的必修课，当你恋爱遇挫，当你工作不顺，当你承受了天大的冤屈，你完全有理由哭泣、抱怨、指责。但是一定要知道，哭也算时间的，**如果你把太多的时间用来哭，那么生活一定会对你哭。**

你面对不幸的态度，就是你对人生的态度，而你对人生的态度，决定了你的幸福指数。

"笑对人生"的确不容易，我们也喜欢说男人哭吧不是罪，女人哭起来有别样的美。但是，你若想拥有更美好的人生，就必须学会在疼痛中咬紧牙关挺身向前，在绝望里使尽浑身解数寻找光亮。

亲爱的，你可以哭，只是别哭得太久。

千万别把自己的人生调成纠结模式

我们的生活中,纠结的人不在少数。人生的很多时间都是在与过去的决断较劲、反悔中消逝的,悄无声息地把当下的时光和美好输得精光。很多时候,人生的失败不是因为没有实现,而是错过享受最好的时光。

做父母的纠结,既觉得自己的孩子不如别人家优秀,又希望自己的孩子成龙成凤;做老师的纠结,既不允许学生插嘴,又希望学生有创新精神;做孩子的纠结,既厌恶父母管束,又懒得自己出来打拼;做学生的纠结,既不认同老师某些观点,又怕得不到毫无意义的分数;做朋友的纠结,既想得到他的鼎力相助,又害怕他带来的麻烦……

人生也是如此,我们用三分之一的时间行动,却用三分之二的时间来后悔,不仅扭转不了已成定局的事实,也会错过当下,更仓促了即将到来的明天。**人生若调成纠结模式,就会不由自主地进入一种死循环里,无声无息中消耗掉你所拥有的眼前。**

人生有时候真的需要一些猴子下山的精神,见了玉米放下西瓜,拥有芝麻忘掉西瓜的负重。人也需要学会忘记,放得下过去,握得住当下。人生有时候像竞走,合理地分配体能,要为自己的每一步起落埋单,一路需要足够的贮备。这贮备就是果断和向前的心。

每个人都曾后悔过,但是人生没有回头路,错过不能重来,与其在懊恼中纠结过去,不如抓住当下正好的时光美景。谁也不敢肯定,路人甲没有转身的时候。

身处低谷，怎么走都是向上

我的部门主管是一个特别乐观的人，可是让人奇怪的是，她常挂在嘴边的口头禅不是"加油，你会很棒"这类的话，而是一句自问自答："还有什么比现在更糟糕的吗？没有。"

如果你认为她是个消极的人，并因此而变得消沉，那么你很快就能领略到什么叫作河东狮吼。因为她的画外音，并不是消极地告诉我们，现在太糟糕了，我也无能为力了，而是在说："现在已经是最糟糕的情况了，所以你们不管做什么都伤害不到我，也伤害不到公司了，你们就尽情去做吧，那样才有翻盘的可能！"

或者每次都怀着这样的心情，所以哪怕真的进入绝境，我们也并不是真的绝望，而是在困难时有敢于尝试的勇气。这种"死马当成活马医"的乐观主义精神，最后让我们部门成了公司盈利最多的部门。

> 人们常说，如果你还没有长大，那么你一定没有经历痛彻心扉的磨难。只有人生到了谷底，才会拼命想要向上爬，在这个过程中，你会不断地锻炼自己，积蓄能量，完成一次凤凰涅槃。

> 每个人都有一段不堪回首的时期，看上去毫无希望，并可能继续沉沦下去。在这个时候，如果你放弃挣扎，就开始了一段自欺欺人的旅程。

> 如果没有因为不安而选择妥协，而是继续怀着焦躁的情绪开始尝试迈步，拍拍自己身上的灰，顶着青黑的眼圈，水肿的脸庞，用粗糙的手指叩响前方的门，那么你会迎来另一个阶段。

文/茶靡

你觉得糟糕，未必是真的糟糕

我有个朋友是杂志编辑，话说他某日心血来潮挥斥方遒地即兴写了篇文章，写作时无所顾忌落笔肆意，回头看通篇时却讪讪有憾。题材没有很新颖，文笔又略显拙劣，估计读者看了都会很失望吧。

怀着忐忑的心情，朋友随手将文章保存在了豆瓣日记上，便黯然睡去。没有想到，当朋友第二天打开电脑时却发现，这篇文章竟被选为了"推荐之文"，下面还有超多的读者不断刷新留言说喜欢。虽然也有个别读者说出了稍加批评的不同观点，但这效果，已经大大超出了朋友预期。

明明自己觉得那么糟糕，为什么还有那么多人喜欢呢？朋友将这个问题反手抛掷于我，我想了想，突然有些顿悟。大家的理解和事物的真实状态常常处于不同频率之间，所谓的糟糕只是一个视角，而不是真相。古人说"月有阴晴圆缺"，通常只会赞誉海上明月共潮生的浪漫幽溢，却无视玉梯横绝月中沟的小巧别致。众星捧月是美，蓬勃朝然是美，暗处飘香又何尝不是美。相对于前者一呼百应的丰韵，有些偏差则使生命的缺角变得更加金贵。

心理暗示具有一定能量，激励和自责的效果差异特别大。所以，此刻的你需要明白，阴影是为了储备更充足的阳光，批判是为了驱使更有力的前行。而遗憾，则是为了等待一场更为声势浩大的圆满。

文／司晓雨

人生最好的样子是干净而不放弃

我们都或多或少经历过生活的玩弄，而我唯一能够分享的，不过是一颗同样饱受摧残的心和不甘妥协的灵魂：我就是要干净地活着。

> 不到最后一刻，谁都不能剥夺我活着的权利，连我自己也不能，哪怕它卑微、琐碎和痛苦。

身体的疾病，亲人的离世，朋友的背叛，同事的算计……所有这些让人避之不及的心碎都在我生命中上演过。当时以为天大的事，经历得多了，才发现，大家都一样。每个人都逃不过，只不过是时间早晚而已；每个人都绝望悲伤过，只不过无法说给别人听而已。

也许，真的，**人类的天分就是持续不断地忍耐。受伤了，只有挺过来。**有时根本就没有解决方法，没有什么明确的答案。我们只能学着从绝望中看到希望，然后着眼于它积极和有趣的部分。

没有人会为了太阳落下、黑暗降临而慌张痛苦，因为这是必然的真实。人生也是如此。

我们要好好活着。只要活着，就有希望，不论何时何地处于何种状态。就算我现在很伤心，我也只是为了某些特定的事情伤心，而不是对整个生活失望。

因为，我想抹去爱人的眼泪，我想你也一样；我想有足够的力量保护家人，我想你也一样；我想实现我的梦想，我想你也一样。

你不对这世界柔软，只说明你内心不够坚强

C是新认识的朋友，一个可爱坚强的小女生，不管在现实生活还是网络世界，都是一个热情大方、十分讨人喜欢的姑娘。一起参加培训，一堂课，她能记下满满两页纸的笔记。约好一起出去玩，她总会提前做好所有功课。朋友聚会，有她在，就绝对不会有冷场的时候。

我有时也纳闷，你每天那么多工作，怎么还有这么多精力学习，还能抽出时间和别人交流？

嘻嘻，你猜？她狡黠地一笑，没有正面回答我。

后来，我无意间写了一篇关于失恋的文章，跟她聊起一些过往，她才终于对我敞开心扉：和前任分手的时候，他咬牙切齿地对我说，祝你一辈子嫁不出去。

你怎么回答他的？我问。

C说：我只是看着他的眼睛，微笑着对他说，祝你幸福。

那一刻，我突然明白了C的柔软是从何而来。卸下了所有伪装，最终只剩下一句祝福，不再执念，不再伤心，不再怨恨，是只有拥有真正强大内心的人才能做到的。

真正的坚强，是不再把自己的伤疤揭开给别人看。伤疤依然在，但却看不到它了。

> 真正的坚强，是从来没有忘记沉痛的往事，但不会因为往事迷失前进的方向，它们只会成为前行的动力。
>
> 真正的坚强，不是时刻背负一个沉重的保护壳，而是我温柔对待每一个人，即便你曾经伤害过我，但以后不会了，因为你伤不到我了。

你外表不够柔软，只说明你内心不够坚强。

谁的职场不委屈

> 受不了委屈是职场上的一个绊脚石,"太委屈"成了很多职场新人心头难以排遣的一种情绪,久而久之就成了心头一根难以自拔的刺。其实,谁的职场不委屈呢?
>
> 谁的职场不委屈?谁不是一边挨骂一边成长呢?仔细想来,哪次挨骂不是事出有因?虽然每件事情在特殊的场合可能被穿上令人尴尬的"外衣",但是绝大多数时候,本质和真相只有一个,那就是自身确实存在不足和缺失。

有时候,委屈无非是自认为委屈了。委屈,无非是觉得所谓的自尊被践踏了,觉得"人为刀俎",而自己成了那案板上来不及挣扎的鱼肉;无非是因为觉得错的都是别人,自己是被冤枉的;无非是心太小,撑不起自己想凌驾于别人之上的野心。

当然,职场江湖中也不乏真委屈。如果是无意诋毁,何苦因为别人的错误自我惩罚?如果是恶意伤害,你又何苦自我苦闷,让别人得逞呢?所以,即便是真委屈,放下了,就依然内心无恙。

在职场,如若觉得委屈之情经久不散,那你就败了。委屈了,难以释怀,逃离了,这是弱者的自我保护。委屈了,自我反思,改之,尽善尽美,这是强者的人生宣言。你若真无过,也无须辩解,一笑而过,继续轻装上阵。

世界那么大,一颗"玻璃心",怎么走得远?怎么奔跑着追赶时间与梦想?

怕什么困难无穷，进一寸有一寸的欢喜

没有完美的人生，谁都会遭遇坎坷。**当遭逢坏局面时，你应该积极面对，寻找解决办法，而不是让焦虑压垮自己。**

朋友本科学的是临床学，可他并不喜欢，在学校玩网游，耽误了几年青春。每次见他挂科，父母也没少责备。但他总是说，做医生太累，不喜欢。实习那年，他的母亲不幸中风偏瘫。为了治疗，家里拿出了大部分积蓄。仿佛一夜之间，朋友长大了。他幡然悔悟，主动去找工作。

可是，工作也不是说找就能找到。在招聘会上，他拿着几近空白的简历，不知该投向何方。眼见同学们都找到了心仪的工作，而自己却没着落，巨大的落差感让他很悲伤。

但是，他想到了偏瘫的母亲，还有满怀期望的父亲，心一狠，硬着头皮承受面试官无情的"蹂躏"。

辅导员对他说：有些事，不是硬着头皮就能解决。你该认真思考自己适合哪一行业，而不是像无头苍蝇，到处乱飞。要找到人生的最优解，而不是无脑乱画。

朋友把目光投向游戏产业，花了两天时间逛遍相关论坛，选择了几家公司，并对其产品写了一份体验报告，以及对游戏产品的理解。

面试时，他镇定自若地与产品经理交流想法，条理清晰地阐述他的看法。拿到录取通知后，他在朋友圈写了这么一句话：尽管握着一手烂牌，也要认真打完。

其实很多时候，你该花时间思考，如何打好一副烂牌；而不是抱怨命运，或者干脆撕牌。当做出积极的选择时，你也会变得更优秀，生活同样会反馈你不一样的精彩。就命运而言，休论公道。有人命好，有人命歹。怕什么困难无穷，进一寸有一寸的欢喜。

真正的好命，是有生命力

对于我们大多数普通人而言，不可能一辈子都顺遂如意的，但是为什么有的人每天愁眉苦脸，而有些人却能够生机勃勃地翻山过河，保持着阳光的心态继续前行？是因为生命力。

我今天所拥有的一切，有许多是别人给予的，比如我的原生家庭给我的，比如我的爱人给我的，比如我的同事朋友给我的。**但是生命力这件事，是我自己的。**而正是这源源不断、永不枯竭的生命力，让我"注定"拥有了这一切：一切的好与一切的顺利。

所谓生命力，就是灾难不再是灾难，危机不再是危机。在我们的生活中，有时候遇到一点儿小事就觉得过不去了，其实就是生命力弱了。

那些永远都阳光积极的人，那些永远不会被打倒的人，那些可以东山再起的人，是他们没有受过伤，没有经历过苦难吗？当然不是，而是这个人生命力非常强。

遇到山，他能爬过去；遇到河，他能渡过去；遇到困难，他能去解决，去承受；遇到一切，他都会想办法，而不是坐在地上哀号痛哭：哎哟，我的那个命啊！

天生好命的人实在太少，而天生命不好的人，也同样很少。太多人是因为缺乏生命力，所以才导致自己总陷入"命不好"的泥沼中。

想想看，我们真的不是命不够好，**只是有时候养尊处优又或者太过顺利，令我们逐渐失去了自己生命中最要紧的生命力。**

拥有了强大的生命力，我们就拥有了永远不会失去的"好命"，因为任何牌，我们都能打好。

世界诱惑太多，我们要学会专注

有一个喜欢动漫的小伙，供职于一家著名广告公司，他利用空闲时间做道具玩 Cosplay，背着包坐硬座到处参加漫展。家人对他不想着找女朋友十分着急，总数落他玩些看不懂的东西。后来，他辞去工作，成立工作室，成了这座城市的漫展策划人。

另一个从小喜欢布娃娃的姑娘，最后成了手工布艺达人，开了自己的培训工作室。

还有一对喜欢音乐的农村兄弟，在父母的反对里偷偷自学乐器，最后用土豆、南瓜鼓捣出了"蔬菜乐器"，上了中国达人秀。

这个世界上，总有些看起来"无用"的东西，最后却变成了"大用"。

那些能成功将"无用"变成"大用"，将"NO"变成"YES"的人，身上都有共同的品质："专注"。

热爱让他们被这些事物吸引，专注则让他们忘记自我，将自身潜力发挥到极致。

同样是做一件事，有人成了翘楚，有人却成了逃兵，有的人终成大器，有的人一事无成。当你摇摆不定、裹足不前时，请相信"专注"的力量。

> 专注，源于天生的热爱，更是一种后天磨炼出的美好品德。
> 专注，是清醒地知道自己在做什么，不浑浑噩噩，也不稀里糊涂。
> 专注，像是那穿石的水滴，沉默却充满力量。

人人都在高喊要做一个"内心坚定"的人，可又有几人能真正做到"心无旁骛"呢？

别把你唯一的人生当作买彩票

美国作家 Matthew Sweeney 写过一本《彩票的战争》：在购买彩票上花销最多的人往往受教育程度更低、收入更少。事实也的确如此。2008 年的一项国内调查显示，当年最喜欢购买彩票的人多集中在经济不发达地区。其中一个重要原因可能就是成本投入小，却能为自己吹一个无比巨大的肥皂泡。

无端地给自己设定了无数的可能性，陶醉于命运之神降临时的无限荣光，甚至连获奖感言都已经想好，万事俱备，只差天上掉馅饼。可惜的是，从天而降的并不是馅饼，更多的时候是"鸟屎"，越是心怀侥幸的人，接的"鸟屎"就越多。于是你更加信命，也更加恨命，觉得自己时运不齐，命运总欠你一个说法。

一个人有梦想，不安于平凡原本没错，否则和咸鱼还有什么区别？可是你有一万种方法去完成你的梦想，这其中偏偏就不包括做梦。仙德瑞拉的故事鼓舞了一代又一代的灰姑娘们，但是她们忘记了，在见到王子前，灰姑娘已经为自己换好了华服和水晶鞋，那一刻，她并不是灰姑娘。

给你一个王子，你是否已经穿好了水晶鞋？这世上从来就没有无缘无故的缘分。命运是把锁，钥匙在自己手里，别把自己唯一的人生当作买彩票。

愿你学会，笑着低下头

去年，我的朋友大妮单位集资盖房，盖好后大家抓阄分房，大妮运气不错，抓到三楼。正美呢，领导找她说："单位一个老大姐抓到五楼，觉得年纪大了爬着费劲，非要换，你愿意跟她换换不？"

大妮说："我孩子才三岁，爬五楼也费劲。"领导挺为难："那大姐特难缠，天天打电话找。"大妮想想，说那就换吧。

领导有点过意不去，说委屈你了。大妮说没事儿，就当抓阄抓到五楼了，而且天天多爬两层还减肥呢，孩子过两年大了，爬五楼也不是事儿。

就这么换了。换完，大妮也没觉得委屈，跟那位老大姐还乐呵呵地处得很融洽。大姐挺感动，跟谁都说大妮好。她领导也领情，今年有个去英国学习的名额，二话不说就派给大妮了，这里面可能有其他成分，但换房事件功不可没。

人生是一盘很大的棋，你在这里迂回一下，可能就在那里蓄积了力量，该让的让过，不会亏的，福报在后面。**能在利益或者是非面前，笑着低下头的人，想必会活得更加自在安乐。**

生活里，能低下头的人很多，但多数人是怀着怨愤低下去的，委曲求全，心里百般不爽，暗暗恨他人无理，怪自己窝囊，想着我记着这事儿，总有一天要找回来，这样也不好。想想，你给了别人便利，放过了别人，却跟自己过不去，不肯放过自己，这多傻。

主观上不想相争也好，客观上不得不让步也好，如果相让是更好的处理方式，就让一步好了。而如果事实上已经相让，心中自然便该放下，纠结怨恨只会徒增烦恼。

愿你学会，笑着低下头。

文/李月亮

出路出路,走出去才有路

我们每个人都觉得自己越活越内向,越来越自闭,越长大越孤单,以至于滋生了"换个新环境,我这种性格估计也不会跟其他人相处融洽,所以还是待着忍忍凑合过算了"的思想感情。与其说自己自闭,其实就是懒,不想突破自己好不容易建立起来的安全区域。于是大家都活在了对别人的羡慕嫉妒恨与吐槽抱怨生活不得志中,搞得刚毕业的学生都活得跟三十岁一样。

其实走出去不一定非要走到什么地方去,而是更强调改变自己不满意的现状。有人问我那你常说要坚持,天天跑出去怎么坚持?其实要坚持的是一种信仰,而不是一个地方,如果你觉得一个地方让你活得特别难受,工作得特别憋屈,除了吐槽和压抑没其他想法,那就要考虑走出去。就像歌词里说的:"梦想失败了,那就换一个梦想。"不能说外面都是大好前程,但肯定你会认识新的人,有新的机会,甚至改头换面重新做人。

很多人觉得在一个公司做不下去了,需要思考下是不是自己能力有问题。职场上的合适不合适,有很多可能性和干扰因素,不仅仅是能力的事,谁说他在这里干不好,去其他地方也不行呢?想想,真的是这样,职场上总能见到在一个地方待不下去而在另一个地方就如鱼得水的人。**有时候走出去不仅仅是找到新机会,更重要的是找到适合自己的位置,树立起人生新的自信与欢乐。**

别在同一个地方折磨自己太久,别跟自己长时间过不去。出路出路,走出去了都是路。

单身是最好的增值时期

单身的时光,并没有想象中那般无聊,如果能够在生活里为自己树立良好上进的目标,在持续不断的坚持下目睹生活的蒸蒸日上,也是一件踏实美好的事情。 我为自己的人生列出了一张清单,从前恋爱时没有时间看的书和电影,终于可以用一个人的日子慢慢品味欣赏;从前恋爱时享受美食不知不觉长到身上的赘肉,终于可以有足够的空闲用跑步去消除;从前恋爱时每到月底总是捉襟见肘的财政状况,终于可以用大把的时间去好好赚钱;从前恋爱时未曾设想过的未来,终于可以静下心来和自己来一次认真的对话。

第一次沉下心来为自己做一次生命的改造,发觉除去爱情,生活中还有那么多的东西值得自己细细体味。严歌苓笔下辛酸的移民故事,大卫·芬奇镜头里的悬疑片,跑步机上持续不断的慢跑,细细琢磨菜谱,认真烘焙的巧克力饼干,都为生命提供了一种热闹欢腾的存在形式。

在单身的时候,让自己增值吧!你的能量总能吸引到那个他(她)。所以,现在的你或许失了恋单了身,还在对那段伤心的旧情耿耿于怀,请收起你的眼泪和失落,因为生活欺骗过我也告诉过我,生命是一场公平的赛程,在时光轴的这一端你潜心修行,那一端就一定会有更好的人在等着你,他健康向上、幽默开朗、睿智忠诚,正等着许你一生的好光阴和不辜负。

三十岁了,那又怎么样?

快到三十岁的时候,苏婉终于下定决心离开那个枯燥无趣的地方。她带着全部积蓄来到了上海。

初到上海,她便向各个大大小小的广告公司投简历。履历写得诚恳,却未必有人细读。最后,终于有一个 HR 肯松口:"苏小姐,我们公司对文案的要求还是比较高的,没有相关经验,肯定无法胜任。不过,以你的年纪,做实习生恐怕也不太合适吧?"

苏婉把握机会,直白地说:"我可以从实习生做起。我不在乎职位、薪水,只想能进入贵公司学习做广告。"

"那好吧。我只能给你保证工资不低于上海市最低工资标准。三个月后,如果你做得好再转正。"

后来,苏婉用自己的努力顺利入职加薪。但没过几个月,苏婉跳槽了。我十分惊讶:"你不是才涨了薪水吗,为何要辞职?"

她百无聊赖地说:"老板太固执,只肯接同类型的项目。他是赚得满钵了,可我还有很多东西要学啊。"就这样,苏婉在三年时间里换了四家公司,每次都是因为公司无法满足她的求知欲了。

三年后,苏婉过五关斩六将,拿到了一家著名 4A 公司的录取通知,一切都在她的掌控之中。目标明确的人会比别人走得更快,他们是一心一意在自己的星系里运行的行星,只顾发光发亮,永远不会偏离自己的轨道。

仔细一想,那些笼罩在年龄上的阴影不正是我们自己加上去的吗?**人生从来没有固定的路线,决定你能够走多远的,并不是年龄,而是你的努力程度。无论到了什么时候,只要你还有心情对着糟糕的生活挥拳宣战,都不算太晚。**

那些不声不响就把事情做了的人

一个女生朋友生得娇小柔弱，找了个高高大大的男朋友，颇有长腿欧巴的气质，但却很少见她秀恩爱。没想到几年后她居然出书了，书的内容居然还是环游世界的，记载着她和男友去往 28 个国家的点点滴滴。

朋友们知道了惊呼："天哪，她居然文笔这么好！平时都没见她晒呀！"书里的照片很美，署名竟然都是他男友，翻了翻，发现照片拍得特好，不仅景色拍得美，人也是。"天哪，有这么个会拍照的男朋友，居然不在朋友圈里晒照片，简直是浪费啊！"有朋友抱怨道。

人家浪费吗？一点儿也不浪费。你的朋友圈自拍照，首先得开美颜相机，连拍十几张甚至几十张后，挑几张出来，打开美图秀秀修图，还要编一段煞费心机的话，才发出来，几十分钟时间就这么没了。

人家呢，用这时间去看世界，用最真实的镜头记录所行之处的每一处风景，再静下来把它们变成文字变成册，变成人生最珍贵的记忆，然后不声不响地就出书了。

"你要做一个不动声色的大人了。" 这句话是村上春树说的，许多人用它发微博发朋友圈，甚至当作个性签名。然而，真正学会不动声色的又有几个？

要知道，牛的人，根本不炫。

你何时才能做一个不动声色的大人，取决于你拥有一颗怎样的心。树欲静则风止，这才是不动声色的境界。

继续修炼吧！少年。

文／海欧

愿所有的负担，都变成生命的礼物

初入社会，迷茫是少不了的。现在的你认为这个世界很不公平，认为别人的生活都比你舒适。你独自一人身处陌生的城市，总有一种被抛弃的感觉。尤其是当你看到别人和好友挽着胳膊从你身边经过的时候，你心中充满了嫉妒——他们面带微笑，好像从来都没有烦恼过。当别人津津乐道于工作的乐趣时，你又会投去羡慕的眼光，好像他们从来不为找工作发愁。

其实，他们能过得这般快活，并不是因为他们比你幸运，而是因为早在你之前，他们就经历了你现在所感受到的一切，他们有过艰辛，有过痛苦，只是咬着牙挺了过来，才有了今天的快乐与幸福。

如果你继续这么颓废下去，试图将所有的辛酸挫折告诉身边的每一个人，那你真要永远孤独下去了。这是一个恶性循环，你越是沉浸在痛苦里自伤自怜，就越是无法找到突破口。

不妨换位思考一下，我们都希望身边的人能分担自己的烦恼，为自己带来快乐，如果你不能给别人带来快乐，至少也别给人家增添烦恼吧。倘若你用心去观察，就不难发现，成熟的人不过是会以一种妥当的方式来处理自己的负面情感，使之不会影响到其他人而已。

在岁月面前，每个人都是弱者；在生活的磨砺下，每个人都有伤疤。每个人都会有痛苦或迷茫，但这痛，是生命赐给我们的礼物，痛过之后，才会更加珍惜快乐与幸福。

感谢那些伤疤，感谢那些坎坷，是它们教会了你如何与这个世界和平相处。**但愿所有的负担都变成礼物，所受的苦都能照亮未来的路。**

我们拿什么对抗平淡的生活

很多人对我说:"我的生活一成不变,我应该如何改变这样的现状?""我现在的工作太按部就班了,我想要出国去看一看。""可是我并不知道出国要去读什么,也不知道我究竟想要干什么。"……

其实我们可能并不是想要改变,不是想要换工作,不是想要出国,不是想要真的去听从自己的内心,我们只是无法面对这似乎一眼能望到尽头的平淡生活。

终究,我们从每天都吸收新知识的校园,踏入了可能每天变化并不大、做着无聊重复工作的社会,认识有限的新朋友,走着有限的从家到单位的路,我们无法接受这样的改变,我们不知道如何才能来对抗这平淡的生活。我们试图用很多方法去改变,比如旅行、出国念书,但是这些其实都是暂时的刺激,像一剂镇痛药一样,并不是长久的解药。

> 那些内心持续不断快乐的源泉,在于你永远愿意去尝试新的事情并持续不断地付出,而不是躺在平淡的生活里,试图用新的环境来刺激你。

我们拿什么来对抗平淡的生活?拿我们已经在拼命工作、努力赚钱、柴米油盐、结婚生子、照顾老人、抚养孩子之余,**依然有好奇心、有热情,依然愿意付出,像我们最初上大学的时候那样,为我们憧憬的那些遥不可及的愿望努力奋斗。**

什么才是真正有趣的生活

人生的确需要时时激活,却并不有赖于惊天动地的大事件。生活真正的趣味都融于日常小事中。那些波澜壮阔的大事件,顶多只能起到一针强心剂的作用。短暂的疗效之后,一切又将归于平常。所以,真正有趣的人生一定是生根发芽于寻常光景。

很多卓越的人拥有着不平凡的一生,但有趣的生活依然源于日常琐事。杨绛先生的《我们仨》一书,更能让人体味到这一点。

记得读这本书之前,我猜测,里面记录的大抵应该是波澜壮阔的一生,就好似普通人心心念念的"诗和远方"。然而,让我笑中带泪、泪水涌出之后又很快笑出声的,真的只是一些温馨的"鸡毛蒜皮"。这些日常里面包含着说不尽的世间乐趣,让人回味不断,绵长悠久。

杨绛先生记录一家三口爱去动物园,把各种动物的习性和秉性写得惟妙惟肖。比如大象,她写道:更聪明的是聪明不外露的大象……母象会用鼻子把拴住前脚的铁圈脱下,然后把长鼻子靠在围栏上,满脸得意地笑。饲养员发现它脱下铁圈,就再给套上。它并不反抗,但一会儿又脱下了,好像故意在逗那饲养员呢。

一家人一起去吃馆子,钱先生近视眼,但"耳聪",阿瑗耳聪目明,他们总能发现其他桌的客人正在上演着怎样的故事。所以,他们一家吃馆子是连着看戏的。吃完之后,有的戏已下场,有的戏正酣,有的戏刚开场。就连他们一起去熟悉的公园散步,也是充满乐趣的"探险"。

即使是在造化弄人的特殊时刻,杨绛先生的笔下依然充满着日常的生动有趣。每一个情节都是那么饱满,有光芒。

掩卷之际,我也明白了,这种来自日常的有趣,才是真正而持久的有趣,深入骨髓。

可以不服输,但要会认输

我一直不是一个争强好胜的人,我也很害怕和那些争强好胜的人在一起。他们给我的感觉是杀气腾腾,对自己对别人都特别苛求。他们一味追求成功,为了一个目标式的东西将人生过程中的很多快乐都牺牲掉了。

从儿子小时候,我就教育他,**人在一生之中,应该学会很多本事,其中很重要的一个本领就是会认输的本领。**考试考了前几名是好事,考不到前几名也要能接受。成功固然好,但人生还要学会走到某一段就要停一下,失败就是最好的停顿,让你可以有机会看到人生别的景色。

只教给孩子取胜的办法,却没有教给孩子认输的本领,这就等于只让士兵进攻,却从不让他们撤退,这支部队一定会遭受重创。撤退也是非常重要的战略手段,有时候,必须要承认自己有些事情做不到,**爱着自己的优点却不会爱自己局限的人,都不算真正地爱自己。**

世间从无完美。完美一直期待着被时间打破,而一旦将完美打破,解脱和自由就会随之而来。

不服输,是挑战自我;会认输,是正确接受自我,看到世界更广博的一面而又保持谦卑之心。阿加莎克里斯蒂说过:"从对日常生活的观察来看,我可以说,没有谦卑的地方就没有人类。"拥有了谦卑之心的人类,对成功这件事看淡一些,才能活得更踏实和快乐。

为什么你总是害怕来不及

我以前总是害怕来不及,觉得青春时光好像要没了,很多人生愿望我要错过了,难道我这一辈子就要过完了?

为什么你总是害怕来不及?嗯,这就是我想说的答案,**因为焦虑,所以不满足于当下**。我开始明白,焦虑跟孤独一样,可能就是生活本身的色彩,毕竟快乐只会占据我们人生的那么一点时间而已。明白这一点之后,我反而愿意带着焦虑上路了。

那些以前让我着急的事情,如今想来就跟升级打怪一样,每一次出现的时候都让我胆战心惊,但是一旦过了这一关又觉得也就那样,然后到下一关的时候我又继续焦虑起来,周而复始。

只是如今我开始适应这个节奏了,因为我相信每一段紧张刺激的升级游戏,都意味着我的成熟又高了一层境界。它更提醒我,那些克制与隐忍,等待跟蛰伏都是有用的。那些属于你内在的强大力量,那些你日夜积累起来的点滴能力,那些你从别人故事里拿过来、自己重新组建过的价值观,才是让你对抗这种"感觉一切都来不及"的慌张的力量所在。

文/达达令

你远比自己想象中的更加优秀

> 从小到大,我们一直被灌输这样一个道理:为人处世,最忌讳的便是妄自尊大。我们绝大多数人深得谦逊之道,可有时候却矫枉过正,不觉中走入另一个极端,妄自菲薄。

有时候,妄自菲薄比妄自尊大更容易毁灭一个人。后者至少拥有一往无前的气势与勇气,虽然终会在现实中撞得头破血流,但从此也就学会了自我审视,脚踏实地。而前者却在一种无能的自我暗示里一步步走向寂灭,不仅踟蹰不前,甚至仓皇后退。

我想,**人生就是一场不知终点的长途跋涉,既有生机盎然的草原,也有泥泞不堪的沼泽。走在一马平川的草原上,自然谁都是意气风发。然而,面对困境低谷时候的态度,才是检验优胜劣汰生存法则的唯一标准。** 而有些时候,让我们陷入绝望的并不是困境本身,而是自己在困境中失去了基本的自我认知,将自身劣势无限放大,还未开始便已是丢盔弃甲、不战而逃。

世界终究没有想象中的那样美好,但也绝不会险恶到彻底无解。我们不会如儿时幻想般三头六臂、无所不能,却也绝不会真就是不舞之鹤、一文不值。

饥肠辘辘的时候,不要只看到别人有猎兔的枪,却忽略了自己捕鱼的网。**一个人可以被摧毁,但绝不能自毁,永远不要急着否定自己,很多时候,你远比自己想象中的更加优秀。**

感恩　希望　新知　生活

你值得拥有
你想要的

美好

梅花

宋·王安石

墙角数枝梅,
凌寒独自开。
遥知不是雪,
为有暗香来。

只要，你愿意做一个明知生活有缺憾却依旧不言乏力不言放弃的人，一个即使身处黑暗却依然心有亮光的人，一个敢于在狂风暴雨中昂首向前的人，一个跌倒了还能站起来的人，你想要的美好早晚会来敲你的门。

长寿花

景天科伽蓝菜属多年生草本植物。叶片肥大光亮。花期12～4月,长达四个月,长寿花之名由此而来。

回家不是一年一次的旅行

发小出国的时候我从深圳飞到北京送他，一路上都一切如常，伯母却在他走近安检区的一刻瞬间泪奔。对我们不过是一次时间很长的分别，到了爸妈那里却是肝肠寸断。

大学时的女朋友没有熬过跨国恋，"换个对象真的没什么，这种异国的不都在意料之中吗。"微信语音除了聊一些有的没的，也会走心："我真的想我爸妈，过年回去你帮我看看他们吧。"

我从小是奶奶带大的，乡下的院子里在很长一段时间只有我跟奶奶两个人。读初中，变成了两周才能回一次家；到了高中，就变成一个月一次；大学变成了半年；到了现在，一年也只剩下了春节。

回家，像是最终变成了一年一次的旅行。

以前没觉察这种变化有什么异样，享受着自己的世界一点点扩张，我从地球的这一边把自己的足迹留在了地球的对面。但是父母长辈的世界跟着岁月碾轧而来的，只有年老、疾病，生活在剥夺着他们。

年少时的家是向往自由时的负担，是永远没办法理解自己的父母，是家里平凡的日常比不上外边的精彩。等到了长大的那一天，才知道家是大社会里的牵挂，是能让自己彻底放松的空间，是游走在光怪陆离诱惑之间时不让自己迷失方向的指南。

我们在这样琐碎的日常里逐渐认识到生活的本真，我们最终能在父母的身上看到平凡的伟大，我们重新认识自己发现自己，再在新的一年里踏上征程，砥砺前行。

我们学会珍惜，坦然长大，谅解了时光。

不让爱你的人失望，人生才有希望

清明的时候，按惯例陪我妈去给外婆扫墓。我们混在熙熙攘攘不知道是悼念还是游玩的人群里上山，照例摆祭品，烧纸钱，扫掉墓碑上的灰尘，磕头，然后离开。下山的时候，忽然意识到，居然要想很久才能记起外婆的样子，而她走了不过几年。

我基本算是外婆带大的。我爸追着我满院子打的时候，是她护着我；我上学买小东西，是她偷偷塞给我零用钱；我写字写了这么久，是因为她柜子里每天只给我看一本的小人书。是她告诉我做菜的道理，说食材就像人活着，前程全无把握，但要随遇而安，比如西红柿，遇上鸡蛋不费功夫就是道热菜，遇上黄瓜用尽心机也就是盘凉拼。这话甩了长大后我听过的所有心灵鸡汤整条街。

她是爱我的。然而，想不起来她的容貌并没有让我太感伤。因为她离开得早唯一好处就是：不用面对我后来人生里所有不够让她骄傲的事。

人越是年长，越是明白些很难说出口的真相。大部分人关心你只是因为关系到他们自己，真正无条件爱你的人除了近亲，几乎没有。所以这些年我常干浑蛋的事，但没忘了尽量不让真正爱自己的人失望。因为只有不让他们失望，自己才有希望。

文/吴瑟斯

我们在年轻时为自己编造不同的过去，年老时为他人编造不同的过去。真正真实的部分，也许只有现在。而活在当下，不只是为了自己，还为了不让爱你的人失望。

比生活更重要的,是生活方式

Mint 28 岁,处女座,每个月都坚持外出旅行一次,若无特殊情况从不耽搁冒险的脚步。

看着她整日飞来飞去的行程安排,我一度坚持认为那是她作为职业旅行家养家糊口的工作,否则,会有谁不知疲倦地整日出去疯跑呢?

Mint 是上海某国企的项目经理,我佩服她对于旅行和生活的调控力,毕竟在繁忙的工作中能抽出时间去旅行,不是容易的事情。"你是从哪里腾出那么多时间去旅行的?"面对我的疑问,Mint 直言道:"如果等一切都刚刚好,那你永远都无法出去旅行。"

千里迢迢去吹印度洋的海风,你嫌太折腾,但总可以在街头买朵花送给自己。取景框里看南极浮冰的一抹蓝,你嫌太冒险,但总能够去游乐场坐圈摩天轮,享受下城市寂静的夜景。通过对外界不同情形下的不同感知来提高主观判断力,顺便修缮规整下自己的生活,才显得更要紧。

每个人都是自己青春圆规底端的那根针,无论野心膨胀多大,想要张开的半径有多宽,最终都还是要以完整圈成的那一个圆来评判价值。有的圆很大,所能支撑的颜色元素自然显得丰盈;有的圆虽小,能容纳起人心的情绪和思想也同样不容小觑。

好的生活,不一定非要价格昂贵。适意和诗意都很重要,没有"五花马,千金裘"的豪气,可以试试"手倦抛书午梦长"的小憩;没有"停车坐爱枫林晚"的浪荡足迹,可以腾出"闲敲棋子落灯花"的片刻安逸。

现在的你是自己曾喜欢的样子吗

我一直询问自己到底能不能过上自己想要的生活，现在的生活状态到底是不是自己所喜欢的，其实归根结底都是庸人自扰。

真正过着自己想要的生活就是把无数个今天过好，这些今天组成在一起便是自己想要生活的样子。你说青春原本应该张牙舞爪，去想去的地方成为想成为的人。于是太多人说走就走的裸辞，提前透支存款挥霍，问父母要钱满足自己招摇过市的虚荣。只是你忘记了，真正的勇气与能力是把今天过好，在循规蹈矩的生活里过出五颜六色的光芒。

我对过上自己喜欢的生活的重新理解便是把今天过好。这意味着既不辜负又不蹉跎时光，换个姿势态度围观这个世界，因为能把今天过好也是我在努力活成自己喜欢生活的一部分。等到无数个今天过完后，当我再回过头看，兴许曾经发生的一切都是按照自己喜欢的方式进行。

你想变得有钱，想成为画家、作家、舞蹈家、歌唱家、设计师、老师、商人等，只要心中怀有那些符合自己实际现状的梦想，那么就得在今天付出努力，把今天过好，让时间来检验你的付出。等到梦想实现时，曾经奋斗过的过程，其实也是你所喜欢的过程。至于明天或者未来一周，半个月，一个月等，则可作为信心规划，让自己有目标追求。

最痛苦的不是梦想泯灭或者夭折于现实，而是现在回望年少时热血沸腾的梦想如今再难启齿。还有，最可怕的并非活得平凡，而是正在过着一种平庸的生活还觉得理所当然。

不要在二三十岁时就开始老去

大部分人在二三十岁时就死去了,因为过了这个年龄,他们只是自己的影子,此后的余生则是在模仿自己中度过,日复一日、更机械、更装腔作势地重复他们在有生之年的所作所为、所思所想、所爱所恨。

一个同事是做软件测试的,工作两三年,每个月大部分时间都在加班。晚上六点下班,他大概十点左右才回来,周末他也几乎没休过。

他每天回来后,打开电脑,放着无关的视频,听着新闻,然后还拿着手机刷来刷去,通常到深夜一两点。早上七八点又起来,赶去上班。日子就这样在重复,起初我还觉得不可思议,明明可以早些睡,为什么不呢?明明回来可以再学习,为什么不呢?

直到后来,我发现自己每天也开始日复一日地重复时,比如下了班,也无所事事地刷朋友圈,然后去写那些套路很像的文章,竟然有些不知所措。

不少人把二三十岁过成了年老的生活,日复一日地单曲循环,每天上班打卡下班打卡,回家躺在沙发上刷手机看电视。**有人可以依旧年轻,这个人可以是你,也可以是我。**

就像作家阿乙所说,**这个世界有一些人躺在泥泞里,看着生活把自己踩扁;而有些人拨开雾障告诉我们:人有活在云端的可能。**

我想,这种云端的可能大概就是,对这个世界还感兴趣,对这个世界还有好奇心,不断地旅游和读书。旅游从外扩展生命的长度,读书从内增加生命的厚度,从而给自己的生命注入新生的活力。

你努力生活，不是为了给谁看

我们从来不知道人生的路有多长，也不知道自己的内心究竟想奔跑多久，但我们却也清楚地意识到，努力地向前走，就是对人生最好的馈赠。

卫小姐是我学生时代最亲密的朋友，这些年，除了偶尔发下微博，她几乎很少在社交平台让我们了解她的生活。

上个月的同学聚会，卫小姐惊艳亮相。原本肥胖界的她全然去了一身的赘肉，精干动人，一双深邃的眼嵌在脸部，闪闪发光。

一个人的美好，从来不需要刻意表达，而是她坐在你身边，你就可以感受到她散发出来的品质。她在一个外企工作，已经在H城这个寸土寸金的地方付了一套房子的首付。

她似乎早已训练有素，在酒桌上应对自如。忽然间，老黄举起了杯子，冲向卫小姐，"卫，你说，你现在变得那么好，当年的老乔会不会后悔啊！"

他口中的老乔，是当年卫小姐倒追的对象，可惜老乔是个"外貌党"，当着全班同学的面大吼：长得跟肥猪一样，还是好好读书吧。卫小姐的情绪一下失控，整整哭了两节自修课，而后好几天都没有吃饭。

卫小姐说：我奋斗了那么多年，真的不是为了和他一起坐着喝咖啡哦！一个人一旦有了底气，一切干戈化玉帛的能力仿佛都在自己的掌握之中。

我们那么努力，不是为了感动谁，也不是为了证明给谁看，或许只是因为不甘心内心最好的自己被无辜遗弃，而日日夜夜告诉自己永不放弃。

你能不能放下所有的忧虑,让生活扑面而来

很多时候,我们选择朝另一个方向拐弯,也并没有我们想象的可怕,很多时候,我们并不只有孤注一掷的一条道路。

在我忧虑国内工作沉闷的时候,小龙从军校出来做了万人膜拜的老师。过了两年,我忧虑要不要去拉美,以及结婚生子的一切的时候,他说他想要把全部的积蓄拿出来,去拍一部电影。当我在联合会杯二十多天连轴转,在每天只睡四小时的日程中,熬夜看完了他的第一部电影。后来,当我忧虑要不要回国的时候,他说他在写一本书。而等我回到国内,他已经变成了畅销书作家。

生活有它自己的轨迹。在教英语的时候,他一定没想到之后的轨迹会是这样,很多事情,预料不到,计划不来。**我们拼命想要有一个确定的未来,殊不知,这个世界上唯一确定的就是变化。许多莫名的忧虑,其实都是一个伪命题。**

未来会是什么样,也许只有上天才知道。生活扑面而来。我们能看见的,能拼命抓住的,只有眼下。

我们都希望走一步就能看到未来的很多步,甚至能看清未来生活的轮廓,其实这都是我们美好的愿望。因为,如果我们不走出第一步,那么下一个机会会在哪里?天天坐在家里用脑子想是没有结论的。

我们要相信生活本身的力量。生活有它自己的轨迹,我们负责努力,生活负责给我们前行的道路上打开一条条路,给我们答案。只有走得越远,才能把生活的道路走得越宽。

意气风发的你,是回家最好的礼物

每到春节,我们都喜欢做市场的搬运工,不辞辛劳、不远万里地带着自己精心挑选的礼物回乡。这是因为,这些礼物多了些风尘仆仆的气息,被倾注了更多的爱与问候。

四年前那个春节,同事实在没挣到什么钱,两手空空地回到了家。不仅如此,他头发凌乱,穿着很旧的棉服,也不曾察觉到脚上的皮鞋已经破了,也没有过年的新衣装。父母看到他,开心得像个孩子,攒了一年的话都到嘴边了,可是看到他疲惫的神色,什么也没说,让他好好睡了个安稳觉。

第二天父亲问他,是不是在外面太辛苦,心疼地说,每次晚上打电话给他,他都是在加班。如果在外面打拼太辛苦,觉得撑不下去了,就回家来,家永远是他疲惫时停靠的港湾。

父亲走出房间后,已经二十好几的他哭得像个小孩。他说,他父亲没读过什么书,他不知道"港湾"这个词是怎么钻进父亲心里的,父亲肯定是怕伤了他的自尊,反复掂量了措辞。

别人关心你飞得高不高,只有家人才关心你飞得累不累。

这几年,他的工作渐渐有了起色。每次回家前,他还是很谨慎地从头到脚检查自己好几遍,头发有没有乱,胡子有没有刮干净,衣着是不是得体,皮鞋是不是锃亮。

对我们自己而言,过往的挫折和不顺心,都是时光赠予我们的礼物,无须耿耿于怀。经过家的拥抱和温暖,新的一年里,我们都应该重新整装待发,拿出更多的勇气和努力迎接未来。

请保持对世界的好奇

有一回和朋友聊天,聊到当今"什么人都不想见""玩也没什么好玩的""什么都没意思"的百无聊赖之风。我说:"好像大家都提不起对生活的兴趣了。"他答:"因为大家都老了。"

苍老的标志,不是鱼尾纹的增加,也不是身体开始僵硬,而是,你对世界不再感到惊奇。

你开始不理解孩子为什么喜欢游戏,因为你只想躺着。你开始不理解为什么要歌唱,要吟诗,要跳舞,要读书,你觉得有什么意思呢?矫情兮兮,一点儿用都没有。你开始不理解有人为什么要远行,因为你觉得"旅行就是从自己活腻的地方,跑到别人活腻的地方",一点儿意思都没有。你开始不理解有人为什么爱得山崩地裂,因为你已经对别人不再好奇……

如果想要青春不老,请捡起被你遗弃的法宝——澎湃的好奇心。 当你手持这枚宝贝,在探索之路上前行,许多奥秘会变成小惊喜,在你靠近时,忽然跳出来,像个孩子一样。然后,沿着这有趣的路途,你会发现一<u>丛丛</u>妙境。沉浸其中,你会觉得幸福。

最富好奇心者,也是最受欢迎的一群。他们有意思,充满激情,充满意想不到的妙趣,总有一种神奇的办法在平淡无奇的生活里刷新你对世界的认知。

你会不由自主,跟着他,去探究充满诗意的他事他物。而生命,就成了一个秘密花园,每行一步,都有层出不穷的惊喜。

永远幸福的人,都有一颗不皱的心。

那些低到尘埃的日子,是向生活最有底气的反击

那些把生命中的心态低到尘埃的日子,曾让我战战兢兢,但每一次努力过后的成就,都是不放弃的人对生活最好的反击。

大学舍友的生活非常简朴,生活费来源于学校的贫困生补助和勤工俭学,家里几乎不能提供经济资助。但这完全没有影响她大学三年,年年专业第一,每年一等奖学金。其间,她组织活动,做学问,当学生干部,参加大型比赛,生活得风生水起,不亦乐乎。

想起一位友人,在大学期间非常努力,当他的舍友还在睡觉时,他已经去了图书馆;当他从图书馆学习回来时,他的舍友刚要起床。大学毕业后他保研到了国内一所著名的高校,之后找了一份外企的工作,收入可观。聊到他取得成功的原因时,他说:因为知道自己在很多方面不如别人,所以会比那些人更努力、更勤奋、更谦虚,当你能给别人带来价值的时候,当你强大到别人的爹都赶不上的时候,那么谁都不能忽视你的存在。

起点比较低的孩子,跑得比较慢的孩子,如果一直奔跑,慢慢就会超越一路在前面大摇大摆走路的人。

我知道,如果"贫穷"不能打败我,那么必将成为我看到更美好远方的基石。同样,如果"贫穷"不能打败你,那么所有过去的艰难经历都会是人生路上最真切的回忆,让整个人生都可以抬着头,带着自己曾经努力过的傲气。

那些在生命中低到尘埃的日子,都是为了更真实地感受生命的意义。

什么样的生活，才是真正的富足

夏天我喜欢自己做冰棒，我做的冰棒叫小丸子。工具是一个水果挖球器。西瓜、香瓜、哈密瓜、火龙果、奇异果等，被挖成一个个小丸子，用细竹签串起来，单独包装在保鲜袋里，冻成冰就是小丸子冰棒，纯天然无添加。

新疆无核白葡萄、无核红提，是天生的小丸子。直接洗干净，用小竹签串起来，冻成迷你小冰棒。女儿最喜欢吃的就是这种冻葡萄粒。而我，最爱冻榴梿。榴梿整块挖出来，加一点淡奶油，搅拌均匀，放进冰箱，两个小时后，就是纯正的榴梿冰淇淋了。即使不加淡奶油，冻榴梿也有冰淇淋的口感。

榴梿很神奇，一种水果把人类分成了两队。做冻榴梿，冰箱是要遭点罪，就欺负它没鼻子。

什么是富足？就是夏天能吃到自己做的冰。小丸子是粗糙款，我身边有些大咖，可以做出比市面上卖的冰淇淋更美的水果冰。手作的魅力是时间换来的，费的功夫越多，产品出来时，你越觉得自己富足。所以，富足还是一种创造力。

人类与动物最大的区别，是我们可以在创造中获得巨大的成就感。世界上绝大多数的人，即使孜孜以求，也无法创造出一个新世界，只能守着自己的一亩三分地，在微小处耕耘。可是，当一片红心火龙果被做成猫头冰棒的样子，塞给不爱吃水果的孩子，他满足的表情会提醒你，你是一个富足的人。

所以，懂得在生活细微之处，创造不一样的新鲜感，愉悦自己，就是富足。

跨不过去是苟且，跨过去了是远方

很多人习惯将自己正经历的生活当成苟且，近乎偏执地认为远方存在着诗一般的生活。殊不知，你所谓的诗与远方可能正是别人眼前的苟且。**而真正诗一般的生活，从来都是在当下平凡的生活中发掘出美好，将平凡的日子过得不平淡。**

毕业第二年，我遇到了入职以后最大的挑战。公司接了一个大项目，我被临时顶上了项目负责人的位置。甲方项目催得急，足足半个月时间，我都是每天满负荷工作。

可就在我把项目交上去后，甲方那边又出现了重大变更，看着那些被退回的资料，我的心真的跌入了谷底。下班路上，我突然感性了起来：我要辞职。

当这个念头出现在脑海后，我瞬间就像被魔鬼上了身，回到住所便整理衣物，背着行囊就出发了，甚至都没想过先辞职这种事。

我想起刚毕业的时候，我和同学两人在一秒内做出了一个辞职旅游的决定，在外游荡了一个月，但并没有找到想象中的诗与远方，而是回来后啃着馒头重新找工作。

我彻底失去了一开始的冲动，背着背包又默默地走了回去。第二天我便沉下心来，带着两个实习生仔细核验修改。

人生是一场修行，生活更是需要一份智慧与定力。同样的事情，相同的境遇，有些人将生活过成了苟且。可同样，也有很多人将生活过成了诗与远方。

跨不过去是苟且，灵魂仍被牢牢地困锁在原地；跨过去了是远方，即便身处闹市，还是可以寻得内心的皈依，享受自己独有的诗。

那些废话里,藏着你最大的幸福

记得有一期《艺术人生》的访谈,主持人朱军问那时还是单身的演员王志文 40 岁了怎么还不结婚。王志文说,没遇到合适的。朱军问:"你到底想找个什么样的女孩?"王志文想了想,很认真地说:"就想找个能随时随地聊天的。"

"这还不容易?"朱军笑。

"不容易。"王志文说,"比如你半夜里想到什么了,你叫她,她就会说:'几点了?多困啊,明天再说吧。'你立刻就没有兴趣了。**有些话,有些时候,对有些人,你想一想,就不想说了。找到一个你想跟她说、能跟她说的人,不容易。**"

是的,找一个能随时随地聊天的人,真不是一件容易事。你是不是也有过这样的时刻:心里憋屈想找个人倾诉一下,翻了半天手机通讯录,面对着几百个名字,却找不到一个可以拨出去的号码。然后,轻叹一声,点上一支烟,独自发呆?

在上司面前你毕恭毕敬,不敢多说一句废话;在办公室你小心翼翼,生怕说错一句话。只有在那个愿意和你废话的人面前,才可以卸下所有的伪装,发发牢骚,说说抱怨,不必措辞,不必逞强。

其实,最好的感情就是可以在一起说很多很多的废话,没有什么主题和要素,却说多久都感觉不够。

珍惜那个愿意对你说废话的老人吧,他的废话里,藏着你最大的幸福。有空多陪他聊聊天,子欲孝而亲还在,绝对是命运对你我的恩赐。

珍惜那个一直愿意陪你说废话的他吧,他的废话里,藏着对你最深的爱,他才是最爱你的人。

人生需要你以热爱相待

作为一个体育迷,看了丘索维金娜不知多少届奥运会了。一个运动员以40岁高龄仍在为患白血病的儿子征战赛场,让人动容。2008年北京奥运会上,她说:我已经参加这项运动25年了,我依然如此爱它。我喜欢训练、喜欢参加比赛,我希望自己能一直坚持下去。

2012年伦敦奥运会后,她说:我已决定退役,我真的很爱这个项目,也为它付出了很多,但我总有跳不动的一天。是时候开始另一段人生了,但我的心不会离开体操。

在她身上,我不仅仅只是看到一位母亲为爱而战,更看到了一位运动员用热爱为自己的生命而战。

像丘索维金娜这样的老将还有许多,51岁才退役的乒坛老将瓦尔德内尔,在110米栏赛场上奔跑了20年的阿兰·约翰逊,篮球迷们熟悉的王治郅、穆大叔……太多太多了。

作为运动员,他们用热爱谱写着职业生涯的辉煌;平凡如我们,也应当热爱自己的人生。

多一份热爱,才多一份坚持。有了这份热爱,更有了一个坚持下去的理由。

真正的热爱是全身心投入的钟情,是充满幸福的幻想。即使过程酸甜苦辣,即使结果没有回报,也无怨无悔。

罗曼·罗兰有句名言:世界上只有一种英雄主义,就是看清生活的真相之后依然热爱生活。

学习当如此,事业当如此,爱情当如此,人生更当如此。甚至是最平凡的柴米油盐里,其实也藏着你热爱生活的英雄梦想。心中有爱的人才更能享受人生,不是吗?

文/徐嘎

枕边有书，梦才踏实

当白昼的纷扰让位于夜的宁静时，床边一盏浅紫色的台灯"啪"的一声，打开了通往古今的门，跨进那扇门，便可与智者先贤促膝谈心。

此时，是最闲的时候；此时的人，是最闲的人；捧一本闲书，悠闲地读。自然无须正襟危坐，靠着床头也成，斜躺着也无不可，是何等的安逸自在啊！

那些闲书，非商海，非股票，无涉实用，无涉功利，和心灵相通即可。有唐宋的诗词、明清的小说，骚客文人或豪放或婉约或深邃或飘逸的方块字，如清茶如美酒，会让捧卷的人醉在夜色中。有鲁迅深刻的乡土人文，有汪曾祺清新的花鸟鱼虫，也有并非出自大家之手却自蕴一份意境的作品，书香满室，心若蝶，流连在百花园里。

心闲下来了，遂被那盏雅致的台灯引领着，漫步于亨利·梭罗的《瓦尔登湖》，该书译者徐迟先生说，到了夜深人静、万籁无声之时，此书毫不晦涩，清澈见底；吟诵之下，不禁为之神往。生活的方式很多，梭罗选择了简单，他在瓦尔登湖岸，凭着简单的物质资料哺育出丰富的精神生活。那面清澈见底、闪烁着智慧之光的瓦尔登湖，需要我用一生的时间去阅读。

夜晚是阅读的好时光，一边在文字中行走，一边抛下白日里挤进心灵的琐碎杂务。生活磨砺出的角质层得到修复，一颗心，变得轻盈，可飞，天之涯，月之上，浩瀚无际的星空里。美妙而空灵的境界之中，清风为翼，星月相随，这次第，怎一个"妙"字了得？

请珍惜这平凡的生活

十七八岁的时候,憧憬着未来,幻想着爱情,可是又得把自己埋进题海,睡得比狗晚,起得比鸡早,为高考竭尽全力。但这就是我们的青春,它只有这一次,波澜不惊也好,念念不忘也罢,它真实美好,一去不返。

刚入大学的我们,光明正大地恋爱,通宵达旦地喝酒。我们迷茫又肆无忌惮地挥霍着青春。快毕业的时候,有的同学准备考研究生,有的同学参加了公务员考试,有的同学工作有了着落,而自己好像后知后觉,晚了一步。

工作了,你固执地留在大城市,起很早,把自己埋没在人潮拥挤的地铁,踏踏实实地完成老板交代的任务,小心翼翼地面对骄傲的客户。有同事提拔了,有同事辞职了,而你在平凡地坚持。

结婚了,你走进菜市场,看那些五颜六色的蔬菜,计划着今天吃什么。你买了新鲜的排骨,打算为爱人煲一锅汤。你们在一起享受一个周末,去郊外看看被遗忘的四季,读一首诗,看一部电影。发奖金了,你给爱人准备一份礼物,给父母汇一笔钱。

第一次做了父母,生命里又多了一个人。**大部分时间你都在平平淡淡地过。只是偶尔,一些美好的事物悄悄降临,他们让你喜悦而幸福。**

有人说,这世界不止眼前的苟且,还有远方和诗。可是,谁说眼前的就是苟且?我们活在这世上,靠自己的双手养活自己,何来苟且之说?而诗,是面对生活的态度,是安顿内心的良药。心中有爱,善待生活,就会有诗。

唯有珍惜,因为一切都是馈赠。这就是平凡的生活。

对不起,你还过不起安逸人生

安逸,应该是人生的终极目标,而不应是年轻时逃避进入狗血人生的理由;是在经历年轻时期的奔波岁月后,内心的愉悦富足。

毕业时,一边是稳定安逸每天上班八小时的国企,一边是被冠以"加班狂魔"的互联网公司。如果我选择前者,至少可以让我省去一大波奔波折腾;后者,则无疑会是脑细胞极度透支、劳心劳肺的结局。

国企,能预见的是一帆风顺的未来:或许不会有太多升职加薪的机会,但日子会就此平顺。互联网,必定会是一路艰险,充满挑战,但随之而来的会是更快速的成长、更多专业技能的提升。

这世上,很多东西可以蒙混过关,唯独内心的声音无法欺骗、无从逃避。我怕极了每天行走在看得见未来的路上,怕一不小心被社会淘汰,怕日复一日没有惊喜地麻木过活,最后毅然选择了更辛苦的互联网公司。

为什么我拒绝拥有所谓的安逸人生?因为害怕"身还在,心先死"的悲剧。这样的人生,跟行尸走肉有何本质区别?

为什么我拒绝拥有所谓的安逸人生?因为想在还有力气用力折腾的年纪,攒下年老后真正安逸的资本。因为,你的未来只能自己埋单。

为什么我拒绝拥有所谓的安逸人生?我想在有限的生命里,创造属于自己的无限价值,一步步满足内心对世界的好奇,在生命尽头安然离去。

那些能让我真真切切体会到生命意义的,能令我身心愉悦的东西,都想在最好的年华用力尝试一遍,哪怕遍体鳞伤,那又怎样。

只有一种好吃的，全世界你都买不到

我从高中开始一下子吃了七年的食堂。好不容易放假回趟家，妈妈这个大厨总是要问无数遍，中午你想吃什么，晚上你想吃什么，然后张张罗罗那么久，只换来我随便吃两口就说饱了。

那个时候还没总是吃外卖，不知道妈妈做的饭吃到胃里的那种安心和舒服。还总想着，要不要全家一起下个馆子改善改善。那个时候我的胃和当时的我一样，充满了年轻的叛逆。**没有预见到，多年后，能吃一顿妈妈做的饭，才是改善。**也不知道，现在最大的纠结，是中午点哪家的外卖。

每次我从家回北京来，我妈恨不得让我把家里能拿走的都拿走，最好家里的米都让我扛上。甜妞爸爸总是往她包里塞超多特产面，又炒了够她吃一个月的肉让她带走。**因为，好吃的那么多，但是只有妈妈做的饭，有家的味道。**

> 就算我们吃遍了全世界的山珍海味，尝到妈妈做的菜，味蕾还是会一下子打开，随之而来的，是汹涌澎湃的记忆。
>
> 我们这辈子会吃到很多很多好吃的，会买到很多很多让我们吃一口就惊艳的食物，我们可以花钱买来各种美味的东西，去各种有名的餐馆。但是只有一种好吃的，是错过了就再也找不到的，那就是妈妈做的饭。

今天，你想家了吗？

文／王大纯

每个人都应该有自己的一套生活智慧

每个人都会有自己的公式,解决很多大大小小的问题。

一个同学给我讲,他们学校有两个元老级教授,一个崇尚自由,一个崇尚克制。

一个生活潇洒,抽烟、喝酒、熬夜,从来没什么固定的作息时间表。他是滑翔伞的骨灰级玩家,经常有人慕名来拜师学艺。据同学分析,虽然他各种"摧残"自己,但实在是过得太快乐了,该经历的都经历了,想做的都做了。

另一个生活极其规律,每天早上五点起床,健身,吃早餐,然后开始一天的工作。几十年保持着规律的生活作息。精确到几点回家,几点躺下来,甚至上午十点一杯牛奶,下午四点一根香蕉都没有中断过。他平时喜欢书法,去年还办了个人书法展。

两个人都是喜欢分享生活智慧的人,给同学们上课期间总是穿插着说说怎样生活才是有意义的人生。讲完之后,看同学们笑而不语,二人都会半开玩笑式地说:"××老师跟你说要作息规律/想什么时候睡就什么时候睡,别听他胡说八道!"同学们傻了,谁活得更好?

其实,生活中从来没有一个标准的公式来判断对错是非。很多事情,没有对错,也没有更好,只有适合不适合。真正的标准,在每个人心里。静下心来,给自己一段时间,慢慢地,心底的判断标准就会清晰明朗。

要明白,人人生而不同。每个人都应该有自己的一套生活智慧,不盲从,不偏激,不虚伪,不妄自菲薄。 然后,用它来指导眼前的生活,对自己的内心真诚,才是靠近幸福的捷径。

世人都想拯救世界，却没人帮妈妈洗碗

对于父母来说，最好的陪伴就是常在身边。只要有你常在眼前，一切都会温暖。

萧雅学习很努力，毕业后便留在了远离家乡的大城市工作，她一年之中也就回家一次，每次待十天左右。回到家，父亲母亲就会像招待远方的贵客一样对待萧雅，等女儿走的时候又是一把鼻涕一把泪。

父母希望你能出人头地，能有一番大作为，其实说到底，是希望你能幸福。如果他们给不了你想要的生活，那么他们会放你走。**与此同时，父母的幸福不过是儿女相伴，子孙绕膝，你的离开也就剥夺了他们幸福的权利。**

那年冬天，萧雅打算直到除夕前一天再回家。还没到归期，萧雅就收到了家里的噩耗：父母亲煤气中毒，抢救无效身亡。

这样的消息让萧雅沉湎于失去亲人的悲痛之中。或许她早一点回家，父母就不会烧那种廉价的煤炭，不会那么大意，不会变成现在这个样子。她后悔没有及时回家帮妈妈置办年货，没有帮妈妈洗一次碗，没有多陪爸爸喝一壶酒。

年轻的时候老想往外走，把陪伴抛之脑后，"树欲静而风不止，子欲养而亲不待"的道理只在某些时候才让人彻悟，而彻悟的时候往往早就为时已晚。

你长大了，生养我们的父母却不再年轻了。在父母看来，你在的时候，天天都是过年。你不在的时候，年年都难过。

拯救世界很困难，为父母做点事情却是很简单。

最好的时光是偷来的

一个偷时间的人根本不觉得那是疲惫生活,因为他正享受其中,那是他一个人的世界,以及最好的时光。

出差时,时间会被工作安排得很满,若想再挤时间去看一座城市的风景,难免会有些不自量力。我拿着地图计算着宾馆和景点的距离,正当想放弃时,同事却拿出来一个本子,上面记录着他去过的城市,他对一些风景独特的感受。

周围的同事无不瞪大双眼,言辞中满是羡慕。这些城市都是我们一起走过的地方,若有不同,其实就是他会在心中记下城市最好的风景,然后一定会去看,那时我们多半是在睡觉或玩手机。

于是,我暗暗下定决心,也要像他那般,每到一座城市一定去看其中最经典的风景。夜晚,我的内心突然响起一个声音:"你还真打算去?咱还是洗洗睡吧!"

凌晨四点半,我真的起来了,当我来到公园看日出时,每一束阳光从海面挣扎而出,仿佛来自天堂。那一刻,太阳平静而执着,像一个成长时想极力离开母亲怀抱的孩子。我不禁热泪盈眶,想象着多年前自己一个人去外地读书时也是这般景象,如此想挣脱那束缚。

时光如水流,不去珍惜,它只会荒废,一旦如拾珍宝般去爱它,它一定会给予你最正能量的回应。

我愿为每一个偷时光的人鼓掌,我愿致敬每一个与时间赛跑的人。**此时,每一个偷来的时刻,都是最美的时光。等以后再回想时,或许之后所有的成败,都抵不过那时努力所带来的欣喜若狂吧!**

你知道你在自欺欺人

问心无愧是一件多么难的事情。

问心无愧的反义词不是歉疚,而是自欺欺人,是明明已经低下了头却要想办法维系所谓的自尊,是明明已经妥协却要一遍遍告诉自己只能如此,是明明已经失去了却还要假装自己不是那么在乎——自欺欺人的代价往往就是与自己决裂。

人生并不是一场随随便便的游戏,我们的每一天都被赋予了诸多的可能性,存在着简单或者艰难的选择,但是不论如何抗拒,我们都必须选择一条路,过好我们的人生。

我们都将肩负起对自己人生的责任,无论意愿如何。成功与失败在世俗层面上难以定义,唯有我们内心知道最想要成为的自己是什么模样。

我曾七次鄙视过自己的灵魂:第一次,当它本可进取时,却故作谦卑;第二次,当它在空虚时,用爱欲来填充;第三次,在困难和容易之间,它选择了容易;第四次,它犯了错,却借由别人也会犯错来宽慰自己;第五次,它自由软弱,却把它认为是生命的坚韧;第六次,当它鄙夷一张丑恶的嘴脸时,却不知那正是自己面具中的一副;第七次,它侧身于生活的污泥中,虽不甘心,却又畏首畏尾。

在纪伯伦这首广为人知的诗篇里,我们被触动的原因,大概就是因为太多的时候我们都在欺骗自己,自己限制住了自己。我们宁愿相信一个谎言,也没有勇气面对人生的真相。到最后,只剩一个个辗转反侧的夜。

> 用光了所有的力气,花费了所有的认真,鼓起最大的勇气去尝试——才是一个可以拿出去的生活态度。

让日常,不寻常

小曾为喝上好咖啡,居然跑去学习专业的咖啡烘焙技术,再回来时,有了一家咖啡馆。咖啡馆取名"少少",店里装修也的确少到简陋。灰色地板漆,原木桌椅,几只柜子都是中古家具,上面摆放着她平时看的书,四壁挂着自己的画儿。一根枯木劈成两半拼成茶桌,去山里玩捡到的黄杨木枝和竹枝被她细细打磨成茶扒和茶针……

她的眼神扫过店里看似普通的摆设,"这里的每一件东西都有用,每一件小物都有故事在里面。空间里没有'无用'的东西,每一件器物都传达着爱,空间才舒服。只有舒服了,才有美的可能性。"

可我一度以为:美需要拥有很多量。

后来我渐渐明白,当实力足以占有更多物质,如果没有同步学会管理欲望,人心会像漂浮在海上的船,因为没有正确的航向,任何方向的风都是逆风。

没看清内心,占有再多,最终都会以厌倦收场。

设计师凡德罗说过一句影响全世界的话:Less is more.(少,即是多。)他能从独属自己内心的"Less"里,找到无限的快乐外延,这才是让生命丰富的正途。

让人生变美好的,不是一生一次的惊喜,而是平常日子里一粥一饭的感动。

告别平庸的设计,告别无趣的日常,在生活中修行,在日子里体会"慢"的力量,就有机会开启人生全新的一面。

找到真正的喜爱,而不是胡乱尝试;懂得做选择,而不用事后摒除。即使是琐碎的日常,一点小小的变化也能让日常,不再寻常。

那不说一句的爱有多好

记忆中的父亲仿佛永远不讨喜。他不知道你爱吃什么爱穿什么,却总是频繁地过问你的成绩;他在你和同学朋友争吵打架时,从不会替你出面,反而会把你罚站在角落,逼你一遍遍地承诺:我再也不打架了。

你除了有些怕他,甚至有些记恨他。你虽然看到了,那个被你定义为冷酷的男人满眼的不解和满心的忧伤,但你并不觉得有错。因为你觉得他不爱你,你听不到他对你说爱。

读大学之前,父亲为你摆一桌升学宴庆祝,你头一次见父亲那样高兴,他十几年的喜悦都在那一天释放了。

酒过三巡,他揽过你,说:"娃啊,出门在外别亏待自己,有事和你妈说。"

每周,你往家打个电话,如果是你妈妈接,你会絮絮叨叨地说很久,关于校园关于思念关于生活琐事。

如果是你爸爸接,你一准儿只有一句话:"爸,我妈呢?"

后来你发现每次往家打电话,接电话的总是你爸爸。你开始有些不满:"怎么老是你?我妈怎么不接电话?"你爸爸低沉地"哦"了一声,把电话递给你妈妈,你再又絮叨了十分钟之后放下电话,心里突然有根弦响了,你知道了:每次都是爸爸接电话,并不是碰巧,应该是爸爸早就等候在电话旁边,就为和你来一段开场白。因为如果是妈妈接了电话,那他和你基本又是一周说不上一句话了。

你开始懂得爸爸,懂得这个剽悍的男人形象里内心的一丝柔软。儿时粗犷的父亲,不知道什么时候开始变得细腻和敏感了。大概,就是从你离家读书的那一天起吧。

每次回家,妈妈为你备好短袖短裤、棉袄棉裤,陪你唠一年的嗑儿。爸爸却骑着单车去赶集卖货,你觉得爸爸太俗,太看重钱,你一共在家几天呀,他还像以前那样不知道在家陪陪你。

可是他驮着你去车站,你听到了他因力气不够而累得气喘吁吁时,你开始心疼他。

你谈恋爱了。听说,爸爸也加薪了,可以加倍资助你的恋爱基金了。

你不知道的是,他的所谓加薪只是多谋了一份工,多出了一份力而已。你开始渐渐懂得,只有父亲,从来不说爱你,目光却从来没离开过你。

你也一定是知道的,人生前路凶险,前途未卜,但这都不是你哭泣的理由。你不怕呀,你知道身后一直有一个沉默的男人,他视你为瑰宝,爱你如生命。那一刻,你心安极了。

回到家,母亲端上透亮筋道的红烧肉,你一边吃一边和妈妈聊天。半小时之后,你突然来一句:"妈,我爸呢?"

话一出口,你自己也感到意外,以前张口都是找妈,现在竟然也知道找爸了。

本来在另一间屋里抽烟的老男人,激动地起身,右手猛地在脸上抹了一把,赶紧出门去了。临关门说了一句:"我去市场看看,再买点你爱吃的。"那声音里分明有颤抖有难过,还有心疼。

而你心里,已经分不清是什么滋味。

哭了。

又笑了。

你和妈妈说:"妈,您和我爸别担心,我会好好的。"

那一刻,你终于明白,父亲那不说一句的爱有多好,多好……

你的奢望要配得上你的本事

曾经，我有一个神一般的保姆，她在我家有着无与伦比的地位。

她只喝自己带来的祁门红茶；她必须睡硬板床，柔软的席梦思是万万不行的，因为担心驼背；她每天早晨一定要吃用纯碱手工而不是发酵粉做的馒头；她每个礼拜天务必休息；她还对我的饮食作息严加管束，我在家做的事得由她把关。

你问我为什么要忍？

因为那时，我的宝宝刚刚出生，每一个小小的孩子来到这个世界，都不会自带使用说明书，面对这个伸腿蹬脚的小人儿，全家都犯难，而我要继续工作，只有她才能搞定一切。

忽略她的脾气，她是我见过的最卓越的保姆——她当得起"卓越"这个词。

孩子在她手上完全是个小把戏，除了所有带孩子的基本功，她会抚触会按摩，会拍嗝儿会治病，宝宝到点就睡醒来就吃，不哭不闹心情良好，她就是一本关于孩子的百科全书。此外，她亲手给我做固元膏，传授我中医知识，了解一切生活里的小窍门，拆洗窗帘、收纳整理、熨烫衣服、烧菜做饭、读书看报，除了不会英语，她的技能和水准简直是国际化的。

她的能力撑得起她的脾气，所以，我心甘情愿、百般佩服地忍了。

一个人，当 TA 对生活提出要求的时候，生活也会对 TA 提出反向要求，所以，比较现实的做法是，首先反复掂量自己有多大本领满足生活的要求，考察自己的能力与愿望是否匹配，然后再给出问题的答案。

文／李筱懿

生活的坑都是自己挖的

看起来,一个人把自己交给痛苦,比交给快乐更容易一些。

譬如,听别人讲话,听到最后,耳朵里只会记住两类话:最愿意听的和最不愿意听的。然后,喜欢听的未必化成快乐,但不喜欢听的一定化成了痛苦,其他的都化成了风。

有时候,风都早已刮过去了,一颗心,却还在一片无关痛痒的云彩里下着雨。

人的选择性就是这么顽固,顽固得近乎荒唐。也就是说,你本可以云淡风轻地活,然而,却无缘无故地受了伤。是的,有些伤害是来找你的,而有些伤害是你找来的。

坑其实是自己挖的。光阴的泥淖里,多少人,都是自己逗着自己玩。

如果生活没有对你曾经犯下的错误做出惩罚,你要告诉自己,这是宽恕。

但不要因此而得寸进尺。或者说,你不能因此而欺负生活。生活不想以此纵容谁,只是想让所有人明白,谁都有犯错误的时候。

也不要把这一切推给命运,既然所有的结局,开始就已经料到。所有的惩罚,都是水到渠成的铺垫,不要让命运为你的贪婪埋单。在欲海里浮沉的人,个个都是亡命徒,为欲望亡命,是已经注定了的结局。

这个世界,有侥幸,但不宽恕侥幸,不要把自己一步一步拖到付出代价的境地。 生活中一切的罪与非罪,罚与非罚,良心会有知,光阴会有知,天地会有知。

不去欺负生活,生活自会安妥地待你。清白干净的灵魂,特征只有一个:无愧过往,不畏将来。

请别总急着将生活推翻重来

"重新开始"这四个字像是具有无比强大的魔力,太轻易就让我们看到一个未知的、新鲜的、触手可及的世界,迫不及待地想推倒我们以为存在的生活的高墙,脚步匆匆地向着新的世界出发。以为只要到了新大陆,一切都会自己好起来的。

我们总试图通过改变外界的环境,来为自己枯燥单一的生活注入一点新鲜感。可是生活原本没有高墙,高墙只在我们心中。我们的无力感并不是来自生活,而是来自"懒得去思考,懒得去改变,懒得去修补"的心态。

重新开始,这四个字听起来那么容易和美好,而远方那个陌生的、新鲜的世界的光芒又太过强烈诱人,轻易就让我们只专注于缥缈不可知的"未来",反而忽视了那些在现有的生活中,力所能及可以改变的地方。

做了三年、四年乃至更久的工作,真的就再没有任何可以学习的地方了吗?你是否在这些日子里成了行业的翘楚?如果没有,你和他们又有着怎样的距离?

网络的普及已经为我们打开了一个无限广阔的世界,只要一个人真正愿意学习,他可以不费力不费时间甚至不费钱地找到资源。

一个相处了太久的恋人真的会无趣吗?会被日复一日的柴米油盐从五彩斑斓打磨成暗淡的灰色吗?还是因为,你从来都没有一颗能够发掘趣味的心呢?当来自外界的强力刺激感退去,无论跟谁在一起你是否都会觉得无聊呢?

我们总急着逃离生活,却被自己的心困于高墙之内。

我曾经有一位朋友,在一家连锁酒店做前台,一做就是三年，当我们都以为她已经被磨平了斗志，准备在这个岗位上老死的时候，听说她一举应聘上行政经理职位的好消息。

聚会的时候大家纷纷打探她的"逆袭史"，她笑容温和眼神淡定："其实真的没什么，我每天都在学我们的经理是怎么待人处世的，怎么处理员工之间的纠纷，怎么平衡各人的工作量，怎么协调各部门的需求和关系。"她露出一个狡黠的微笑，"这个工作唯一的好处，就是我的座位正对着她的办公室，而她讲话声音超大还总是不关门。"她说得轻描淡写，我却知道她付出的远比说出口的更多。她曾经让我推荐英语学习班，每个周末风雨无阻都去上课。她曾经拖着我逛书店买下的一本本厚厚的有关管理的书籍，每一本都读得烂熟。她曾经为了将酒店的工作服穿得好看，逼着自己减重二十多斤。

或许这才是逃离无力感最正确的方式。不是不顾一切地全盘推翻，也不是口称"追梦"而轻易将生活格式化重头来过。而是偃旗息鼓像个卧底，隐藏在生活的角落里，悄无声息地让自己一天天变得强大，如同肖申克在监狱中为自己挖一条逃生的路。

我们需要逃离的从来都不是生活本身，而是自己安于现状、抗拒改变的心智模式。摆脱不了这种模式的人会一辈子被无力感追捕，东奔西跑疲于奔命，或是干脆抹杀自己想要上进的一点点斗志，安于做无力感的猎物。

请别太急着推翻自己的生活，急于摆脱让我们心生倦怠的工作、专业和恋人。如何"挖生活的墙脚"，为自己的心找一条出路，让生活更充实一点，更有趣一点，更有希望一点，才是最应该先去思考的事。

对抗自己的心最辛苦，然而只有对抗它，才是我们真正生活着努力着的证明。

人年轻时多读一些好书到底有多重要?

人年轻时多读一些好书到底有多重要?

读书,首先可以修炼一个人的气质、雕琢他的思想、升华他的人格。

我有一个作者朋友,家中藏书万册。他谈吐不凡,为人精巧,这一点从他写的文章中便可略知一二。因为一个人读的书越多,他便越能通晓道理,就越能透过表面看到内在的矛盾冲突。所谓动之情、晓之理,知书达理。所以,很多时候,若你充满了困惑,何不静下心来,喝一杯茶,看一本好书。

也许答案就在书中,迎刃而解。

再来,读书能让你拥有丰富的人生体验和澄澈的心灵感悟。

或许你没去过北极,没到过冰岛,没见过密西西比河沿岸葳蕤茂密的森林,但书能带你抵达,每一本书都会留给读者宏大的想象空间。无论是社科学术类的工具书,还是文学戏剧性的故事小说,都能为你展现不一样的世界。感受那份心灵的震撼,这便是文字永不消逝的魅力。

读书,还能为人生指明出路,照亮前进的脚步。

很难说,要读多少书才能改变人生、改写命运,但我知道不读书一定不会有任何改变。前段时间和朋友聊,我问起今年的计划,很多人都说九月就要读书了,我很吃惊,说你还没毕业吗?他们摇头,不是的,是工作了之后突然发现还是读书好啊,要多读书,然后笑称:回炉重造。

所以,如果真的有一天,你的人生出现了困境,还能去读书的话,就努力拼一把。毕竟,在充满荆棘的人生之路上,枕边还有好书相伴,你会被这份力量鼓舞,为这份恩赐动容。

你今天必须坚强的理由

爸妈都已经青春不再了,他们曾经也有梦想,也曾风华正茂,只是现在他们的梦想变成了我,他们把自己的下半生都倾注在我的身上。他们从来就不欠我什么,是我欠他们的,可是我还在一味地索取。爸妈都渐渐老去了,而我根本无法想象有一天全世界最爱我的人离开是什么情景。我根本无法想象,我也根本不敢去想象,我只希望那天永远不会到来。

写第一本书的时候一直瞒着爸妈,主要是怕我爸说我不务正业。后来出书后,虽然我爸还是常常数落我不务正业,可是他却是第一个把我的书看完的人。现在我站在我爸身边已经比他高出很多了,他总是不服输地说我没比他高多少,不知道为什么,每次他这么说的时候我都很心疼。

我妈每次跟我视频都会问我,钱够不够用什么的。我每次都说够了,可她下次还是会问,其实我知道她就是担心我过得不好,所以我从未在她面前示弱过一次。虽然我常常跟我妈闹别扭,可是在我心里,她就是全世界最漂亮的女人,没有之一。

记得以前看过一篇日志,里面写:"为何人要背负感情?人活在世上已经很不容易,为何却要懂得'情'字,为何要为所爱所念之人心疼?亲情、爱情、友情,哪一样不是沉甸甸地压在我们心头最脆弱的那一尖上?"

人为何要背负感情?因为我们只有经历了这些,才能更好地安慰他人。一个人会觉得过不去,是因为他只想到自己,想想身后的父母和朋友,就会觉得没有什么过不去的。

你的父母正在为你打拼,这就是你今天需要坚强的理由。

不是读书无用，而是你无用

最近有一篇评论刷爆了各大媒体，只因为它指出了一个普遍存在的事实：不是读书无用，而是你无用。针对层出不穷的"读书无用论"，作者说，种种无用中，最无用的是将自己的一事无成归结为读书所致——我失败不赖我，赖读书没用；要不是当初浪费那么多时间去读书，我也许就有用了。读书无用论给他们提供了那么舒适、有面子、有理由的庇护所，从而理直气壮地回避了自己的无能。

为什么这篇文章这么火？大概是因为有效击中了人的一种内心本能——**人们倾向于将失败归因于外在，而不是归因于自己。**而实际上，这样的想法并没什么好处。这就像很多人会把遇到的挫折都归为"命不好"这种外在不可控因素一样。把一切责任推给别人，自己就不用再去努力了，然后就能心安理得地"顺其自然"下去。什么都不用做，水往下流、人往下走的时候最轻松最舒适。

但"听天命"的前一句是什么？先尽人事，方听天命。

而我们大多数人，思考的偏偏是我们无法控制的事：担心领导的心情不好，责怪同事不够友善，抱怨对手总是太强……对于生活中自己能改变的部分，却一厢情愿地视而不见。宁愿像"富爸爸"所说的那样，"放弃生活的每一次推动"，却只是"随时准备着当永远不会发生的事情发生时以解救自己"；不去从自身努力做好一切能做的，总期待下一次情形会无缘无故地变好。

我想，天下最智慧的人不过如此：行有不得，反求诸己。困难和挫折遇到了，经历了，把能想到的想到了，能努力的努力了，能避免的避免了，剩下的，随缘吧。

文/慧慧

每个人都在用力活着,用自己的方式

为什么觉得生活苦?为什么会走上现在这条路?对着镜子问问自己,你会发现,你现在的境遇从某种程度上来说,都是自己选的。既然是自己选的,就不要抱怨,有的时候一条路开始了就不能回头,也不要去回头,不为了别的,只因为**既然在开始时你有勇气做选择,就要有本事自己承担起后果。**

我们都在按自己的方式活着,也许看起来过得很有意义,也许看起来过得毫无意义;也许看起来过得很安稳,也许看起来过得不靠谱。

但这就是我们生活的意义——**你和别人的不同,就在于你怎么活**。没错,你身上一定有能让你发光的东西,那是你自己的节奏,那是你与众不同的东西。那是你的路,你必须自己走,才能找到出口。

> 但是亲爱的朋友,在给自己一个交代之前,在还没有彻底甘心之前,请继续努力下去,直到有一天我们都能够以自己的力量平稳地站在大地上,那是属于你自己的力量,不必害怕它消失。

写给一直坚持早起去图书馆背书却被别人嘲讽的你;写给没有好好学习而在别的方面做出成绩却被人误解的你;写给每个在深更半夜还在为了自己想要的生活而努力的你。

文/卢思浩

房子也许是租来的,但生活不是

我和松松在上海工作,我们有稳定工作,出入高档写字楼,经常出差飞来飞去,相比于许多的同龄人,都有着难以掩饰的优越感。但是,每当我一聊到身边的同学,很快就道出不明所以的感慨来:"虽然别人在小地方只有三千来块工资,说实话还不够还你信用卡一半的消费,但是,别人已经买房买车啦,就算是借的父母的钱也好,朋友的钱也好,靠山吃山,靠水吃水,结婚的结婚,生孩子的生孩子,像我们呢?外表光鲜,其实什么都没有,连房子都是租的。"

"但是,我觉得,我们不能因为房子是租来的,就要把生活也过得像别人给的一样,随时都可以拿回去,所以,我们在上海是来干吗呢?我觉得就是要活成另外一个自己,一个别人随时可以拿走你的东西,但是永远拿不走你生活的那个自己,丢了工作,可以找到待遇相等的,丢了爱情,可以找到一个对自己更好的,我们不是租了它们,而是我们有资格拥有它们,你说对吗?那些说我们站着说话不腰疼的人,我想,根本原因还是因为他们没有站起来过。"松松总是自信地说。

我们在上海三年了,在此期间,难道真的就是处处快乐的吗?并非如此。就像每一个努力活着的人一样,我们花了很长的时间去给自己充电,让自己变得三头六臂,甚至更坚强,希望每一次站在别人面前的时候,都能表现出最好的自己。

有一次,松松应该是去了西塘或者扬州,她就这样闲逛了一个下午,然后很开心地告诉我,那个地方,走走也是不错的。明明听起来那么孤单的话,但是她却还是很开心。

还有那么一次,一个朋友说简直受不了上海的生活,这样的日子到底有个什么嘛,除了高收入高支出,回到家连个说话的人都找不到,一点儿归属感都没有,简直就是浪费青春。当时松松很不客气地说:"归属感又不是别人给你的,是你自己给自己的,难道你回到老家,靠着父母吃吃喝喝就叫归属感吗?你在小城市上班,自己住一套房,就不会这样孤孤单单了吗?"

松松收拾碗筷的时候,侧身和我说:"周,问你一个问题。"

"你说。"

"洗澡的时候,你有仔细听过莲蓬头落水下来的声音吗?"

"呃,说起来,还真的有过。"

"有没有觉得,那种声音,会让你特别平静,不管外面有多少烦躁扰心的事情,但是就是在洗澡的时候,都与你无关,只剩下水的声音?因为那一刻,你特别清楚,没有人来打扰你,就是自己一个人,能听到自己内心的声音,我觉得,这就是生活。"

那天夜里,我们俩慢慢走到地铁口,风很大,吹得我们几乎不敢随意伸出手来,我转头说:"你回去吧,风那么大。"她点点头,准备往回走,我突然想到说:"对了,好像马上就是你生日了。"松松点点头:"后天,我出差,没法过,所以先请你来家里吃了,简单了点,不过开心就好。"

"啊,没买蛋糕啊。"

"形式主义。"

"那你有什么愿望吗?"

"呃……我想,唯一的愿望就是希望新的一年里,再认识自己多一点吧。"

人来人往的地铁口,她笑得那么灿烂,好像眼前的生活都是开在乐观主义里的花朵一样。

放下忧虑,让生活扑面而来

张爱玲有一篇短文叫《非走不可的弯路》。

青春的路口,曾经有那么一条小路若隐若现,召唤着我。母亲拦住我:"那条路走不得。"

我不信。

"我就是从那条路走过来的,你还有什么不信?"

"既然你能从那条路上走过来,我为什么不能?"

"我不想让你走弯路。"

"但是我喜欢,而且我不怕。"

文章的结尾,张爱玲这样说,"在人生的路上,有一条路每一个人非走不可,那就是年轻时候的弯路。不摔跟头,不碰壁,不碰个头破血流,怎能炼出钢筋铁骨,怎能长大呢。"

可是我们呢,为什么没有了试错的勇气,反而整日忧心忡忡,害怕走了弯路,甚至害怕走了一条性价比不那么高的路,落后于别人?我们忧虑的,到底是什么呢?

我们整天忧虑着未来,却又那么迷茫,不知道怎样在当下努力。所以,一天天过去,一年年过去,好像一切都没有变。

我们是否可以放下忧虑,享受每一个当下,沉浸在当下的生活中,并且踏踏实实去努力呢?

不如放下忧虑,让生活扑面而来吧。

生活有自己的轨迹,也许我们可以做的,就是聆听内心的召唤,然后真正付出努力。只有走得更远,才能更开阔,才能有答案。

放下对未来的种种忧虑,现在就开始努力吧,看看上天会给你什么礼物。也许是惊喜连连,也许是空空如也,可是无论哪一种人生,对我们来说,都是独一无二的啊。

你的幸福，常在别人眼里

寻找幸福的人，有两类。一类像是在登山，他们以为人生最大的幸福在山顶，于是，气喘吁吁，穷尽一生去攀登。却发现，永远登不到顶，最终看不到头。他们并不知道，其实，幸福这座山，原本就没有顶没有头。

另一类人也像在登山，但他们并不刻意要登到哪里。一路上走走停停，看看流岚，赏赏霓虹，吹吹清风，心灵在放松中得到某种自足。

有的人本来幸福着，却看起来很烦恼；有的人本来该烦恼，却看起来很幸福。活得糊涂的人，容易幸福；活得清醒的人，容易烦恼。这是因为，清醒的人看得太真切，一较真，生活中便烦恼遍地；而糊涂的人，计较得少，虽然活得简单粗糙，却因此觅得了人生的大滋味。

所以，人生的烦恼是自找的。不是烦恼离不开你，而是你撇不下它。

这个世界，为什么烦恼的都有。为权、为钱、为名、为利……人人行色匆匆，背上背着这个沉重的布囊，装得越多，牵累得也就越多。

几乎所有的人都在追逐着人生的幸福。然而，就像卞之琳《断章》诗所写的那样，我们常常看到的风景是：**一个人总在仰望和羡慕着别人的幸福，一回头，却发现，自己正被别人仰望和羡慕着。**

其实，谁都是幸福的。只是，你的幸福，常常感受在别人心里。

管住自己，才能打理好人生

中国古圣先贤的谆谆教诲，名人名家的循循训诫，归结到一点，就是如何做人。仁、义、礼、智、信，是做人的大原则，"做个好人"是底线。

做个好人，就是存好心、说好话、做好事，不干伤天害理的恶事，不干损人利己的坏事，不干违法犯规的蠢事。

正常情况下，没人不想做好人，没人不自信是好人。 无论潮起潮落，人前人后，不为欲望所惑，不为利益所诱，始终坚守做人的底线，是真好人。

古人讲，君子慎独。意思是说，在不受约束、没人看见的环境下，正直的人不放下心中的戒尺，不起贪念，不存侥幸，不越雷池。完全依靠信念的力量，跟欲望搏斗，跟诱惑抗争，而不被击败，是真君子。

慎独，就是管住自己。管不住自己，麻烦迟早会来。

管住自己是一生的功课。人作为本能动物和社会生物，欲望和利益冲动如魔鬼缠身，稍不留神就涉险犯错。心中要有降魔剑，培植强大信念和道德力量。

管住自己要以戒为师。不该做的坚决不做，不能做的坚决不做。相信因果，敬畏神明。

管住自己以养正为先。养雅趣而恶习改，养大义而私欲消，养浩气而为谋利苍生。

管住自己，才能打理好人生。犹如屋子打扫干净了，才能布置最新最美的家。

文 / 陈伟光

你风声鹤唳，生活就四面楚歌

生活有时候是这样，一眼望过去，是平展展的一块地，等到走过去，发现是个泥坑。心里是奔着简单去的，陷进去才发现是复杂。

是生活故意刁难我们吗？不是。**凡是抱怨生活的，都是先跟自己过不去。然后，才觉得，生活与自己四面为敌。**我们似乎只能往前走，停下来就难受；只能往高处走，低一点就恐慌。好多人都没有了停下来的能力，也失去了甘居人下的淡然。欲望挺大，想法很多，还要生活处处将就着自己。

你给生活意境，生活才能给你风景。你风声鹤唳，生活也只好四面楚歌。

更多的时候，是我们把自己给吓住了。本来衣食无忧，但状态好像一直还缺吃少穿。奔忙，慌乱，周旋，苟且，仿佛自己顶着宇宙呢，一放手，整个世界就会坍塌。需要不需要的，都想要；该得不该得的，都愿得。自己把生活搅浑了，然后，一边抱怨，一边遥望澄澈。习惯于看别人的脸色，却从不看自己的脸色；习惯于在乎别人，却很少在乎自己。一天到晚，为自我的虚荣埋单，还说是被生活所迫。

生活就在那里，一动不动，是自己的心在启动，按捺不住，风起云涌。等到失败了，溃散了，又一股脑儿把怨气撒给生活。

烟柳画桥，风帘翠幕，**人生多少风景，终不抵内心的自在和轻松。**这种醇厚的滋味，其实就是六个字：安静，干净，知足。

浮华与喧闹，尘埃般散尽。唯此六字，最得风流。

看看你那张熬完夜的脸

五个月前,办公室里一位同事姐姐的丈夫因过度熬夜,突发脑溢血,两天后因抢救无效不幸离世,留给她一个只有一岁多大的儿子。

孩子还不会叫爸爸,甚至连爸爸长什么样都不记得,就再也见不到了。

而同事姐姐呢,整个人暴瘦一大圈,每天都是恍恍惚惚的,完完全全像变了个人一样。我甚至都不敢看她的眼睛。

其实,他们的条件还不错,比小康家庭还要高出点,远没有到要拼命工作来维持生活的地步。可就是因为丈夫想给家人更好的生活,所以拼命加班,熬夜工作,过度透支自己的身体,将生命永远留在了三十几岁。

如果你经历过生离死别的场面,你就会懂得健康对于一个人来说多么重要。

我永远无法忘记,同事姐姐在医院与丈夫遗体告别时撕心裂肺痛哭的场面;不满一岁的儿子还不会哭,不会喊爸爸,只是静静地看着那张熟悉却永远也睁不开眼的脸,沉默得让人窒息。

当你经历过生死,经历过永别,你会发现,相比你要怎么拼命去换取一种高质量的生活,拥有一个健康的身体、一个健全的家庭,才是更重要的。

因为你,不只是你,你是一个家庭全部的希望。

任何事情都可以等到明天,唯独身体和健康,不会等。

所以,别睡得太晚。

学会享受平凡的幸福

所谓的人生意义，在于赋予所做之事以内在意义。它使人学会自我分析和评判，把握生活并掌控其发展路径。它赋予人开展行动、发现事物意义和做出选择的能力，让人们向有意义、幸福生活的方向努力奋斗。

很多时候，我们都会迷失在意义中，关于成功就是明显的例子。从小到大，我们的教育中充斥着一种成功主义，"吃得苦中苦，方为人上人""书中自有黄金屋，书中自有颜如玉"，带着明显的功利主义和急功近利倾向。进入社会，各种成功学充斥眼球，也不乏有人把成功当作唯一的尺度，把名利当成最高的追求。

定义成功、定义人生，需要勇气和智慧。有学者指出，**追求成功是一种境界、一种理想。**但不追求成功，也是一种境界、一种理想，而且是较为稀有的境界和理想。平平常常，快快乐乐地活着，找到某种追求，就去做，找不到，就在日常生活中寻求幸福。可不可以不成功呢？这也是追寻意义的一种。

当然，你也可以把金钱、权力、名气作为人生追求的意义。人往高处走，人们追求更好的生活本来无可厚非，何况在这个竞争社会中年轻人面临着更大的现实压力，钱不是万能的，没有钱是万万不能的。但是，如果个人将这些视为追求的全部，社会将这些视为评判的标准，将为人生旅程套上道道枷锁，为社会进步筑起重重藩篱。

人生离不开奋斗，但奋斗的目标更多应该是追求心灵的富足，享受平凡的幸福。要知道，那些心灵里充沛而丰盈的情感，那些世俗生活中琐碎而平凡的幸福，大都和利益无关。

人生是一场抵达

人心有时候就是这样的：你若是满足不了它，你就得说服它。若两样都做不到，它就会让你痛苦。有时候看起来，是我们跟世界周旋不易，其实呢，是跟自己相处很难。

好多人，起先幸福目标也都很小，但走着走着，心就跑到了前面。能力不大，欲望却很大。身子板只能扛几十斤，却总想着扛几百斤的东西，所余负荷，都叫妄念。然后，这些非分的重量都会过载到心上。太想一口吃个胖子的人，身子未胖呢，心先虚肿，这样的痛苦，都是自找的。

前两年，我经常光顾一个卖羊杂的小饭馆。除了那里的羊杂汤好喝，还有一个原因，就是喜欢那里的老板。这是一个好玩的人。我每次去吃饭，总见他在离柜台不远的桌子旁一个人喝茶。很精细的一套茶具，都小小的。那个茶杯，也不过手指肚那么大点，透着亮，是极好的瓷。他一边喝，一边朝你眯眯地笑，他未必认识你，却要那么友善地看着你，温暖，干净，仿佛是前世的亲人，要与你相认。有时候去，他不在。问店里的人，说他去旅游了，而且是骑单车。据说，他一个人骑车去过西藏、新疆、内蒙古，白山黑水，也沿着黄河流域走过。一个店员说，他差点死在路上。另一个接着补充说，我们老板很会玩，活得可幸福呢！

我相信，这样的人，活着是幸福的。

这个世界，只有从欲望的泥淖中解脱出来的人，才会会玩，才会好玩。有好玩的人，才会有好玩的世界。美好的人生，原本就是一场抵达，不是从物质的此岸到彼岸，而是从不好玩变得好玩。

这样的抵达，需要的不是富有，而是简单。

不经审视的生活不值得一提

网上流行的一段小视频,用另一种方式展现了时间的轰然而至。化妆师把一对年轻的情侣,变成50岁、70岁、90岁的模样。面对50岁的妆容,两人还能互开玩笑;70岁的妆容,已是心绪难平;90岁的妆容,终让他们热泪盈眶。而屏幕前的观众,也莫不动容。

反过来想想,岁月变迁虽然无情,但其本身却是"无为"的。虽然简单的化妆就能展示时间的痕迹,但在真正的人生旅途中,能刻录下怎样的岁月年轮,仍然取决于我们自己。你可以努力学习、工作,即使到了垂暮之年,也还有颗年轻的心;你可以爱上一个人,为了他或者她而奋不顾身,哪怕最终只能各自远行;你也可以订立自己的目标,让每天叫醒你的不是闹钟而是梦想。正因如此,时间尽头的相遇,才像是未曾分离的久别重逢:虽然还未曾见过,但却是总在那里。

或许,以时间的永恒流逝为背景,我们才能更好地理解存在的意义。总听人说,要活在当下。这可以理解,昨天太短,未来太远,难免会只看到眼前。不过,时间不能倒流,一旦着笔落墨,痕迹就再难擦去。所以才有人说,**人的一生是一张永远不能成为正式作品的草稿。"不经审视的生活是不值得一过的",而审视的目光,更应有着眼于未来的洞察。**这段视频提示我们的,正是站在90岁的立场上,重新审视一下这张草图。如果能超越当下,即便人生只是一次彩排,也可能会有着正式演出一样的精彩。

没有一种工作是不委屈的

没有一种工作是不委屈的。

刚进职场的时候,我们要学习基本的职场规则,要尽快熟悉自己工作岗位上的必要技能。我敢说我们大学里学的那些东西,基本上到了工作环境的时候,九成是用不上的。这个时候,一个人的学习能力跟领悟力就是最大的竞争力。当然除此之外,更多的是我们心态上的调节。这件事情小到我该不该跟隔壁的同事打一声招呼,大到直系领导给我安排的事情跟公司的流程规则有冲突,这个时候我该怎么办……

你有没有发现,这个时候你就像一个在黑暗中独自摸索的孩子,没有家人,没有老师,没有师兄师姐可以问。周围一群陌生人漫无表情地穿梭于办公室里的走廊过道上,就像电影里的快镜头,你身后的景象千变万化飞速流转,你自己一个人孤独地停留在原地。

几年后,我自己才慢慢摸索明白一点,作为一个职场新人,别人都是在静悄悄中观察你的所作所为的。你没有多少经验谈资,所以他们看到的只是你的个性表现跟基本的职业态度。而你表现出彩的那部分,即使他们欣赏你,但是也不会表现出极其热情欢喜的样子。他们不是你的父母,也不是恩师,他们没有必要鼓励你。当然从另一面来说,他们也不会因为你做得不对而用力批评你。这种不悲不喜的状态,或者就是所谓的职业成熟人吧。

如今,我依旧挣扎在职场中。但我不会告诉自己"**过了这一段就好了**",**我会告诉自己的是,若人生真需要有这一段路要走,我宁可这些委屈分摊到每一个日日夜夜。这样哪怕有一天我真的取得了那么一点点成功,也不至于喜出望外得意忘形。**因为我知道,这本来就是长时间的努力顺其自然而来的结果罢了。

因为有爱,每句话都要好好说

堵在路上时妻子来电话问几点回家,还没说完你就挂掉了电话;周末想睡个懒觉,孩子却嚷嚷着要去动物园,烦躁起来吼了几句;父亲碰倒了花瓶,你一边收拾一边埋怨他怎么那么不小心……假如时间在这一刻定格,让你感受一下妻子、孩子、父亲的心情,你会怎样?

这绝非有意的伤害,但即便只是无心的过失,也着实让人黯然。**试着想想,如果你所在乎的人,言语行动间透露出敷衍、冷淡或是厌烦来,你会不会也有一种心里被掏空的感觉?**

为什么对亲近的人有时候往往会更不耐烦?有人分析,这源于"我不会受到伤害"的潜意识。从经济学角度解释,对家人好的边际成本高于收益,对陌生人好的边际成本低于收益,所以更多微笑留给了那些不熟悉的人。就像那句流传很广的歌词:得不到的永远在骚动,被偏爱的都有恃无恐。

《论语》里,孔子曾以"色难"二字,道尽儿女对待父母之道。所谓色难,是说保持和颜悦色,是最难以做到的。其实不仅是对父母,对伴侣、对亲朋,也是一样。我们固然不能时时保持良好心绪,但身边人不是垃圾桶,更需要选择合适的时间、合适的场合,用有分寸、有技巧的言语行动表达情绪和意见,让他们比较容易理解和接受。

有人计算,从文明曙光初绽到今天,地球上生活过的人类超过1060亿;而关于社交的"邓巴数字"显示,人类社交人数上限为150人,深入交往的则仅为20人左右。**世界那么大也那么小,怎能不以温柔相待?** 所以,因为有爱,每句话都更要好好说。

活法，决定你的位置

一位画家说，他有午睡的习惯。然而有一天，心"怦怦"地狂跳，睡不着了。原来是他的两幅画突然卖了很高的价钱。他一想到卡上的那一长串数字，就激动不已。因为这点名声，他开始频繁出入各种沙龙，各式饭局，非但午睡没了，晚上也开始长时间地失眠。他说，原先安安静静画画的日子，就似活在天堂里。自从名利来了，便一脚踏进了地狱。

汪曾祺先生写过两个京剧名家，一个叫萧长华，一个叫贯盛吉。萧长华一辈子挣的钱不少，但都给别人花了。他买了几处"义地"，是专为死后没有葬身之地的穷苦同行预备的。有唱戏的"苦哈哈"，死了老人，办不了事，就到萧先生那里磕个头报丧。萧问来人："你估摸着，大概其多少钱才能把事办了啊？"来人还没答复呢，他就去箱子里取钱。

而萧长华本人却活得足够节俭。自己从不坐车，到哪儿都是步行。他的长寿之道则是：饮食清淡，经常步行，问心无愧。

另一位名家叫贯盛吉，也是个丑角，可惜，他死得早。据说，有一天他很不好，家里忙乎着，怕他今天过不去。结果他瓮声瓮气地说："你们别忙。今儿我不走，外面下着雨呢，我没有伞。"你看，人都快不行了，还这么幽默。

这个世界上的好多事，我们都左右不了，譬如，翻云覆雨的命运，扑朔迷离的生活，但有一样我们是可以掌控的，那就是自己的活法。

其实，到头来我们会发现，人生快乐不快乐，幸福不幸福，全然不在于你有多少钱，在什么位置上，而在于你怎么活着，活法好，才会活得好。

文／马德

每一种活法都有属于自己的幸福

曾经看到一对夫妻,妻子坐在丈夫的自行车后座上,不知道妻子说了一句什么,丈夫转身吻了一下妻子,他们有说有笑,恩爱有加,但却受到旁人的鄙夷。但至少,他们比那些在社交媒体上秀恩爱、裸露、炫富的人要简单、真实得多,他们表达的是发自内心的爱和快乐,我们不能粗暴地否认他们的幸福,因为每个人都有自己的活法。

生活中,有一种哲学叫作你所认为的样子。

你所认为的那些周游世界的人,都是精彩绝伦的;你所认为的世界,除了春天的繁花,再没有什么美好可言……

然而,很多事情实际上并不是我们所认为的样子,那些周游世界的人,虽然一路精彩,但也一定有着浪迹天涯的孤独;这个精彩纷呈的世界,除了春天的繁花可以欣赏外,还有夏天的凉风、秋天的落叶以及冬天的白雪……每一种存在方式都值得被欣赏,每一种生活和风景都有独特的魅力。

我们不可以用一些刻意的标准来绑架我们的生活,去衡量一个人的生活是否幸福。因为,每一种活法都会有不一样的人生,每一种人生都会有属于他们不同的幸福。

你有你的人生,我有我的幸福。我们不可以自以为是地为别人的生活粗暴、轻率而武断地下结论,只要一个人的生活不危及他人,不给别人带来伤害,不违背这个社会的基本法则,他们的每一种活法,活出的每一种结果,就都是精彩的,就都值得我们尊重。

你那么爱跑步,一定很优秀吧

昨晚跟一个朋友聊到跑步的话题,她说,跑步可以带来好运。她在大三下学期坚持了半学期的夜跑。很快,由于经济原因,不得不去找兼职赚生活费。她很容易就找到了一个报酬丰厚的家教兼职,接着又找到了一份不错的工作。

她觉得自己如此幸运是因为跑步。**跑步让她精神焕发,浑身充满正能量。**

闺密的同学,S姑娘,胖嘟嘟的脸蛋,是个长得很可爱的小胖子。上大学后,她交了一个男朋友,刚开始时卿卿我我,甜蜜得能流出油来。

几个月后,男朋友居然劈腿了,对象并没有S姑娘可爱,但是比她瘦。S姑娘受打击了,甜筒不吃了,夜宵戒了,买了一身装备开始夜跑。每天晚上简单粗暴地跑跑跑,刚开始即使跑一圈都要她半条命,但是一天、两天、三天……坚持跑,慢慢地,S能跑两圈、五圈、十圈,运动量不断加大。

三个月后,S姑娘小了一个号,脸蛋依旧可爱,但紧致了不少,痘痘也少了,感觉眼睛也变大了,居然能穿得下均码的连衣裙了。

更重要的是S姑娘整个人的精神足了,神采奕奕的,追求者也开始多了。不知道的人真以为S姑娘去整容抽脂了。S姑娘的变化,不过是管住嘴、迈开腿而已。

本杰明·富兰克林说,我未曾见过一个早起、勤奋、谨慎、诚实的人抱怨命运不好;良好的品格、优良的习惯、坚强的意志,是不会被假设所谓的命运击败的。

每个人跑步的初衷都不同,不管是为了减肥还是为了发泄,都终将在一次一次奔跑中收获闪闪发光的自己。

有人问我跑步的意义,我的答案也是:为了成为更好的自己。

愿你工作不仅谋生，还有快乐

从何时开始，我们不那么容易从工作中获得快乐了？你发觉自己远离初心，告别梦想，然后，逐渐活成自己曾经讨厌的模样。慢慢地，你已没有勇气再去面对内心深处最为强烈的渴望。或许你会安慰自己，所有人都要向着生活妥协，大家都是这样。

那是因为，你只是成熟，却忘了成长。要知道，每一个选择，都需要勇气，也需要代价。想过自己想要的生活，代价或许更大。

可是你会发现，这个世上，真的有人正过着你想要的生活。

是的，工作会累，但做喜欢的事，累了值得，不会后悔，没有遗憾。我愿为了一篇文章而跑几次图书馆，也愿为提升一点业务水平啃下一本接着一本的专业著作，哪怕为此加班加点也是无怨无悔。因为自己所做的这一切，不仅为了谋生，还有热爱。

或许，你会反驳，怎么可能"由着自己的性子，去做自己喜欢的事"，甚至我连"我喜欢的事"是什么也不知道。那么，请你写下什么是"你想做的"，什么是"你能做的"。我们一起来寻找答案。

其实，选择哪个行业、哪份职业，并不是最重要的。重要的是，你可以在工作中找到自己、成为自己，做自己想要而且应该去做的事。你的心意会指引你在"我想做"与"我能做"之间找到平衡，慢慢，你不会是一个白日梦想家，而是一个逐渐实现梦想的梦想家。

文/廖拜雯

你值得拥有你想要的美好

我想起在旅途中遇到的老冯，先天双目失明，母亲早逝，哥哥离家出走，一家人就靠三十而立的他经营按摩店维持生计。每年夏天，他一定会抽出时间，跟几个残疾人朋友出去旅游一趟，云南、北京、山东、黑龙江……都去过了。我有些不解，去这么多地方，他什么也看不见啊。

可老冯说，去不同的地方，听不同的音，吹不同的风，闻不同的香，就很美好。生活已经不易，与其自怨自艾、顾影自怜，何不豁达些、乐观些。

"如果生活给了你一个柠檬，你就把它榨成汁。" 我那会儿想起了这句话。

其实，谁也不会比谁更容易一些。可能，你在抱怨身体有恙，他在不满收入微薄，你在遗憾没能进入理想的大学，他在嘀咕熬夜做出的方案老板怎么就没看上……人生总是难以圆满，于是，你以为，这个世界上总有人在过着你想要的生活，总有人拥有着你想要却不曾得到的美好。那是你没看到，他们也曾为此咬牙坚持，执着付出。

真的，如果你此时仍在委屈、痛苦、迷茫，仍然觉得生活并没有给予你足够多的美好，别泄气，那些美好的东西可能迟到了，但不会永远不到。只要，你愿意做一个明知生活有缺憾却依旧不言乏力不言放弃的人，一个即使身处黑暗却依然心有亮光的人，一个敢于在狂风暴雨中昂首向前的人，一个跌倒了还能站起来的人，你想要的美好早晚会来敲你的门。

相信我！你有那么花样的年华，你值得拥有你想要的美好！

好好爱身边的人

我有一个朋友,每次坐飞机他都要把航班号、起飞降落时间、家里还有多少钱、谁欠自己钱、自己欠谁的钱写得很清楚,贴在冰箱门上。他说怕出事了有人找他太太麻烦,死无对证可怎么好。我笑他有病,一度还自己琢磨这执行难度有点大,天天算啊算的……

后来,我慢慢长大,有了每天打电话给我妈确认安全的习惯。有了爱人,有了自己的家,开始理解,为什么小时候没有按时到家,父母就急得要吼我;为什么自己去台湾,我妈担心得十一天睡不好觉;为什么手机一没电,老公就焦急得坐立不安。**因为爱,因为爱的揪心,也因为爱的脆弱。**

人世间虽有旷世奇缘海枯石烂,但也有挥挥手再见就再也没能相见。这不是什么心灵鸡汤,也不是什么有感而发,只是心灵的再一次印证和撞击。明天和意外,真的不知道,哪一个先来。

没发生的事,永远都是无常的。你不能设定,只能计划。**好好爱身边的人,别再对唠叨说教不停的父母喊停,别再跟身边爱你的那个 TA 因为小事而吵架。**人世间每一次相遇都是久别重逢,而每一次分开都可能今生再也不相见。

除了生死,其他的都是小事。

未来充满着无数可能,我们永远无法知道下一秒会发生什么,唯一能做的就是珍惜眼前人。

为生命祈福!

闭门只为书卷香

闭门即是深山——是所有读书人的精神状态。

读书的人是要做"宅男宅女"的,内心的风波不止,书中的精气自然吸收不到脑海里去,尤其是在盛夏,市声喧嚣,夏虫嘶鸣,人心浮动,何来静谧的心灵?这时候,端起一本书,无须红袖添香,无须殿宇华堂,安守在简朴的书斋里,一丛文竹淡然地生长着,极目四行,或诵或念或默,书中自有箴言跳出来,与我们劈面相约。

> 闭门只为书卷香,书香多情似故人。我一直觉得,读书的最高境界是"与一本书促膝而谈",无须仰视,也无须俯视,以平视的角度、平实的方式,对待一本书,这样得到的知识是知己般的,也最能入脑入心。

有人说,书能洗心。是的,繁芜的世事让人心蒙尘,书就是拂尘,渐渐扫除人心的灰尘,质本洁来还洁去,这就是书籍的功用。皖籍学者汪军先生有这样一段话:"大抵上人生同时朝两个方向行进,且并行不悖,一是欲望和业力牵引的,走向老年及肉身的毁坏;一是心灵牵引的,走向童年及初心的苏醒。"我觉得,后者就是书籍所能引领的。

眼下这个时代,太多的人都想着"走出去",可是,走出去以后,莫要忘了"走回来",依偎在书卷身边,做一个灵魂有香气的人。

文/李丹崖

你有多久没在夜晚，仰望过满天繁星

广西柳州一位 27 岁的小伙子，他的女友患有家族遗传的小脑共济失调症，发作之后的短短 7 个月时间里，就从健康人变成了只能依靠轮椅代步的残疾人。今年元旦，他骑着单车，用两根绳子拉着轮椅，载着女友，从柳州出发开启旅途。6 个月后，他们抵达拉萨。他在布达拉宫广场，手捧格桑花，向轮椅上的女友求婚，彼此许下终生陪伴的承诺。他们还打算经过青海、甘肃、陕西、河南、北京、山东等地，再回到广西，在中国地图上走出个心形，来见证他们的爱情。

很多人都被他们不离不弃的爱情所感动，但我更愿意把这理解为是关于生命不屈的故事。就像小伙子说的："车坏了就修，下雨了就躲，有困难就勇敢面对，没有什么是解决不了的。人生在世，什么都能体验一把，该多好。我们不会做莽夫，只是不想辜负此生，所以要去看更大的世界。"

"在这无常的世界，你要深情地活。"这句话，我似乎懂了。

人这一生，如果能平平安安地老去，也算是万幸。可生活不会总是这么风平浪静。深情地活，可能就是当生活给你的是破铜烂铁时，你也敢于踩着它们往上爬；可能就是在一团混乱的状态中，依然能发现点滴美好；**你可以不接受生活的残缺或者平庸，但是在你发现它不完美之时，依然能够拥有热爱生活的激情和能力。**

所以，想一想，你有多久没有在黎明破晓时分，看到过红日喷薄欲出；有多久没有在清凉的夜晚，跟爱人携手并肩仰望过满天繁星；有多久没有带孩子去郊外，倾听鸟啼虫鸣；有多久没有回到父母身边，夸赞他们的厨艺还是那么令人回味……

你不知道下一秒会发生什么，但是眼下的这每一秒，都应该珍惜。

生命中最难的阶段，是你不懂你自己

谁都不知道明天会发生什么，谁也不知道未来有什么在等着我们，如果只是想着可能出现的最坏打算而不准备开始，那么人生中可以成功的概率也会和你擦身而过。而当你看着旁人一点点发出的光芒，就会后悔曾经的停滞甚至是退缩。

一个人，不怕将来后悔做过什么，而是怕后悔没做什么。

这个世界上与自我有关的事情，一是找到一条适合自己的道路，不用瞻前顾后，不必好高骛远，只是心里清楚自己想要的是什么。二是勇敢去做，如果想成为怎样的人，你就要去亲自经历，只有走出了脚下的每一步，才能看到下一刻你想要的风景。三是记得要坚持，好走的路上风景少，人少的路途困苦多，属于我们的终究有限，只有认定了它，勇敢去走去坚持，才能够度过前面漫漫的黑夜，收获微光的黎明。

相信自己，相信梦想，相信温暖，相信爱，相信所有的努力都会有回报，相信你的一切。

你要清楚，你的道路不是任何人可以替你打算和安排的；你要明白，你不是任何人的翻版，也不是别人的替代品。你只有真正做自己，才能活得踏实和快乐；你也只有真正认清了自己，才会明白自己需要什么。

尼采说得好：对待生命你不妨大胆冒险一点，因为好歹你要失去它。如果这世界上真有奇迹，那只是努力的另一个名字。

生命中最难的阶段不是没有人懂你，而是你不懂你自己。

请对最亲密的人保持尊重和耐心

我们最大的错误就是把最差的脾气和最糟糕的一面都给了最熟悉和最亲密的人，却把耐心和宽容给了陌生人。

对待最亲密的人，我们习惯成自然地不懂礼貌、不会温柔、忘记感恩，不是大呼小叫、不停抱怨，就是懒得搭理。因为太过熟悉了，不知珍惜，而慢慢失去了应有的耐心和尊重。

即使对最亲密的人也要保持应有的尊重和耐心，这是一个人成熟的标志。

突然想起一对七八十岁的老夫妻，虽然儿女们都非常孝顺，每个月都会给他们不菲的赡养费，但是他们却坚决不和儿女们住在一起。起初他们会说，人老了，跟年轻人很多想法和生活习惯都不一样，住在一起麻烦，还是分开住比较舒服自在。

有一天，老人不经意间吐露真情，儿女们都很好，也很孝顺，但是总觉得在他们面前就像犯了错误的孩子，总害怕他们会像教育孩子一样教育我们。

我们之所以会把最差的脾气和最糟糕的一面都给了最熟悉和最亲密的人，是因为我们总觉得，最亲密的人永远不会离开我们，即使我们犯了错，惹他们生气，他们也不会怪罪我们。

事实上，不管是亲情、友情、爱情还是婚姻，都是易碎品，一旦出现裂缝，便很难恢复原貌。即使最亲密的人，也会因为我们的不尊重和缺乏耐心而受到伤害。

所以，无论如何，请用心呵护他们吧。这不仅是高情商的表现，更是成年人的处世法则。

抱歉，没活成你们眼中的样子

寝室有一师兄，是药学院的博士，前段时间看到他发的一条朋友圈，挺感慨。

师兄发的状态是这样的："这么多年来，一直都按照父母的意愿前行着，从高中到大学，从大学到博士，完全按照他们预定的轨迹在行走，很庆幸一路顺风，也很痛苦终于弄丢了自己。其实想想，自己哪有这方面的天赋，全靠一个人的苦撑，真的太累了，想要停下来好好想想以后的日子。你好，未来。"

那天，师兄在寝室打了一个很长的电话，只言片语中了解到是在跟他父母通话，其中一句重重的"对不起，让你们失望了"，清晰地传到耳边。

人都是这样，拼了命地变好，也不过是想赢得众生前一个仰望的角度。你说世俗嘛，可这就是生活。

有时候，我们需要多一点的勇气，去勇敢地承认自己的不足，去勇敢地挣脱外界的束缚，去勇敢地追求心目中的自己。 是呀，我确实没有他们好；是呀，我本来就是个笨小孩；是呀，这样的我确实没多大出息。抱歉，这样的我可能让你们失望了，没有活成你们眼中最好的样子，对不起。

但，至少我没让自己失望，没有辜负自己。我也许没能成为世俗眼中最好的样子，但我活出了最好的自己，谁又能说这不是一种伟大呢？

那些关心我、爱护我、期待我变好的人，我一直在拼了命地努力。不必多高看，也无须多贬低，我们总会有绽放的瞬间，即使全世界都没看见。

读书能让人富裕，但不一定能变得有钱

所有喜欢读书的人想必都喜欢安静地思考，都喜欢夜晚发呆，都喜欢安静的时候对自己发问：我想要什么生活？他们都是一些有学问的人。有时候，钱多了，对一个读书人来说不算是太好的事情，因为钱所需要牵扯的时间似乎更多，一天就那么二十四小时，他们也没有什么时间去做自己喜欢的事情。

我经常和朋友开一个玩笑，我说："我不喜欢钱，但是我爱钱。喜欢就是放肆，但爱是克制。"我说如果看书、写作能让我赚一百多万，那么我觉得很好。可是如果赚不到，我也不会伤心难过，毕竟现在的收入也能让我在这样的城市里勉强糊口。**但如果让我赚一百多万的代价是没有了读书、写作的安静，没有了陪亲人的日子，没有了独处的时光，那么我想，这个钱，我还是不要去赚了**。职业没有贵贱，你想要做学问，就应该去读书。可是有时候我们过多地强调了"书中自有黄金屋"，过多地强调了读书是为了成功，而我们的成功标准其实很单一：赚多多的钱。于是才会有那么多人，读书读得很痛苦。

关于职业，其实没有贵贱。不能说做学问就一定比从商优越，也不能按照赚钱的多少来排名。对我自己来说，我还是喜欢多读一些书，只是为了让自己能安静下来，即使以后可能会成为没钱的人，我还是不愿意用钱去换幸福。但是，我身边有很多人，边读书边感叹为什么书中没有黄金屋。要读书做学问，就不会暴富。**你要看看，这样的生活你是否喜欢，这样的选择你是否满足，弄明白自己想要的，才能知道读书对自己是否有用。**

别把最坏的情绪留给最爱的人

生活很累，每个累了的人都需要一个情绪垃圾桶。一项心理学调查说，大部分男人对老妈发火最多，大部分女人对老公发火最多，离异者对孩子发火最多，没有了母亲的男子甚至会跟桌子凳子发火。

我自己也有类似感觉，越是对亲近的人，越控制不住恶魔的一面。为什么我们在人前谦和客气，贤淑知礼，却总是忍不住把最坏的脾气砸向最亲爱的人，对伴侣挑三拣四，对孩子粗暴发火，对父母看不顺眼，对死党刻薄毒舌？

人永远是几害相权取其轻，能够零成本发火或低成本发火的人，也就那么三两个，他（她）们，必须是你感情和生活的核心成员——今天吵完架，明天还得一张桌吃饭；对他狮吼"走开"，真走了你立刻会担心外面下雨他没带伞；刚狠狠骂一顿，看着他（她）小星星般的眼睛，心里立刻冰雪融化，怜惜万分；还有，无论你再嫌她唠叨、守旧、抠门，深夜回家，暖白灯光下她还是像多年前一样等着你……因为熟稔、亲密，所以无所顾忌。

> 无所顾忌，不代表被伤害者麻木无感；轻易原谅，不代表感情完好无痕。
>
> 有个金句这么说：情商最高的行为，就是对最熟悉、最亲切的人，依然能保持尊重和耐心。妥善管理自己的情绪，不让脾气的炮火轰炸到最亲爱的人，也是人生的一种修为。

文／紫宸

愿你成为一个有趣的人

我认识一个姑娘,温暖得就像一颗小太阳,让人不自觉地想要靠近。

姑娘爱笑心宽,开心起来,整个人都神采飞扬,很容易感染身边的人一起分享她的喜悦。更难得的是,姑娘从不怨天尤人,而是以自黑和吐槽的方式跟别人讲自己的遭遇,明明很悲伤的事情,从她嘴里说出来就跟相声一样令人捧腹。翻看她的朋友圈和空间,感受到的也是满满的正能量:旅游途中遇到的热情大妈,回老家和爷爷一起锄地种瓜,和三岁小侄女卖萌自拍,去图书馆借书遇到一个清秀的男生,阳台无人照看的花儿某天清晨热烈绽放,男神评论了自己的朋友圈,公交车上一个小孩枕着自己的手臂不忍心抽开手的温柔友善……

姑娘长相平平,却活得格外漂亮。有趣如她,得到了身边很多人的赞赏,就连幸运女神也似乎格外眷顾她,在她身上总能发生美好的事情。

当你学会去喜欢自己所处的地方,不管它是繁华如梦还是荒凉如野;当你乐意去发现生活中各种细小的动人之处,不管是角落里蜷缩着睡懒觉的小猫还是晾在阳台上各种颜色的袜子;当你习惯用微笑去面对一切棘手的难题,在忙乱中依旧可以认真地给门前的花草浇浇水,趁着天晴晒晒被……你会发现,你已经跟以前的自己截然不同,你已经在不知不觉间活成了自己一直期待的那种样子,那种明媚如画的样子。

亲爱的,未来的路依旧遍布荆棘,愿你不被生活磨灭初心,一直是个有趣的人,是别人想拒绝也拒绝不了的热烈阳光。

晚安,与你共勉。

没有一条直路让你出类拔萃

完美主义者总是将人生看作是一条从 A 点到 B 点的直线，总是想寻求最短最便捷的路径，陷入要么完美成功、要么彻底失败的误区。而现实中，**道路并不总是笔直的，真正追求卓越者从不回避曲折。**

也许你的曲线是你费尽心思提出的无数个方案，一一被否定，突然发现，其实对方早已做了决定，你不过是白白花了心思；也许你的曲线是日复一日端茶倒水、扫地擦桌、打字复印，你不明白自己工作的意义在哪里；也许你的曲线是满心欢喜地到了一个岗位，努力调整却失败，你发现，自己其实从最初起就入错行。

可是，那又怎样？年轻就是最大的财富。你尽力去思考，然后碰壁，所以你知道了，界限和规则在哪里；你每天打字复印端茶倒水，看到了各种文件，观察着经验丰富的人是如何处事，所以你知道了，自己应该怎么做；你发现自己入错行，然后你更加坚定地清楚自己未来要走向哪里，遇到困难就不会轻易怀疑和退缩。

况且，没有谁生来就是"强者"，所谓"强者"也并不是一个固定不变的圈子，把某些人永久地划进来，好，就是你们了！它是个因时、因地而变化且没有清晰边界的概念。可能在某个领域，这些人够强，而在另一些领域，他们可能笨拙到离开别人就没法过；可能在这个时刻，某些人算得上强者，而过几个月，却又被另一拨人取代。

所以，每一个你其实都是生活的强者。**只是在寻找到自己可以充分施展的那片小小领域之前，愿我们都不介意像最普通的人一样，在最普通的生活里享受最美丽、最勤奋的过程。**

被透支的"有空以后"

有空以后,一定多给父母打电话;

有空以后,一定去马尔代夫度假;

有空以后,一定要去学法语;

有空以后,一定重拾水彩画……

这些被你透支的"有空以后",随便拉出来一项,你都能看到它背后的无数个理由:

换了新的工作,每天加班到很晚,实在没办法给爸妈打电话,等忙完这几天再说吧;

公司目前在做大的调整,人人自危,工作要紧,度假以后有时间随时可以去;

终于熬过职场疼痛期,可是工作更多任务更重责任更大,学习的事儿先缓缓;

要换房子,要谈恋爱,要工作,每天的时间都不够用,虽然很想学水彩,那也得等到有空以后了。

你看,每个阶段的你,都有当下最重要的事要做,以至于十几岁就想做的事情到二十几岁的时候还在想。

可是只是想这些又有什么用呢?不付诸行动,这些"有空以后"就是空想。**只有利用了所有可用时间的人才知道,梦想不是遥不可及,不懂透支"有空以后"的人都在证明。**

人生短暂而仓促,日复一日像流水,哗啦一下就更换了季节。别再顾忌那么多,每一分行动,都会在你的生命里闪闪发亮。

在最好的时光,请捡起那些曾被你随意透支的"有空以后",用尽全力去做一件事,去爱一个人,去成全自己成为自己。

只有踮起脚尖问,幸福才会答

我的朋友 Zoe 是一个传奇。她非常喜欢跳舞,却最终去南方打工。她干过很多工作,在玩具厂做女工,在服装店卖衣服,在便利店当收银员,在餐厅做服务生……

Zoe 毕业两年后的夏天,她在工厂倒班时,眼睁睁地看着车间的重型机器将一个年纪相仿的女孩的整只左臂残忍地绞断。Zoe 躲在宿舍里彻夜未眠,恐惧催生出要么沉默、要么打破的念头。Zoe 不能接受被摧毁,她还没有真正地站到舞台上,她不甘心。

第二天,Zoe 毅然辞职。她迅速收拾了行李,奔向了北京。在一间月租三百块的地下室里生活,却没有放弃理想;她拿着一千八百元的工资,却将二分之一的薪水寄回家,剩下的钱除了支付房租和生活,她一分不肯花,她要攒下一笔上舞蹈培训班的钱。

一个专业的舞者,至少有七年的时间都在学习基本功。Zoe 仅用了七百天,就从舞蹈培训机构的学生变成了老师。Zoe 后来去了上海一家颇有知名度的舞蹈培训学校。在那里,科班高手云集,非专业出身的年轻的 Zoe 被质疑,她却不以为意。他们可以轻视她草根的出身,也可以嘲笑她不够专业,却没有办法否认,**跌宕曲折、孤独漫长的人生里,勇敢表达自己的人从来不可笑;明明有梦可做却没有为此去行动的人,才是生活里的"失败者"**。

这个世界从来不缺捷径可走。Zoe 却认为,**努力的过程一旦被稀释,后果总是令人忐忑的**。何况,不曾因贫穷而折断梦想,凭一己之力在城市里找到最有尊严的生存方式,已是足够幸运。

梦想这种果子,只有努力踮起脚尖才能有幸摘到。

不是生活难过,而是你难过

我有一个朋友,怀了六个月大的宝宝。我很喜欢她的生活状态,翻看她的朋友圈,那是活得很有品位的人:

她平常的工作很忙碌,但是因为喜欢烹饪,她经常会在周末无聊的时候做上一顿丰盛的午餐,然后叫上有时间的好友一起尝尝她的手艺。

她喜欢画素描,有时会花一晚上的时间画一幅画,然后用从网上买回来的框架裱起来,挂在房间的某个位置。

最近,她做得最多的一件事就是给自己未来的宝宝写日记,那本日记本上有很多可爱的图案,也有很有趣的对白。

她是个会自我寻找快乐的人,不需要通过别人来寻求她的快乐,很多时候都是她在主导自己的情绪。自然也是会有难过的时候,但大多数都会通过适当的方式排遣出去,实在忍不了就会向亲近的人诉说,然后又变成自我生长的小太阳。

你对生活是什么样的态度,它自然会回敬你什么样的状态。这个世界不只有成功学,还有一个叫作幸福学。而我们终其一生追求的不应该仅仅是成功,而是这一生的幸福才对。幸福并不只是房子、车子、金钱、地位和荣耀,还应该是发自内心的舒畅和笑容。

别再说快乐是一件奢侈品,我们都该学着放松一点,让快乐慢慢靠近。别抗拒,也别躲避,学着快乐并不是一件罪恶的事。

你那么美好,并不适合黑暗。

我们为什么越长大越胆小

长大后，我们变得越来越胆小，并不是懦弱，是越来越懂得责任。 当我们发现危险和死亡不仅仅是自己的事，也会给亲人带来巨大伤痛的时候，我们就会变得胆小、谨慎。而这，绝对不是懦弱，而是一种成熟。

一次打家里电话无人应答，打爸爸妈妈手机也都没有人接听，我突然开始坐立不安，给表哥打电话，开口就问家里出什么事了，怎么找不到她们，实际上只是他们跟朋友聚会的地方没有信号。一天晚上梦到妈妈在医院里，醒来怎么都睡不着了，等天亮立刻拨打妈妈的电话，确认没事才安心睡下。

虽然在爸妈眼里，我永远是一个孩子，但是我清楚地意识到，爸爸妈妈老了，并且这种意识越来越深刻。想要像小时候他们照顾我们一样去照顾他们，也不知不觉中像他们紧张我们一样紧张他们。

知乎上有一个问题："独生子女是怎样一种感受？"一个回答结束了话题："不敢死，不敢穷，不敢远嫁，因为爸妈只有你。"

"因为爸妈只有你"，这也是我们越长大越胆小的原因。 随着年龄的增长，我们变得越来越胆小，我们怕死，怕穷，怕远嫁，怕其他之前不怕的事情。

我甚至开始怕身体不好，不能陪他们一起走完许多路。因为我不是一个人，如果我有什么不好，会有人比我更难过。我胆小，是因为懂得了责任。那些不负责任的勇敢，跟十八岁一样，渐行渐远。

越长大越胆小，这绝不是懦弱。胆小的背后，是慢慢懂得的责任；谨慎的背后，是渐渐学会的成熟。

没有一种委屈是单为你准备的

阿建是学日语的,一开始在一家外贸公司做文员,有一些进口产品的英语说明书,老板总拿给他看,让他也提提意见。可能在老板眼里,日语、英语都是外语,触类旁通也说得过去。可毕竟有许多专业术语很难准确理解,经常是他说得老板不明白,老板想要的他又解释不清。老板一骂,他委屈极了,这明明不是我的专业啊!

后来,他给自己设了三个月期限。大冬天,下完班以后,坐着地铁从城市东头去西头上专业英语辅导班。回到出租房已过零点,屋外滴水成冰,屋里暖气坏了,没时间去修,半夜得裹上三个被子才能入睡。坚持了三个月,他再看那些英语说明书,明显顺当了很多。

阿建说,后来想想,那三个月是很辛苦,可又让人觉得充满希望。每天都有新的收获,并且清楚地知道吃的那些苦,是为了今后不用再这么慌慌张张地活着,是为了让今后受的委屈能少一点。

所以你看,职场上没有谁比谁过得更轻松如意。那些让我们羡慕的成功者,谁不是打败了一个个委屈,才能前行。

受了委屈,你以为摆脱这个岗位就会好了,你以为熬过这一段就好了。其实不会,这个活干完了还会有下一个,这个困难过去了还会有别的困难接踵而来,源源不断。尤其当你逐渐成长成熟,你会承担更大的责任,有更重的压力、更多的委屈。

你一定得了怕麻烦这种病

蔡康永说过，15岁觉得游泳难，放弃游泳，到18岁遇到一个喜欢的人约你去游泳，你只好说"我不会耶"。18岁觉得英文难，放弃英文，28岁出现一个很棒但要求会英文的工作，你只好说"我不会耶"。人生前期越嫌麻烦、越懒得学，后来就越可能错过让你动心的人和事，错过新风景。

而你呢，你不是觉得难，也不是没兴趣，其实你只是怕麻烦。从一开始就怕麻烦，连这种感觉难的机会都没给自己。不知不觉，怕麻烦帮你拒绝了所有你可能喜欢的事。

怕麻烦真的是一种病。同学拉你一起去看电影，你说电影院好远要转车，跑那么远太麻烦；朋友拉你去游泳健身，你说好麻烦，又要洗澡，又要带一大包衣服，长头发最后要吹干，好累；同事说一起学跳舞吧，你说最怕麻烦，每天下班之后还要跑去舞蹈教室，不去了还要请假……

结果，不怕麻烦的人都发现，这些事情真的好像都是自己喜欢的。于是，不怕麻烦的同学成了影评作者，不怕麻烦的朋友考了游泳教练证，不怕麻烦的同事变成了随时都能跳一段的舞者。

摄影、法语、长跑、写字，你怕麻烦都拒绝了；吉他、设计、编程、旅行，你怕麻烦都拒绝了；陶艺、插花、美甲、搭配，你怕麻烦都拒绝了……本来有很多发现自己爱好的机会，但是因为怕麻烦，你都拒绝了。

"怎么有些人的人生看起来就那么顺风顺水呢？他们不仅能把自己的工作做好，还能把自己喜欢的事情顺带都做好，我连个喜欢的事情都没有。"

如果要羡慕，不仅要羡慕他们能找到自己喜欢的事情，更值得一提的是，最后他们的喜欢真的变成了自己的工作，并且可以靠自己喜欢的事情养活自己。

我们不需要把这些"喜欢"，像某些人一样做成专业，但最起码可以让自己更快乐。很多喜欢的事情，真的是从不怕麻烦开始的。

我表姐曾经是一个"怕麻烦"的代表人物，她过去唯一觉得不麻烦的事情就是睡觉。现在，她跨过了"怕麻烦"的第一步，学习了古筝，有时间就要弹两首来助助兴。

我的一个好朋友也是典型的"怕麻烦"代言人，让她吃点好吃的，她都会因为怕麻烦而拒绝。后来她去学钢管舞，发现自己能对钢管舞驾驭自如，最后成了心头好。

再如我自己，如果一开始怕麻烦，可能也不会在这个平台写字，也就不会慢慢发现写字带给我的快乐。

我们不需要把每一件喜欢的事情都做到极致，但是在这个浮躁的环境里，有一件喜欢的事情极为重要。你可以爱做饭、爱美甲，甚至爱收拾屋子，不管爱什么，烦躁的时候，你能用这件自己喜欢的事情安抚自己，就很好。

没有什么能比自己讨好自己更快乐了。 所以，如果我们得了"怕麻烦"这种病，真的得治。

在这忙碌的世界里你要活得丰盛

很多时候,我们都以为工作是为了赚很多钱,买大房子,买车子,而忽略了工作的本质。那么,工作的意义究竟是什么呢?

没错,工作是为了更开心地生活。可为什么我们那么努力地工作,却反而因为工作而变得不开心呢?

不管是你用来谋生的工作还是热爱的工作,总会有遇到不顺的时候:辛苦努力却得不到上司认可,和同事关系紧张不知如何缓解,在客户那里受了委屈却无处申冤,员工不给力时很多事情还得自己亲力亲为,任务太重感觉怎么加班也做不完……

工作中的烦恼会接踵而至,有时都不给你喘息的机会,一波未平一波又起,比电视剧还要狗血。

于是,你很郁闷,下班了依旧为此郁闷,甚至自己的坏情绪还会影响家人。

问题的关键在于——**工作的时候你已经被工作折磨了,工作之外的时间你仍然在被工作折磨。**

有一天,你身边的人终于忍不住说:"下班后就是你的生活实践,你干吗还为工作焦头烂额啊?你能不能把工作和生活区分开?"

这句话瞬间点醒了你。

是哦,工作只是生活的一部分,从什么时候开始,你竟然把工作当成了生活的全部?!

原来,不是工作束缚了你,是你把自己束缚住了。

章句

日思夜读

命是失败者的借口，运是成功者的谦辞。

比舒适更重要的，是一个人的成长。所有杀不死你的，都会让你更强大。

重要的不是你承受了什么样的痛苦，重要的是穿过这些重重苦难，你是什么样的人。

有人说，你要配得上你受的苦难。不！你要打败苦难，让它配得上你。

一个人最好的模样大概是平静一点，坦然接受自己所有的弱点，不再因为别人过得好而焦虑，在没有人看得到你的时候依旧能保持节奏。这样或许会走得很慢，但会走得比谁都坚实，不用害怕一脚踩空，也不用害怕走到别人的轨道上去。

爱了就是爱了，不苛求回报；喜欢就去做，不奢望结果。愿你有愿赌服输的孤胆，也有重新开始的决断。

真正的成长，是不管受多少次伤，你依然保持初心，依然对生活充满热情，依然相信你所相信的一切，并在伤害中学到受益一生的东西。

我们每一个人，都不可能成为优秀的别人，却可以做更好的自己。

如果说人的结局一样，出生又不能改变，人和人最大的不同，就看你怎么活。这一路，你经历了什么，体验过什么，去过哪些地方，见过什么人，在哪跌倒，又在哪爬起。走过哪些弯路不要紧，重要的，是这一路的风景。这些，能创造出最好的你。

时间一天天过去，我们终会因我们的努力或堕落变得丰富或苍白。不要等到你终于遇到你喜欢的人时，才发现自己是那么苍白。

人生没有重来，你种下什么样的因，就会结什么样的果。人生是个大课堂，很多东西你现在不去学，待你蹚过很多坑，你迟早都得学会。

一眼望穿人生的舒适并不叫舒适，那叫碌碌无为。

越过山丘，才知道是否有人等候。也是越过山丘，才会发现远方还有更多的山峦。我们不能奢望每一座都能登顶，但只要一直走一直走，总能不断攀上新高度、看到新风景。

如果你从未努力奋斗过，那么在你生命即将到达终点之时，你可能会发现，原来生命中最痛苦的事情，不是失败，而是我本可以，但却没有。

很多人总说自己很努力了，这样就可以得到其他人的一句"算了，他已经很努力了"的评价。而那所谓真正的努力，是成功之后回顾往事的感慨，绝对不是失败之后自欺欺人的借口。

优秀，或许有点先天的关联，但什么都敌不过后天的努力，没有人可以天生完美，但努力，能够让我们越来越优秀。与其花时间去羡慕别人的人生，不如用时间去超越他。

梦想其实不是一个庞大而遥不可及的命题，它来自于我们的生活，脱胎于我们的经历，在多种多样的思维碰撞中形成和重塑，就看我们敢不敢去追求。

追逐梦想的路上，从来没有一帆风顺，没有一蹴而就，甚至还很枯燥。但没有拼搏过的人生终究苍白，没有繁华过的平淡终究浅薄。很多人，都是在熬过很多年之后，才有资格获得自己喜欢的生活。

对于一个有追求的人来说，真正的梦想应该是理想主义和现实主义的结合体，你要敢想，更要敢做。

梦想从来不是空口无凭的大话，而是在寂静的奋斗里努力生长的果实。

梦想不会让一个人瞬间伟大，而会让一个人拥有希望和色彩。梦想不一定能成就你的人生，但一定能丰富你的人生。

每个人的出现都是有意义的，他们的出现会给我们带来不同的意义；每件事的发生也都是有意义的，因为我们淋过的雨、受过的苦，都造就了现在的我们。

很多人之所以被人记住，不是他做了很多事，而是耐住寂寞把一件事做好了。

孤独，是给我们思考自己的时间，在一个人的日子里，我们要做的只有一件事，让自己变得更优秀。

当你年轻时，以为什么都有答案；可是老了的时候，你可能又觉得其实人生从来没有所谓的标准答案。没有谁的成长是容易的，人生所有的答案其实都在路上。

你一天做了多少事不重要，重要的是你每天做了多少事。

世上没有漫不经心的成功，每份漫不经心背后都是深思熟虑的用力。

当爱好遇到坚持，就是才华。

真正伤害你的，从来不是事情本身，而是你对事情的看法。要想让自己免于伤害，就要从乐观的视角温柔地去看待问题。

从没有一个人会因为自己会的东西多而痛苦。而无能，大多时候是自己怕难而不敢尝试。

每一个认真生活的人，都值得被认真对待。

任何事情都可以等到明天，唯独身体和健康，不会等。

生活中的大波澜永远只能是点睛之笔，是锦上添花，不能当做救命稻草。要想拥有一个有趣的人生，我们必须学会与日常琐碎谈情说爱，让水泥地里长出嫩芽开出鲜花。

任何时候，只有你对自己满意，才会对生活感到满意。赚不多却够花的钱，做一份喜欢的工作，坚持一到两个爱好，照顾家人也不忘记保持自我，先让生活见到最好的你，自然能得到生活的宠爱。

我们需要逃离的从来都不是生活本身，而是自己安于现状、抗拒改变的心智模式。

别人关心你飞得高不高，只有家人才关心你飞得累不累。

好的生活，不一定非要价格昂贵。适意和诗意都很重要，没有五花马干金裘的豪气，可以试试手倦抛书午梦长的小憩。没有停车坐爱枫林晚的浪荡足迹，可以腾出闲敲棋子落灯花的片段安逸。

生活里的情趣还需要自己去挖掘，打开内心是最重要的方式。固步自封、自以为是，只能让生活停滞不前。天天在自己的小世界里，当然无趣极了。用双手和眼睛去发现世界，你才能慢慢变得有趣。你有趣了，你的生活才会有趣。

是的，当与命运狭路相逢，路很长，夜很黑，你别无退路，只能在胸口刻上一个"勇"字，克制着所有的恐惧，咬牙走过那段独行的夜路。

有时候，我们需要多一点的勇气，去勇敢地承认自己的不足，去勇敢地挣脱外界的束缚，去勇敢地追求心目中的自己。

青春不是去闲暇懒惰，不是去舒适稳定，相反，是要在一无所有时厚积薄发，是要保持随时学习的能力，要敢于闯荡，敢于冒险。

我们总羡慕自己这个年龄没有的东西，殊不知你的现在，正是被别人羡慕的最美的韶华。每一个年龄段，都有它特别的美好。

如果年轻的你也正在迷茫，无比焦虑为什么自己那么努力还依然过得不够好，那么或许就该静下心来认真想一想，自己的兴趣和天赋到底在哪里，然后把时光"浪费"在自己擅长的那些事上，相信生活一定不会辜负你的每一分努力。

成熟并不意味着放弃对美好的向往，而是学会接受现实，学会在现有的旧物上拥抱新的快乐。纵然青春留不住，也不要为此耽搁行程。

目录
CONTENTS

为什么很多人的新年梦想只是梦想 / 李尚龙 / 007

我们终会从爱中获得幸福 / 猫小熊 / 008

想活得年轻,就要年轻地活着 / 沐沐 / 009

你最漂亮的样子,是对生活温柔 / 王珣 / 010

被嘲笑过的梦想,总有一天会让你闪闪发光 / 彭敏 / 011

你本可以,但却没有 / 安如之 / 012

二十多岁的年纪,我们能做些什么? / 卢思浩 / 013

年轻,就是拿来折腾的 / 李尚龙 / 014

没有谁的成长是容易的 / 谢可慧 /015

凡是没有打败你的,都会让你更强大 / 尚军 / 016

愿五年后的你,是你最想要的样子 / 夜未央 / 017

你当温柔,但不是妥协 / 谢可慧 / 018

你害怕一切坏结果,反倒错过了所有好开端 / 徐嗖 / 019

年轻人,没事不要老躺着 / 伊心 / 020

谁不是一边受伤,一边成长 / 汤小小 / 022

你还那么年轻,千万别着急 / 夏与至 / 023

现在不让自己增值,难道要坐等着贬值吗? / 夏苏末 / 024

纵然青春留不住 / 夏苏末 / 025

你还有梦想没实现? 太好了! / 尚军 / 026

没那么难,不信你试试 / 丫头的徐先生 / 028

人生没有毫无意义的事情 / 南有先生 / 029

你是什么样的人,就会遇见什么样的人 / 米格格 / 30

别让你的梦想只是梦和想 / 徐嗖 / 031

人生没有梦想，年轻也是苍老 / 喇嘛哥 / 032

你别急，慢慢来 / Summer / 033

让你流泪的不是毕业，而是无法再重走一次的青春 / 摇铃铛 / 034

每一个梦想都值得被尊重和敬仰 / 一直特立独行的猫 / 035

年轻人哪，不能太舒服了 / 徐嗖 / 036

我知道你终将闪耀 / 伊心 / 038

年轻人，下了班一定要瞎折腾 / 伊心 / 039

清晨是最好的增值时光 / 萧萧依凡 / 040

年轻时吃过的苦，都会成为你未来的路 / 谢可慧 / 041

那些张皇不安，正是青春时光 / 萧萧依凡 / 042

别忘了此时此刻你的勇气 / 张南 / 044

二十岁出头的你，是不是急着想要更多 / 沈善书 / 046

来一场"够本儿"的青春 / 魏薇 / 047

青春别怕"折腾" / 雅婷 / 048

梦想终究会靠岸 / 朱少军 / 049

你赤手空拳来到人世，为了心中的那片海洋 / 这么远那么近 / 050

去爱一个积极的人 / 杨熹文 / 052

当拇指代替爱语，手机代替伴侣 / 周宏翔 / 053

最好的时光刚刚开始 / 何亚娟 / 054

就算打千万次退堂鼓，也要勇敢往前走 / 汤小小 / 055

大学，是一场最精彩的变形计 / 林夏萨摩 / 056

年轻人，别总把别人的梦想当成自己的 / 苏小扬 / 057

人生不妨大胆一点，反正只有一次 / 三月弯钩 / 058

去还没有路的地方，才能留下你的足迹 / 谢姣姣 / 059

不给自己设限，人生才会有更多可能 / 伊心 / 060

对自己有要求的人，运气都不会太差 / 米格格 / 061
二十几岁，没有十年 / 孙晴悦 / 062
不要因为害怕结束，就拒绝所有的开始 / 米格格 / 063
你还这么年轻，不必活得好像历经沧桑 / 蓝柚柠 / 064
留着所有的力气变美好 / 孙晴悦 / 065
有时候，让我们成长的并不是年岁 / 心远 / 066
我们还年轻，不够好又有什么关系 / 七月 / 067
成长比成功更重要 / 叶芬 / 068
现在的你，正是最好的年纪 / 沐儿 / 069
这一路的经历，比什么都重要 / 李尚龙 / 070
忙起来多好，因为闲下来更累 / 李尚龙 / 072
你的坚持，终将美好 / 沐沐 / 077
在喜欢的领域里打一场漂亮的持久战 / 沐沐 / 078
请尊重每一个平凡人的努力 / 入江之鲸 / 079
那些艰难的日子，终究会离你而去 / 丫头的徐先生 / 080
你不是迷茫，你是自制力不强 / 卡西 / 081
迷茫的时候，要选择难走的那条路 / 许威 / 082
催我们变优秀的，是跨在背上的自己 / 米格格 / 083
开始，而不是准备开始 / 沐沐 / 084
我们有什么资格谈梦想 / 赤木 / 085
你是否也坚持着一种渴望，一年又一年 / 慧慧 / 086
你以为我有多幸运，我就有多努力 / 徐莹月 / 087
如果想做一件事，先别忙着发朋友圈 / 末末小七 / 088
从来就没有轻而易举的成功 / 林鹿 silence / 089
你真正想做的事，只要开始了就不会晚 / 小木头 / 090
人生不是百米跑，别太在乎起跑线 / 杨雨晴 / 091

你愿不愿意从头再来？/ 孙晴悦 / 092
无路可走时，你才能更快学会飞 / 沐沐 / 093
与其抱怨，不如改变 / 莫主编 / 094
当爱好遇见坚持，就是才华 / 沐沐 / 095
我不怕千万人阻挡，只怕自己投降 / 南有 / 096
你有一个梦想，然后呢？/ 芝麻 / 097
孤独究竟教会了我什么 / 伊心 / 098
只想告诉你，我为什么要拼 / 少女喵 / 099
坚持认真做一件事，时间看得见 / 末末小七 / 100
你必须十分努力，才能看起来毫不费力 / 钱饭饭 / 101
为平凡生活付出努力，就是人生的小确幸 / 李爱玲 / 102
再咬咬牙就好了 / 伊汶 / 103
当下没过好，未来又怎么会好？/ 依娜 / 104
我不要一眼就看得到头的生活 / 陈子溟 / 105
你想要的，生活都会给你 / 晚情 / 106
这世上，从来没有一无所获的付出 / 老妖 / 107
你的认真虽败犹荣 / 刘主编 / 108
别让未来的你，讨厌现在的自己 / 喵姐 / 109
别让自己一直停留在"舒适区" / 别吵我烦着呢 / 110
你还没真的努力过，就轻易输给了懒惰 / 渡渡 / 111
我始终相信努力奋斗的意义 / 卢思浩 / 112
没有自制力的人，有什么资格谈努力？/ 安乔 / 114
总有一天，你会不再担忧的 / 卢思浩 / 116
真正让人变好的选择，都不会太舒服 / 米格格 / 117
你总抱怨得不到，其实也没多想要 / 陶瓷兔子 / 118
努力很难，但是不努力真的很舒服吗？/ 愈姑娘 / 119

一受挫就止步，怎么能等到柳暗花明 / 刘小甜 / 120

我从来不信这世间会无路可走 / 伊心 / 121

你若顽强到底，一切皆有可能 / 赵兵 / 122

拖延症还能有解吗？ / 张璁 / 123

你啊，不要等到碰壁了才想起努力 / 愈姑娘 / 124

一定是那些艰难的时刻成就了我们 / 伊心 / 125

你有多努力的现在，就有多不惧未来 / 呼呼猫妈 / 126

你到底还要奋斗到什么时候？ / 徐嗖 / 128

现在偷的每一个懒，都是给未来挖的坑 / 蒙琪琪 / 130

我们如此努力，是想对人生多一点控制力 / 陶妍妍 / 131

永远别说不可能 / 马德 / 132

如果没有人看见我，那我就站到有人能看见的地方 / 林夏萨摩 / 133

我们只不过是要努力奋斗，使当初的选择变得正确 / 赵星 / 134

钱要一亿亿挣，路要一步步走 / 苏心 / 135

幸亏那些艰难的日子你没有妥协 / 尚军 / 136

你远没有自己想象中的那么努力 / 何德恺 / 137

我为什么怕顺其自然 / 沐沐 / 138

你所等的那个"合适时机"永远都不会来 / 温言 / 139

你不必害怕明天，路都是一步步走出来的 / 米格格 / 140

世上哪有那么多捷径让你走？ / 别吵我烦着呢 / 141

努力的第一要素就是过得不舒服 / 安梳颜 / 142

总是有人要赢的，为何不能是你？ / 尚军 / 144

我知道，我终将成为更好的人 / 陶瓷兔子 / 149

你要的稳定，不是真的稳定 / 米粒 / 150

把时光"浪费"在自己擅长的事情上 / 苏小昨 / 151

你是什么样子，你所看到的世界就是什么样 / 卡西姑娘 / 152

我不要活成"别人都那样" / 小木头 / 153

下班后的生活,决定了你能走多远 / 李尚龙 / 154

比逆袭人生更励志的,是失意不变形 / 菀彼青青 / 156

起点不高,又很迷茫怎么办 / 温言 / 157

我们对成功者的最大误解 / 李月亮 / 158

别轻易放弃手中的"烂牌" / 冯慧文 / 159

假如命运亏待了你 / 慕容素衣 / 160

你是个女孩子,那又怎么样? / 入江之鲸 / 161

微笑着仰望星空,无论生活有多糟糕 / 萧萧依凡 / 162

每晚临睡前,问问自己和早上有什么不同 / 苏心 / 163

为什么你总是那么忙,却又什么也做不好 / 汤小小 / 164

我们为什么要相信美好的东西 / 李月亮 / 165

优秀和平庸的差距,往往只在于一件事 / 燕麦小姐 / 166

给过去一些原谅,给未来少点妥协 / 暖先森 / 167

迷茫时,何不逼自己一把? / 蒋波 / 168

生活的高手,从来不会让情绪控制自己 / 李尚龙 / 169

我们成不了优秀的别人,却可以做更好的自己 / 李筱懿 / 170

是那些微小的改变,让我们越来越好 / 艾小羊 / 171

嘿,你要遇到很多人哦 / 陶瓷兔子 / 172

时间用在哪里,掌声就在哪里 / 老丑 / 173

给差生一点时间,让他变成你喜欢的样子 / 苏心 / 174

别错把平台当成你的本事 / 入江之鲸 / 175

你的容貌,有你对待生活的样子 / 谢可慧 / 176

学会爱自己,是永远不会错的事 / 小木头 / 177

将生活中的一地鸡毛,扎成漂亮的鸡毛掸子 / 微微一笑很倾墙 / 178

不靠谱和很安稳 / 卢思浩 / 180

你有一张明天的脸 / 沐沐 / 181

你才是自己的贵人 / 苏心 / 182

你只是看起来很努力 / 李尚龙 / 183

让自己拥有别人拿不走的东西 / 赵星 / 184

没有一种痛是单为你准备的 / 马德 / 185

不在别扭的事上纠缠 / 马德 / 186

所谓奋斗，其实也没那么艰难 / 一直特立独行的猫 / 188

有一种焦虑叫作三十不立 / 陈立飞 / 189

看到远方才能抵抗庸常 / 吕绍刚 / 190

你若笃定，社会便不浮躁 / 时圣宇 / 191

为什么越努力越焦虑 / 艾小羊 / 192

若你和曾经的我一样自卑 / 伊心 / 193

有多少"不得已"，最后成了"大欢喜" / 李月亮 / 194

你可以哭，但别哭太久 / 李月亮 / 195

千万别把自己的人生调成纠结模式 / 喇嘛哥 / 196

身处低谷，怎么走都是向上 / 荼蘼 / 197

你觉得糟糕，未必是真的糟糕 / 闫晓雨 / 198

人生最好的样子是干净而不放弃 / 谢姣姣 / 199

你不对这世界柔软，只说明你内心不够坚强 / 莱莱 / 200

谁的职场不委屈 / 肖东戈 / 201

怕什么困难无穷，进一寸有一寸的欢喜 / 江罗 / 202

真正的好命，是有生命力 / 小木头 / 203

世界诱惑太多，我们要学会专注 / 汪贵贵 / 204

别把你唯一的人生当作买彩票 / 斑马 / 205

愿你学会，笑着低下头 / 李月亮 / 206

出路出路，走出去才有路 / 赵星 / 207

单身是最好的增值时期 / 杨熹文 / 208

三十岁了，那又怎么样？ / 薛萝衣 / 209

那些不声不响就把事情做了的人 / 海欧 / 210

愿所有的负担，都变成生命的礼物 / 木子玲 / 211

我们拿什么对抗平淡的生活 / 孙晴悦 / 212

什么才是真正有趣的生活 / 萧萧依凡 / 213

可以不服输，但要会认输 / 晚睡 / 214

为什么你总是害怕来不及 / 达达令 / 215

你远比自己想象中的更加优秀 / 尹惟楚 / 216

回家不是一年一次的旅行 / Melonmelonmelon / 221

不让爱你的人失望，人生才有希望 / 吴瑟斯 / 222

比生活更重要的，是生活方式 / 闫晓雨 / 223

现在的你是自己曾喜欢的样子吗 / 沈善书 / 224

不要在二三十岁时就开始老去 / 陌忘宇 / 225

你努力生活，不是为了给谁看 / 谢可慧 / 226

你能不能放下所有的忧虑，让生活扑面而来 / 孙晴悦 / 227

意气风发的你，是回家最好的礼物 / 萧萧依凡 / 228

请保持对世界的好奇 / 周冲 / 229

那些低到尘埃的日子，是向生活最有底气的反击 / 文浅 / 230

什么样的生活，才是真正的富足 / 艾小羊 / 231

跨不过去是苟且，跨过去了是远方 / 尹惟楚 / 232

那些废话里，藏着你最大的幸福 / 苏心 / 233

人生需要你以热爱相待 / 徐嗖 / 234

枕边有书，梦才踏实 / 杨萁 / 235

请珍惜这平凡的生活 / 丫头的徐先生 / 236

对不起，你还过不起安逸人生 / 藕仔莉 / 237

只有一种好吃的，全世界你都买不到 / 王大纯 / 238

每个人都应该有自己的一套生活智慧 / 沐沐 / 239

世人都想拯救世界，却没人帮妈妈洗碗 / 摆渡人 / 240

最好的时光是偷来的 / 韦娜 / 241

你知道你在自欺欺人 / Melonmelonmelon / 242

让日常，不寻常 / 陶妍妍 / 243

那不说一句的爱有多好 / 钱饭饭 / 244

你的奢望要配得上你的本事 / 李筱懿 / 246

生活的坑都是自己挖的 / 马德 / 247

请别总急着将生活推翻重来 / 陶瓷兔子 / 248

人年轻时多读一些好书到底有多重要？ / 喵姐 / 250

你今天必须坚强的理由 / 卢思浩 / 251

不是读书无用，而是你无用 / 慧慧 / 252

每个人都在用力活着，用自己的方式 / 卢思浩 / 253

房子也许是租来的，但生活不是 / 周宏翔 / 254

放下忧虑，让生活扑面而来 / 李娜 / 256

你的幸福，常在别人眼里 / 马德 / 257

管住自己，才能打över好人生 / 陈伟光 / 258

你风声鹤唳，生活就四面楚歌 / 马德 / 259

看看你那张熬完夜的脸 / 焦志杰 / 260

学会享受平凡的幸福 / 王珏 / 261

人生是一场抵达 / 马德 / 262

不经审视的生活不值得一提 / 张铁 / 263

没有一种工作是不委屈的 / 达达令 / 264

因为有爱，每句话都要好好说 / 张铁 / 265

活法，决定你的位置 / 马德 / 266

每一种活法都有属于自己的幸福 / 余君才 / 267

你那么爱跑步，一定很优秀吧 / 愈姑娘 / 268

愿你工作不仅谋生，还有快乐 / 廖玮雯 / 269

你值得拥有你想要的美好 / 白杨 / 270

好好爱身边的人 / 一直特立独行的猫 / 271

闭门只为书卷香 / 李丹崖 / 272

你有多久没在夜晚，仰望过满天繁星 / 张怀仁 / 273

生命中最难的阶段，是你不懂你自己 / 这么远那么近 / 274

请对最亲密的人保持尊重和耐心 / 王瑞珂 / 275

抱歉，没活成你们眼中的样子 / 阿春牧羊犬 / 276

读书能让人富裕，但不一定能变得有钱 / 李尚龙 / 277

别把最坏的情绪留给最爱的人 / 紫宸 / 278

愿你成为一个有趣的人 / 左夏 / 279

没有一条直路让你出类拔萃 / 慧慧 / 280

被透支的"有空以后" / 夏苏末 / 281

只有踮起脚尖问，幸福才会答 / 夏苏末 / 282

不是生活难过，而是你难过 / 陆小墨 / 283

我们为什么越长大越胆小 / 沐沐 / 284

没有一种委屈是单为你准备的 / 尚军 / 285

你一定得了怕麻烦这种病 / 王大纯 / 286

在这忙碌的世界里你要活得丰盛 / 何亚娟 / 288

章句 / 289